souviens-toi de la lune

Du même auteur :

La Cabane sur le toit - **Rue du Monde (Coll. Roman du Monde), roman, 2009.**
Ti Poucet / Ilya Green (ill.). - **Rue du Monde, album, 2009.**
Comme en hiver / Juliette Armagnac (ill.). - **Seuil, album, 2009.**
Plastick / Alice Sidoli (ill.). - **Où sont les Enfants, album, 2009.**
Tempête / Florence Koenig (ill.). - **Bilboquet, album, 2009.**
Guadalquivir - **Gallimard (Coll. Scripto), roman, 2009.**
Un tout petit pois - **Rue du Monde, album, 2009.**
Ah! / Cécile Bonbon (ill.). - **Points de Suspension, album, 2008.**
Oh! / Cécile Bonbon (ill.). - **Points de Suspension, album, 2008.**
The thing / Cécile Bonbon (ill.). - **Didier Jeunesse, album, 2008.**
Le Machin / Cécile Bonbon (ill.). - **Didier Jeunesse, album, 2007.**
8h32 / Alice Sidoli (ill.). - **Où sont les Enfants, album, 2007.**
Coeur d'Alice / Cécile Gambini (ill.). - **Rue du Monde, album, 2007.**

**Stéphane Servant** est né dans le sud de la France en 1975.
Touche-à-tout, il s'est aventuré dans la littérature étrangère, le développement culturel, le graphisme, et l'écriture scénaristique. Il a longtemps travaillé en milieu scolaire et associatif en tant qu'intervenant artistique et chargé de projets culturels.
Il est aujourd'hui auteur, scénariste et illustrateur pour la presse, la communication et l'édition jeunesse. Il vit près de Carcassonne.

Merci au directeur de la bibliothèque départementale des Pyrénées-Orientales et à toute son équipe pour avoir mis à ma disposition un espace de création durant l'hiver 2009.
C'est là-bas que ce roman a vu le jour...

Photographie de couverture : **Dorothy-Shoes**


www.lerouergue.com

doado noir

Stéphane Servant

# souviens-toi de la lune

rouergue

À Laure, pour sa patience,
son soutien et sa relecture attentive.
À Pascale, Émilie, David et Jordi.

« Is everybody in ? The ceremony is about to begin. »
Jim Morisson, *The celebration of the lizard*

« No hay banda ! There is no band !
Il n'y a pas d'orchestre ! it is all an illusion. »
*Mulholland Drive* (film de David Lynch)

**La Bande Originale**

Ch. 4 : Blind, Korn (Korn).
Ch. 5 : Revolution 909, Daft Punk (Homework).
Ch. 11 : Brain damage, Pink Floyd (The dark side of the moon).
Ch. 13 : Smells like teen spirit, Nirvana (Nevermind).
Ch. 17 : Sweet dreams, Marilyn Manson (Smells like children).
Ch. 25 : My funny Valentine, Chet Baker (Chet Baker sings).
Ch. 26 : Under the bridge, Red Hot Chili Peppers (Blood Sugar Sex Magik).
Ch. 26 : Ghost song, The Doors (An american prayer).
Ch. 28 : Working class hero, John Lennon (John Lennon / Plastic Ono Band).
Ch. 28 : Where is my Mind, The Pixies (Surfer Rosa).
Ch. 31 : Sacrifice, Lisa Gerrard (Duality).
Ch. 33 : Baby did a bad bad thing, Chris Isaak (Forever Blue).
Ch. 36 : Cold cold ground, Tom Waits (Franks Wild Years).
Ch. 42 : Nina in ecstasy, PJ Harvey (B-sides).
Ch. 42 : People are strange, The Doors (Strange days).
Ch. 42 : Blowin' in the wind, Bob Dylan (The Freewheelin' Bob Dylan).
Ch. 42 : I'm waiting for the man, The Velvet Underground (The Velvet Underground and Nico).
Ch. 58 : Seven words, Deftones (Adrenaline).
Ch. 65 : Little darlin', Beausoleil (Alligator Purse).
Ch. 65 : Riders on the storm, The Doors (L.A. Woman).

## Prologue

C'était un lézard.

Ou un serpent. En tout cas, un truc préhistorique, sans âge.

Il déroulait là ses formes primitives, sous mes yeux, gravé dans le bois de la table. Et moi, j'étais hypnotisé. Le monde extérieur avait disparu. Le brouhaha de la salle de classe, la voix sourde de Lebreton, les coups de coude de Paul, tout avait disparu. Englouti par la gueule sombre du reptile. L'espace, le temps s'étaient comme dissous. Il n'y avait plus rien que la torsade de sa queue, le tranchant de ses écailles et, plus que tout, l'éclat sombre de ses yeux. Le lézard s'étendait dans le coin gauche de la table, enroulé sur lui-même, au milieu des messages qu'on trouve d'ordinaire sur les tables du lycée : *Jessica salope, Vivre tue, Ben Laden superstar.*

La gravure avait été exécutée à la hâte, sans doute au compas ou au cutter. Mais ça ne faisait que renforcer le côté agressif de ses formes. C'était brut, naïf. Je ne sais pas pourquoi mais j'ai pensé aux dessins préhistoriques comme les spéléologues en trouvent parfois sur les parois des grottes. Étrangement, j'ai pensé à la terre brute. J'ai pensé au sang. J'ai pensé au charbon. J'ai pensé à des hommes éclairés par les flammes du premier feu. Des flammes sauvages. Oui, c'était ça, il y avait une force sauvage dans les traits du lézard. Et ses yeux, dans lesquels on avait laissé couler deux gouttes d'encre noire, s'ouvraient comme des gouffres sans fond. Des gouffres où je sombrais.

C'est le coude de Paul dans mes côtes qui m'a ramené à la surface :

– Ça va, David ? Allez, viens, on y va !

Je me suis ébroué. La main de Lebreton enserrait toujours mon poignet. Sa voix sourde est parvenue jusqu'à mon oreille.

– Alors, petit, tu as compris ce que je t'ai dit ?

J'ai hoché la tête, mécaniquement. Le crâne à la dérive, je tenais à peine sur mes jambes. Merde, qu'est-ce qui se passait ? Autour de moi, le monde s'est animé : la salle de classe où volaient les pages de mon manuscrit, près de la porte quelques gars qui me regardaient d'un drôle d'air, Paul à mes côtés, les poings serrés. Et en face de moi, Lebreton. Un rire dément sur la bouche. Sa main m'a soudainement lâché. Alors, tout m'est revenu en flash-back. Je suis sorti de la salle. J'ai couru. Les lumières des couloirs dansaient autour de moi. J'ai bousculé des gens. Il y a eu des cris. J'ai enfoncé la porte des toilettes. Un spasme m'a cassé le corps en deux. Je me suis étalé dans la flotte et un jet de vomi a explosé sur la faïence.

Sans savoir pourquoi ni comment, j'ai réalisé à ce moment-là que j'allais mourir.

Bientôt.

Très bientôt.

# 1

Je me suis levé tôt ce matin-là. Avant la chaleur. De l'autre côté de la moustiquaire, le bayou bruissait encore de la nuit. Après quelques assouplissements sur le tapis de ma chambre, j'ai traversé le mobil-home sans faire de bruit. Dans le couloir, le fauteuil roulant de mon père était calé près de la porte de sa chambre. Comme tous les dimanches, il dormait encore. Il ne se lèverait pas avant une heure. J'ai fourré une pomme et une bouteille d'eau dans mon sac et je suis sorti.

Dehors, le jour pointait à peine, orange délavé. Je me suis étiré en remplissant mes poumons. L'air était chargé des odeurs de vase du marécage et des vapeurs des raffineries de Houma, plus à l'ouest. À cette heure-ci, les rues de Carrefour étaient encore calmes. J'ai enfourché mon vélo et j'ai commencé par faire quelques tours sur la piste poussiéreuse, entre les alignements de caravanes et de mobil-homes assoupis. Juste pour m'échauffer.

Je ne sais plus où j'ai lu ça, mais il paraît que cent tonnes de poussières cosmiques s'abattent sur Terre chaque jour. Petit, cette idée me faisait flipper. La nuit, il m'arrivait de me réveiller et je ne pouvais pas m'empêcher de tirer le rideau pour voir si les étoiles étaient toujours là. Allongé dans mon lit, je passais des heures à scruter le ciel. Avec au creux du ventre la peur que tous ces points lumineux n'explosent en milliards de particules. Et ne viennent nous ensevelir. Un jour, j'en avais parlé à Rosalie, la grand-mère de Paul : « La poussière d'étoile, c'est certainement plus léger à porter que le poids du monde », elle avait répondu en riant. Je n'avais rien compris. Aujourd'hui, bien des années après, j'avais une idée sur la chose.

En tout cas, c'est peut-être pour ça que j'aime faire du vélo. Pour échapper à toute cette poussière. Parce que, même si c'est de la poussière d'étoile, elle aurait vite fait de nous étouffer. De faire de nous des statues, figées dans des poses absurdes. Comme pas mal de monde, ici, à Carrefour. Alors, je pédale aussi vite que je peux. Jusqu'à sentir mes poumons s'embraser, mon cœur taper contre ma poitrine et mon sang battre dans mes tempes. Vite, toujours plus vite. Et le dimanche matin, c'est parfait pour ça. Hier, comme tous les samedis, la plupart des gars de Carrefour ont dissous le reste de leur mauvaise semaine dans la bière bon marché et tout le monde dort encore. Même Saint-Pierre, le chien du vieux Johnson, roupille les quatre pattes en l'air sous sa caravane pourrie. Alors je fonce. Vite, de plus en plus vite. C'est là qu'en général les idées me viennent. Je laisse mon corps s'épuiser et mon esprit décolle. Déconnecté de toute cette mécanique de muscles, de veines et d'artères, je m'enfuis ailleurs.

J'ai écrit pas mal de textes, de nouvelles ou de poésies de cette façon-là. C'est étrange comme les mots surgissent dans le sang et la sueur.

L'autre jour, au Navire, je racontais ça à Paul. Il tenait à la main un poème que je venais d'écrire le matin même.

– Putain, on dirait du Jim Morrison ! Comment tu fais ça ?!

J'avais haussé les épaules.

– C'est comme un accouchement, tu vois. Parfois, ça se passe bien. Ça sort d'un coup. Alors je freine, je dérape, je me casse à moitié la gueule et je me jette sur mes carnets et mes stylos dans mon sac. Je note deux trois trucs. Une phrase. Une dizaine de mots. Ou un texte tout entier. Je sais pas d'où ça vient, l'écriture. C'est comme ça.

Et c'est vrai que dans ces moments-là, peu importe ce qui se passera autour. Le World Trade Center peut s'effondrer, Paul peut me jouer à fond de la guitare dans les oreilles ou mon père me bassiner avec les histoires du temps d'avant, rien ne peut m'arrêter. On ne peut pas stopper un accouchement, pas vrai ? Moi, c'est pareil. Il faut que je couche tous mes mots sur du papier. Même si ce n'est pas terrible, il faut que ça sorte.

D'autres fois, rien ne vient. J'ai beau tourner, tourner et retourner dans les rues de Carrefour, pédaler comme un champion sous EPO, à m'en faire claquer les muscles et le cœur, rien n'y fait, rien ne vient.

Et ce matin-là, c'était le cas. Je ne sais pas combien de temps j'ai dû tourner, mais quand j'ai vu le vieux Johnson en robe de chambre s'installer dans sa chaise longue devant sa caravane pourrie pour s'enfiler son premier whisky de la journée, j'ai su qu'il était trop tard.

Dommage, ce serait pour une autre fois. Carrefour se réveillait et s'animait peu à peu. Les gens sortaient de leur lit, les yeux encore collés de la bringue de la veille. Bientôt la chaleur écraserait tout.

J'ai ralenti la cadence. Mes muscles criaient famine. J'ai respiré profondément pour les oxygéner et faire disparaître la brûlure. J'ai stoppé le vélo devant chez Rosalie. Elle était sur sa terrasse, son énorme corps noir enroulé dans un invraisemblable drap de soie blanche. Le tissu brillant jetait des clins d'œil sous les premiers rayons de soleil. Une tasse de café à la main, elle m'a adressé un grand sourire.

– Eh, mais c'est David, l'écrivain le plus rapide de Carrefour !

– Bonjour Rosalie, j'ai répondu.

J'ai posé le vélo à terre et j'ai tiré carnet et stylo de mon sac. Parce que c'est comme ça. Même quand rien ne vient, il faut que je le marque. Il faut écrire. Toujours écrire. Pour s'arracher à la poussière. Et ce jour-là, sur une page vierge de mon carnet rouge, j'ai écrit :

***Aujourd'hui, rien.***

## 2

J'ai poussé jusqu'à la route de Houma.

Le mauvais panneau qui indiquait Carrefour gisait à terre. Criblé de plombs.

Ça arrivait souvent que les mecs de la ville fassent un carton le samedi soir sur tous les trucs qu'ils croisaient au bord de la route. Ils passaient à tombeau ouvert. Vitres baissées. Pleins de bière. Et les fusils crachaient leurs billes de métal. Ratons laveurs, chiens errants, aigrettes, boîtes aux lettres ou panneaux, tout y passait. Il y a quelques années, c'est Charlie Wax Taylor, un alcoolo de Carrefour qui vivait dans une baraque en tôle, qu'on avait retrouvé dans le fossé. Baignant dans son sang et la poitrine déchirée. Rien n'avait été prouvé, mais depuis, le samedi soir, on évitait de marcher sur le bord de la route.

J'ai redressé le panneau. L'inscription, perforée de trous, était devenue illisible. Mais qui s'en souciait ?

Je m'en étais rendu compte dès l'école primaire : Carrefour, c'était un peu comme la quatrième dimension. Aux frontières du réel. La plupart des gens ignoraient où ça se trouvait. D'ailleurs,

Carrefour ne figurait sur aucune carte. Et quand on disait : « Je viens de Carrefour », les gars du coin vous considéraient avec un mépris poli, comme si on avait parlé d'une maladie honteuse. Loin de Baton Rouge et de la Nouvelle-Orléans, Carrefour était comme l'écume des villes. Tout ce que la mer urbaine n'avait pas englouti était venu s'échouer ici, dans les derniers méandres du Mississippi. Un amas hétéroclite d'anciens ouvriers des raffineries et des puits de pétrole, de paumés qui croyaient poser leurs sacs quelques semaines et qui sont restés accrochés là, de chasseurs d'alligators ratés attendant sans fin les touristes, de familles fuyant les banques et les dettes impayées. Des Noirs et des Indiens pour la plupart. Carrefour, ce n'était même pas la zone. Rien à voir avec les banlieues chaudes des grandes villes où on se flingue pour un caillou de crack, un billet de dix ou un regard de travers. Carrefour : juste le bout de la course pour des itinéraires tordus. Il n'y avait même pas de quoi en faire un mélo. On y trouvait banalement un condensé des mauvais coups du sort. Et chaque famille avait son lot.

J'ai regardé un instant le soleil jouer dans les trous du panneau. On aurait dit un message codé. Indéchiffrable. En fait de carrefour, ça ressemblait plutôt à un cul-de-sac. Coincé entre le bayou Terrebonne et Houma, c'était un conglomérat de caravanes, de mobil-homes et de baraques en bois. La route ne menait que là. Rien au-delà. Le coin s'appelait déjà comme ça il y a plus de deux cents ans, quand les Noirs fuyant les plantations venaient se réfugier ici, dans les bayous. Un jour, Rosalie m'a dit que c'était là que les esclaves se retrouvaient de nuit. Pour célébrer le culte des dieux qu'ils avaient ramenés d'Afrique. Et pour lancer des actions contre les planteurs. Décider quelle grange allait brûler. Choisir quelle famille on allait empoisonner. D'où le nom. Carrefour. Entre la vie et la mort.

Johnson, lui, braille à qui veut l'entendre que le coin a été appelé ainsi par les Français car c'est à la croisée des chemins qu'on rencontre le Diable. C'est du moins ce qu'il se plaît à raconter aux quelques touristes amateurs de sensations fortes qu'il réussit à embarquer avec lui à la chasse à l'alligator.

Pour moi, comme pour beaucoup d'autres qui sont nés ici, ça ne fait pas vraiment de différence : Carrefour reste un cul-de-sac avec pour seules perspectives de bosser comme ouvrier dans une raffinerie ou sur une plate-forme, au large dans le Golfe. Ou bien finir noyé au fond d'une bouteille de whisky, sans même plus attendre les quelques dollars de l'aide sociale.

Je crois que c'est pour ça que j'ai toujours aimé l'écriture. Parce qu'écrire, c'est ouvrir de nouvelles routes, tracer de nouveaux chemins, élargir l'horizon des possibles.

Oui, c'est pour ça que j'ai décidé de devenir écrivain. Coûte que coûte. Pour pas finir comme mon père ou comme le vieux Johnson. Pour quitter Carrefour. Suivre une autre route. Ma route. Sans jamais me retourner.

# 3

– Et voilà, avec ça, tu ne t'envoleras pas.

Rosalie venait de poser devant moi une montagne d'œufs brouillés, nappés de ketchup et accompagnés de toasts. En repassant devant chez elle, j'avais eu le malheur de lui dire que je n'avais pas pris mon petit-déjeuner. Elle m'avait fixé avec des yeux furieux et avait pointé vers moi un doigt accusateur.

– David ! Lâche ce satané vélo et viens poser tes deux fesses dans ma cuisine ! Tout de suite !

Depuis, elle s'activait derrière ses fourneaux, chassant de temps à autre d'un coup de torchon les poules qui tentaient de s'aventurer dans la pièce.

J'avais beau avoir bientôt l'âge de voter, pour Rosalie j'étais toujours un gamin au nez qui coule et aux genoux écorchés.

Devant l'assiette, j'ai protesté pour la forme.

– Ce n'était pas la peine, Rosalie.

Elle a eu un pincement de lèvres qui en disait long : « Taistoi et mange ! »

J'ai attaqué les œufs de bon cœur. La cuisine de Rosalie était toujours aussi excellente.

– Je me suis occupé de toi comme un petit poulet pendant toutes ces années, tu ne crois quand même pas que je vais te laisser filer maintenant que tu es bon à manger ?

J'ai englouti mon déjeuner en silence jusqu'à ce qu'une poule vienne atterrir sur la table en caquetant, intriguée par le contenu de mon assiette. Rosalie l'a chassée de la pointe d'un couteau.

– Toi, tiens-toi tranquille ou c'est toi que je vais passer à la casserole !

On a rigolé. Rosalie s'est servi un café.

– Bon alors, où tu en es de l'écriture ?

J'ai haussé les épaules en épongeant le jaune d'œuf avec un toast.

– Rien de bien nouveau. Je tourne un peu en rond. Comme sur mon vélo.

Rosalie a fait claquer sa langue.

– Qu'est-ce qui cloche ? C'est les gars du lycée ou c'est ton père ?

– Je ne sais pas. Peut-être les deux. Ou alors, c'est moi.

– Bah, t'en fais pas. L'inspiration, c'est comme le beau temps. Ça passe, mais ça reviendra !

– Le truc, c'est que j'aimerais raconter quelque chose de beau, quelque chose d'exceptionnel… Mais en ce moment, rien ne vient.

Rosalie s'est assise en face de moi.

– Quelque chose d'exceptionnel, hein ? Et quand tu regardes autour de toi, tu ne vois rien qui vaille le coup d'être couché sur du papier.

J'ai regardé par la fenêtre. En face, de l'autre côté de la piste, Brian Murdock émergeait à peine de sa caravane. Il s'est installé sur une chaise longue dans son caleçon informe et il s'est mis à se couper les ongles des pieds avec une paire de vieux ciseaux.

– Oui, je crois bien que c'est ça, j'ai répondu.

Rosalie a suivi mon regard et m'a adressé un sourire amusé.

– Même au milieu de la boue, il y a toujours quelque chose qui brille. Trouver la beauté, c'est d'abord savoir regarder. À part pour Brian Murdock, bien entendu. Lui, il faudrait un microscope.

Rosalie s'est penchée au-dessus de la table.

– Tu te souviens de cette histoire que je te racontais quand tu étais petit ? Celle du cheval de pierre ?

J'ai eu beau chercher, ça ne me disait absolument rien. Rosalie m'avait raconté tant d'histoires !

– Heu, non, pas vraiment, j'ai dit, un peu gêné.

Elle a froncé les sourcils, avant de toussoter pour s'éclaircir la voix.

– Bon, écoute bien : un matin, dans une forêt, au beau milieu d'une clairière, un roi découvre un mendiant face à un immense bloc de pierre. Avec quelques outils tordus, le mendiant frappe, taille et casse. On dirait qu'il cherche quelque chose dans la pierre. Intrigué, le roi revient le jour suivant. Toute la journée, le mendiant frappe, taille et casse, sans relâche. Curieux de voir ce qui se passera, le roi revient le lendemain encore. Caché derrière un arbre, il observe le mendiant. Et toujours le mendiant…

– Frappe, taille et casse ?

Rosalie a hoché la tête, ravie de voir que je suivais le fil.

– C'est ça, il frappe, taille et casse. Sans jamais s'arrêter. Un sacré boulot ! De jour en jour, des formes apparaissent dans le bloc. Un matin, le roi émerveillé découvre un splendide cheval au milieu de la clairière. Un splendide cheval de pierre ! C'est la plus belle statue qu'il ait jamais vue. Si bien faite qu'on croirait le cheval sur le point de partir au galop. Alors le roi sort de sa cachette et s'approche du mendiant. Admiratif, il lui dit : « Vous êtes un génie ! Comment avez-vous fait pour donner vie à une œuvre pareille ! » Le mendiant rigole et lui répond : « Mon roi, je n'ai point de génie, car avant que j'arrive, le cheval était déjà à l'intérieur de la pierre. »

J'ai applaudi. Rosalie s'est inclinée trois fois, comme au théâtre, avec un sourire radieux. Elle n'avait pas son pareil pour raconter les histoires et me changer les idées.

– Tu t'en souviendras, cette fois-ci ?

Si une fée s'était penchée sur le berceau de Rosalie, j'en étais certain, elle lui avait donné le don d'être toujours de bonne humeur. Et sa bonne humeur était communicative. Pourtant sa vie n'avait pas été facile. Les cadres qui s'amassaient sur le buffet de la cuisine étaient là pour en témoigner.

L'une des photos montrait Rosalie, encore toute jeune, avec dans ses bras, minuscule, sa fille Millie. Le mari de Rosalie l'avait abandonnée à Baton Rouge après la naissance de Millie. Elle s'était débrouillée toute seule pour l'élever, enchaînant les petits boulots dans les restos de la ville. Puis elle avait un jour emménagé à Carrefour. Elle avait tout fait pour que sa fille puisse suivre des études. Diplôme de comptable en poche, Millie avait été embauchée dans une raffinerie de Houma. Millie aurait pu quitter Carrefour à ce moment-là, mais elle était accrochée à ce lieu. « Elle portait ses origines avec fierté, comme sa couleur », me répétait souvent Rosalie quand je lui disais que Carrefour me donnait la nausée.

Une autre photo représentait Millie adulte en compagnie de Jack, son mari, un Indien aux larges épaules. À côté du cadre brûlait en permanence une bougie rouge. Sur l'image, Jack et Millie étaient assis dans une barque, au milieu du bayou, en costume de mariés. Sous la soie de la robe de Millie se dessinait un joli ventre rond : Millie était enceinte de Martin. Et deux ans après Martin, mon ami Paul était né.

Il y a cinq ans, Jack et Millie étaient morts dans un accident de voiture. Rosalie s'était retrouvée seule avec Martin et Paul. Mais jamais elle ne s'était plainte. Jamais je ne l'avais vue verser une larme. Elle avait juste édifié ce petit autel sur le buffet de la cuisine, avec la photo de Jack et de Millie et cette petite bougie rouge. Est-ce qu'une simple bougie suffisait à conjurer la peine ? Ça m'avait longtemps intrigué. Alors un jour, je lui avais posé la question : « Ils ne vous manquent pas, Jack et Millie ? »

Elle avait souri en regardant la flamme jeter des reflets dorés sur la photo.

– Pourquoi tu veux qu'ils me manquent puisqu'ils sont toujours là ?

Rosalie m'a secoué.

– Dis donc, est-ce que tu as vu Paul ces derniers temps ?

– Non, pas depuis vendredi.

– Passe donc le voir. J'imagine qu'il s'est encore enfermé devant son ordinateur. Et tu diras à Martin que j'aurai besoin d'un coup de main ce midi à la Poule Blanche.

Comme je remontais sur mon vélo, Rosalie m'a lancé :

– Hé David, n'oublie pas : pour trouver l'inspiration, il suffit de trouver la bonne pierre !

# 4

J'ai tracé jusqu'au Navire.

Le Navire se trouvait à deux kilomètres de Carrefour, au milieu des marécages, sur un bout de mauvaise terre appartenant au vieux Johnson. Mais peu importait la mauvaise terre : il y avait là le Navire, un vieux chalutier sur cales, rouillé, à bout de souffle. Depuis tout gamins, c'était pour Paul, son frère Martin et moi le plus bel endroit du monde. On venait déjà y traîner alors qu'on avait encore les petites roues sur nos vélos. On se planquait dans les bosquets de bambous pour voir si Johnson était dans le coin, à trafiquer ses lignes ou à faire sécher des peaux dans sa cabane de tôle, toute proche du Navire. Si la voie était libre, on fonçait jusqu'au chalutier et on passait des heures à sillonner les mers du globe. Paul, Martin et moi, on bravait toutes les tempêtes, on bataillait contre des troupes entières de pirates sanguinaires et, plus tard, on sauvait de belles princesses au décolleté plongeant.

Je ne sais pas comment elle avait fait, mais il y a deux ans, Rosalie avait convaincu Johnson de lui prêter le terrain. Et le

Navire par la même occasion. Martin et Paul s'étaient installés ici. Ils avaient bricolé un été entier. La cale avait été divisée par des panneaux de contreplaqué pour former un salon et deux chambres. Il y avait l'électricité mais pas d'eau courante. Le confort était rudimentaire, mais j'aurais bien volontiers troqué notre mobil-home contre une place dans le Navire. Quant à savoir comment le chalutier était arrivé jusqu'ici, c'était un vrai mystère. À plusieurs reprises, j'avais posé la question à Johnson qui trafiquait dans sa cabane en tôle. La dernière fois, le vieux avait craché par terre, descendu une lampée de whisky et filé un coup de canne à Saint-Pierre qui aboyait dès que je m'approchais un peu trop.

– Qu'est-ce que tu crois, petit ? Avant, la mer recouvrait tout. Ici, c'était l'océan. Le jour où la flotte s'est retirée, j'étais sur le rafiot. Et je me suis échoué ici, voilà tout.

J'avais ouvert des yeux ronds. Johnson s'était mis à rire en découvrant ses chicots noircis.

– Petit con, c'était le temps des dinosaures ! Dieu était même pas né !

Il était comme ça, le vieux Johnson. Complètement fêlé.

J'ai appuyé mon vélo contre la coque du Navire. J'ai grimpé l'échelle qui menait au pont. Je suis passé dans la cabine et j'ai descendu les marches jusqu'au salon. La musique saturée m'a directement incendié les oreilles et la fumée lourde de l'herbe qui envahissait la pièce m'a asséché la bouche.

Paul, les cheveux en pétard, était penché au-dessus de son ordi, un joint entre les lèvres. J'ai toussé deux, trois fois à cause de la fumée.

J'ai crié dans sa direction :

– Putain, Paul, ça fait combien de temps que t'as pas mis le nez dehors ?!

Paul, sans même se retourner, les yeux rivés sur l'écran, a beuglé pour couvrir la musique :

– Viens voir ça, David. Il y en a eu un nouveau !

« Merde, j'ai pensé. Il est complètement parti. » J'ai enfoncé le bouton off des haut-parleurs. Les yeux rougis de Paul se sont tournés vers moi, pleins de fureur. Dans son visage brun de métis, on aurait dit deux braises sanglantes. Avec ses cheveux longs lâchés sur les épaules, il ressemblait à un homme des cavernes.

– Qu'est-ce que tu déconnes ? j'ai demandé. T'es encore défoncé.

Paul a passé une main sur ses yeux, le visage fermé :

– Pardon papa, c'est promis, je le ferai plus.

Et il est parti dans un grand éclat de rire hystérique qui a secoué son corps sec. Paul fumait trop et tout le temps. Son frère Martin le fournissait en herbe. J'avais essayé il y avait plus d'un an. J'avais été malade comme un chien.

J'ai levé les bras au ciel en attendant qu'il se calme.

– OK, c'est bon. Et Martin, il est pas là ?

Paul a pointé un doigt sur l'écran, les yeux flamboyants.

– Martin, on s'en fout. Regarde plutôt ça !

En voyant la page, j'ai tout de suite compris.

Sur l'écran s'étalait un article de journal daté du jour même.

Et la photo d'un gars que je ne connaissais pas.

Et au-dessus, ce simple titre : « Disparu ».

# 5

L'imprimante a craché l'article de journal.

Paul est allé le scotcher à côté des autres, au-dessus du canapé vert défoncé, entre l'affiche des *Griffes de la nuit* et un poster de Jim Morrison.

– C'est le premier dans notre lycée, tu le connaissais ? il a demandé.

J'ai lu : « Jason Merline. 16 ans. Élève au lycée Red Cliff. Disparu le 24 avril ».

Le gars sur la photo ne me disait rien. Maigre, crâne rasé, regard sombre, piercing à l'arcade. Bref, un mec comme les autres au milieu des deux cents élèves de Red Cliff. D'autant plus qu'on se croisait peu entre les sections. Paul et moi, on était en mécanique. Jason pouvait très bien être en plomberie, en charpente ou en je sais pas quoi d'autre...

J'ai haussé les épaules :

– Non, pas plus que les autres.

Les autres défilaient là sur le mur, répartis autour d'une carte du coin. Onze articles de journaux. Onze photos. Onze disparus.

Onze ados. Huit garçons et trois filles. En seulement six mois. Dans un périmètre de cent kilomètres. L'histoire commençait à faire pas mal de bruit. Dans les journaux, on parlait de tueur en série, d'enlèvements, de fugues. Dans les journaux, on disait tout et n'importe quoi. La vérité, c'est que personne ne savait rien. Paul lui aussi se passionnait pour l'affaire. Comme pour tout ce qui était étrange et tordu. Depuis toujours, il entassait dans son salon les bouquins sur les révélations du 11 Septembre, les ovnis, la Lune Creuse. Plus c'était barré et plus Paul se passionnait. C'était sa façon à lui de s'évader.

Sous le visage de Jason, il y avait la photo d'une femme en pleurs face à un policier obèse. Sûrement la mère du disparu. Les cheveux en bataille, le visage défait, elle s'agrippait à l'épaule du policier qui semblait ne plus savoir que faire face à l'objectif. J'ai remarqué une tache rouge sur la poitrine de l'uniforme du flic. On aurait dit de la sauce tomate. Ça m'a fait penser à un vieux clip de Daft Punk, mais je ne me rappelais plus le titre de la chanson.

Paul a affiché un grand sourire en posant une nouvelle gommette rouge sur la carte des disparitions.

– Et de onze !

Il a passé un doigt sur la photo de Jason :

– Bravo, mec. T'es le premier du lycée ! On est fier de toi !

Je me suis laissé tomber dans le canapé vert défoncé.

– T'es con. Si ça se trouve, le mec s'est tiré pour faire une virée au Mexique et on va le voir réapparaître dans une semaine, bourré de mescaline et les poches vides.

C'était arrivé le mois dernier. Le gars s'appelait Harry. Après dix jours de recherches, on l'avait retrouvé complètement défoncé dans une cellule de la prison de Nuevo Laredo, juste après la frontière. Ses parents s'étaient confondus en excuse dans tous les journaux du coin. À regret, Paul avait enlevé son portrait du mur, et l'avait brûlé dans un cendrier. C'était comme une punition. Comme si Harry l'avait trahi.

Paul a tiré deux canettes de bière du frigo. J'ai décapsulé la mienne. À l'extérieur, le soleil était déjà haut et il commençait à faire une chaleur insupportable dans la cale métallique du Navire.

– Ce que j'aime chez toi, m'a balancé Paul, c'est ton manque d'imagination.

Il s'est enfilé une grande gorgée.

– Pour être écrivain, pas de doutes, ça te servira !

Je lui ai filé un coup de coude dans les côtes. Il a manqué de s'étrangler.

– OK, je reconnais que c'est étrange. Pas de lettres, pas de traces, pas de cadavres. Comme s'ils s'étaient tous évaporés. Maintenant, si tu veux de l'imagination, je peux t'en donner.

J'ai avalé une gorgée de bière et j'ai pris un air faussement inspiré.

– Voilà, ces gars et ces filles-là faisaient tous partie d'une secte.

Paul m'a coupé.

– Hé, attends. Ils habitaient à plus de cent kilomètres de distance, comment ils faisaient pour se rencontrer et que ça passe inaperçu ?

J'avais envie de le charrier un peu.

– Internet, t'as déjà entendu parler de ça ? Ah ouais mais c'est vrai, t'es à moitié indien et à moitié nègre. Alors forcément, toi, à part le tam-tam...

Paul m'a décoché un coup de poing douloureux dans l'épaule avant de rallumer son joint.

– Bon, Internet, OK. Donc ils font partie d'une secte, c'est ça ? Et elle fait quoi leur secte ?

Paul était comme ça. Il démarrait au quart de tour. Et le joint, ça n'aidait pas.

J'ai continué :

– Ben tu vois, tous ces jeunes, ils en ont marre de leur vie de galérien.

Je me suis levé et j'ai promené un doigt sur les photos.

– Ils ont rien à attendre de la vie. C'est comme s'ils vivaient tous à Carrefour. Alors ils se regroupent. Ils se rencontrent par Internet, peut-être sur Facebook, et ils discutent sur MSN ou un truc comme ça. Il y en a qui décident de se suicider ensemble. D'autres qui flinguent un bahut entier. Eux, non. Ils ont un autre projet. Ils décident de monter une secte. Une secte… adoratrice de l'alligator !

Paul a ouvert de grands yeux.

– Quoi ?! Une secte adoratrice de l'alligator ?! Tu te fous de ma gueule ou quoi ? C'est ça, ton histoire ?

– Attends, Paul, tu sais qu'en Égypte le crocodile était vénéré ? C'est lui qui dévorait les âmes mauvaises après la mort. Un dieu mettait ton cœur sur le plateau d'une balance. Sur l'autre plateau, une plume. Si tes fautes étaient plus légères que la plume, tu étais sauvé. Sinon, le crocodile te dévorait. Le crocodile, c'est la mort et la renaissance. Peut-être que ces jeunes sont allés se faire bouffer par les alligators. Peut-être qu'ils sont partis vers un monde meilleur.

J'avais débité ça sans réfléchir. C'était vraiment une idée étrange. Mais pourquoi pas ? C'était pas plus absurde que ce qu'on lisait dans les journaux.

Paul m'a regardé quelques secondes sans rien dire, puis il a fait mine de vomir.

– Elle est à chier, ton histoire, David. Plus nul que ça, je connais pas. Même un scénariste de téléfilm, il fait mieux que ça. Je sais pas, moi. Trouve-moi une histoire de tueur en série, d'extraterrestres ou de vampires. Ouais, les vampires, c'est à la mode ! Et ça sera cent fois plus crédible que ça !

J'ai haussé les épaules :

– Désolé, j'ai pas mieux.

Paul a rallumé son joint.

On est resté un moment sans parler.

Au-dessus du canapé vert, Jason nous fixait de son regard sombre.

## 6

Quand je suis sorti du Navire, la soirée était déjà bien avancée. Au-dehors, il faisait une chaleur moins étouffante que dans la cale confinée du chalutier. Ma tête tournait un peu, sûrement à cause de la fumée de l'herbe. Il tombait une pluie légère et tiède.

Le chien de Johnson s'est mis à aboyer près de la cabane en tôle. Une lumière vacillait à l'intérieur. Étonnant : à cette heure-ci habituellement, le vieux cuvait son whisky dans sa caravane, devant une série télé débile. Je me suis approché. Saint-Pierre a redoublé d'aboiements.

J'ai appelé :

– Monsieur Johnson ?

Pas de réponse.

Je savais que Saint-Pierre avait plus de voix que de crocs, alors j'ai fait quelques pas à l'intérieur, écartant les cordages et les hameçons géants qui pendaient du plafond. Ça grouillait de moustiques et de mouches grasses. Une odeur insupportable de graisse et de chair en décomposition emplissait le peu d'espace.

Et puis je l'ai vu.

À moins d'un mètre de moi. Un alligator. D'une taille impressionnante. Mon cœur a fait un bond. J'étais tétanisé. Je n'entendais même plus les aboiements du chien. J'ai repensé à l'histoire de la secte : « Oui, c'est sûrement comme ça qu'ils ont fini. Dévorés par le monstre. »

Une goutte de sueur a coulé dans mon cou. Et soudainement, la voix de Johnson a tonné dans la cabane :

– Saint-Pierre, ferme ta gueule !

La tête du vieux est sortie de derrière un énorme frigo.

– Il est mort.

J'ai mis un moment à comprendre. Je ne sais pas pourquoi mais j'ai pensé à Jason, le dernier disparu.

– L'alligator, il est mort, s'est esclaffé Johnson.

Les jambes flageolantes, l'air est revenu dans mes poumons.

J'ai bafouillé :

– Oui, bien sûr, monsieur Johnson, il est mort.

Le vieux a fait le tour du frigo en s'aidant de sa canne, un poulet congelé à la main. Il y avait encore la tête et son cou était tout raide.

– Ça fout la trouille, pas vrai, garçon ? il a dit, en suspendant le poulet à un crochet.

C'était plus une affirmation qu'une question. Les alligators, c'était comme les moustiques, il y en avait beaucoup dans le coin, beaucoup trop. Et depuis tout môme, je ne supportais pas ces bestioles.

– Moi aussi, au début, j'en menais pas large. En relevant une de mes premières lignes, un de ces monstres m'a presque bouffé la cuisse. Comme un abruti, j'avais cru qu'il était mort parce qu'il ne bougeait plus. Mais en fait, il m'attendait. Et dès qu'il a pu me choper, crac !

Je connaissais son histoire par cœur, mais il ne pouvait pas s'empêcher de la raconter, comme s'il avait été devant une assemblée de touristes.

Johnson est revenu vers l'alligator et il a tapoté ses flancs.

– C'est un putain de miracle si j'ai pas perdu ma guibole ce jour-là ! J'ai dû le finir au couteau, et tu peux me croire, petit, avec ces écailles, ça rentre pas comme dans du beurre ! Depuis, je leur colle deux balles de carabine en pleine tête avant de les sortir de l'eau. Comme ça, on est sûr qu'ils reviendront pas de l'au-delà pour t'emporter avec eux.

Il a entrouvert les mâchoires du monstre. Les dents luisaient d'un sale éclat jaune.

– La gueule de l'enfer, hein ? il m'a fait. Je l'ai relevé cet après-midi. C'est interdit en cette saison, mais bon ! À la guerre comme à la guerre. Je pense bien en tirer cent dollars.

Le vieux s'est relevé difficilement. Il a attrapé un crochet. Au bout : un poulet en décomposition. Une nuée de mouches s'en est échappée. La chair tirait entre le bleu et le vert. Un liquide jaune suintait sur la terre battue. Johnson a découvert ses chicots avec un large sourire :

– Si demain tu viens m'aider à poser mes appâts, un billet de cinq pour toi, petit.

J'ai reculé, l'estomac au bord des lèvres. Derrière moi, Saint-Pierre s'est remis à aboyer. Je me suis enfui sur mon vélo. Dans mes oreilles résonnait encore le rire gras du vieux.

## 7

Le début de la semaine s'est écoulé mollement.

Mon stage chez Miles commençait bientôt et je me suis dit que ça serait bien de potasser un peu. Alors un soir, je suis allé à la bibliothèque du lycée. La salle était déserte, mis à part madame Henderson, la bibliothécaire derrière le comptoir. Avec sa robe à fleurs et sa chevelure blonde, on aurait pu la croire échappée d'un livre romantique du siècle dernier. Au lycée, parce qu'elle passait son temps seule au milieu des livres et qu'elle parlait peu, la rumeur prétendait qu'elle était lesbienne et bien des gars fantasmaient sur elle en secret. Elle m'a adressé un léger signe de tête, m'invitant à rentrer.

Au rayon technique, entre les bouquins qui traitaient de pneumatiques, mon regard a été attiré par une gommette bleue sur la tranche d'un livre. Un roman. Un livre qui n'avait rien à faire là. *La Métamorphose.* L'auteur était un tchèque : Franz Kafka.

Quand j'ai ouvert le roman, la reliure a émis un petit craquement délicieux. Les pages avaient l'odeur inimitable du papier neuf. Une odeur enivrante.

J'ai lu la première phrase : « *Lorsque Gregor Samsa s'éveilla un matin, au sortir de rêves agités, il se trouva dans son lit métamorphosé en un monstrueux insecte.* » Je ne sais pas pourquoi mais ces quelques mots et le titre ont résonné en moi.

Quand j'ai posé le roman et un magazine de mécanique sur le comptoir, madame Henderson m'a souri sans rien dire. Elle ne faisait jamais aucun commentaire sur les livres que j'empruntais, mais à voir son sourire discret, je crois qu'elle aimait bien que je vienne à la bibliothèque. Je la soupçonnais même d'acheter certains titres uniquement pour moi. C'est ici, entre les murs de cette salle, que j'avais découvert Steinbeck, Cortázar, K. Dick, Orwell, Rimbaud, Lovecraft et tant d'autres. À chaque fois, des livres parfumés de l'odeur du papier neuf, égarés et solitaires dans les rayonnages du rayon mécanique. Tout comme ce bouquin, là, *La Métamorphose*. Comme une respiration entre les tranches austères des livres techniques. Comme des oasis au milieu d'un désert aride. C'était une sorte de jeu de piste. Et chaque fois que je poussais la porte de la bibliothèque, je me préparais à découvrir un nouvel auteur, vivre de nouvelles aventures. Sans que l'on ait échangé le moindre mot, je le savais, madame Henderson avait deviné ma passion. Et c'était une passion commune.

Elle a scanné mes livres et, en me les tendant, elle m'a glissé avec un air de conspiratrice :

– Je l'ai lu quand j'avais ton âge. Je crois que tu vas te régaler.

J'ai bafouillé « merci » en essayant de ne pas trop rougir et, quand j'ai poussé la porte, j'ai su que le stage chez Miles n'avait été qu'un prétexte pour m'évader une fois de plus entre les pages des livres.

Assis à l'arrêt de bus devant le lycée, j'ai planqué le roman derrière la couverture d'un magazine de mécanique et j'ai commencé à lire.

Peu après, deux gars de la classe, Ridley et Morgan, sont passés en klaxonnant dans une vieille Mustang rouge sang. Morgan, côté passager, agitait un pack de bières. Ridley a relevé ses lunettes de soleil sur son front et m'a regardé avec pitié.

– Pauvre David, c'est pas en prenant le bus que tu vas pouvoir choper des gonzesses !

À côté de lui, Morgan s'est mis à sucer le goulot d'une bouteille d'une façon obscène.

J'ai haussé les épaules en refermant bien le magazine sur le roman.

J'avais pas envie qu'un des gars de la classe me découvre un bouquin entre les mains. Encore moins avec le bouquin d'un auteur tchèque. On se foutait déjà assez de ma gueule parce que je n'avais pas de bagnole et que je venais de Carrefour. Lire m'aurait définitivement enfermé dans la catégorie des *freaks* et des *losers*.

J'ai balancé : « Bah, je préfère encore marcher jusqu'à Carrefour sous un ouragan plutôt que de me taper une meuf comme la tienne », en désignant Morgan et sa bouteille.

Ils se sont marrés comme des baleines et la Mustang a redémarré en arrachant la gomme des pneus.

J'ai replongé dans *La Métamorphose* et quand j'ai relevé les yeux, il faisait déjà sombre et une fine pluie tombait. J'avais complètement décroché de la réalité, emporté loin, très loin, par les phrases de Franz Kafka. J'ai regardé l'heure sur mon portable. Il était plus de dix-neuf heures. Sans m'en apercevoir, j'avais laissé passer tous les bus. Papa allait être furieux. Il fallait que je trouve un moyen de rentrer jusqu'à Carrefour. J'ai passé un coup de fil à Martin, le frère de Paul. Martin bossait chez Miles, et c'était grâce à lui que j'avais trouvé mon stage de fin d'année.

Il a décroché au bout de deux sonneries. Je lui ai expliqué l'histoire. Il a semblé hésiter un peu. Je sentais bien qu'il avait autre chose à faire.

– C'est bon, laisse tomber, j'ai dit. Je ferai du stop.

Il a insisté :

– Non, non, je finis une vidange et je suis là dans une demi-heure.

À une époque, on avait été très proches tous les deux, Martin et moi. À l'époque du Navire. Mais depuis qu'il était sorti du lycée, Martin avait changé. Il était devenu plus indépendant. Souvent, il ne rentrait pas à Carrefour et restait dormir en ville. Quand on se retrouvait seuls dans le salon du chalutier, on n'avait plus grand-chose à se dire. Contrairement à moi, Martin était un vrai passionné de mécanique. Il passait ses week-ends à bricoler de vieilles bagnoles derrière le mobil-home de sa grand-mère. Et il s'était mis à traîner avec Ron et Patrick, deux gars de Houma qui avaient la même passion que lui. J'étais certain que c'était de là que venait l'herbe que Paul fumait.

À voir la tête de Rosalie, c'était évident qu'elle n'appréciait pas trop ces gars de la ville avec leurs voitures customisées qui, musique à fond, venaient labourer la piste devant chez elle à grands coups de pneus et de frein à main. Mais Rosalie ne disait rien. Quand Ron et Patrick débarquaient, elle se contentait de hocher la tête avec un petit pincement de lèvres, comme à son habitude quand quelque chose la dérangeait.

La pluie s'est arrêtée soudainement, laissant place à une moiteur désagréable. Une voiture de police est passée très lentement à ma hauteur. Les rondes se multipliaient depuis les disparitions. Au volant, un gros flic m'a scanné de haut en bas. Son visage ressemblait à celui du flic de l'article sur la disparition de Jason. Je me suis demandé si c'était bien lui. Et s'il avait toujours une tache de sauce tomate sur l'uniforme. La voiture m'a dépassé, puis elle s'est arrêtée quelques mètres plus loin. La vitre de la voiture s'est abaissée. Le visage du flic est apparu et m'a fixé un moment. Je me suis senti mal à l'aise. C'était idiot, ça aurait dû me rassurer, mais en fait c'était plutôt le contraire. Alors j'ai ouvert au hasard une page de mon bouquin, tout en surveillant la voiture du coin de l'œil. Le flic obèse n'a pas bougé pendant quelques secondes. Puis finalement, je l'ai entendu cracher par terre. La vitre est remontée et la bagnole s'est éloignée.

J'ai pensé que je pourrais appeler papa pour le rassurer, parce que ces histoires de disparitions le rendaient dingue, mais j'ai laissé tomber l'idée. J'avais pas envie de me faire engueuler au téléphone. J'allais me faire ramener par Martin, ça arrangerait tout. Papa avait toujours eu confiance en lui. À l'époque, papa avait été très proche des parents de Paul et Martin, Jack et Millie. Jack avait été un collègue de mon père et c'était eux qui s'étaient occupés de papa après son accident : l'hôpital, le fauteuil roulant, la rampe d'accès pour le mobil-home. Ils avaient tout fait pour nous maintenir, papa et moi, hors de l'eau. J'avais huit ans. Et puis il y a cinq ans, Jack et Millie s'étaient tués en voiture sur la route de Baton Rouge. Papa avait passé une semaine sans parler, sans bouger de son lit, une bouteille de whisky vissée à la main. Martin était parti à la dérive, dans l'herbe et l'alcool, pendant quelques mois. Paul avait suivi peu après. Mais heureusement, Rosalie les avait secoués à grands coups de claques, de larmes, de rires et d'énormes plats d'écrevisses à l'étouffée. Elle avait déployé toute son énergie pour faire que la vie continue. Pour ramener de l'argent à la maison, elle avait même ouvert un snack au bord de la route de Houma : « La Poule Blanche ». Pas mal de gars de la raffinerie avait pris leurs habitudes là en souvenir de Jack. Et la vie avait continué. C'était comme ça, Carrefour.

Bref, je suppose que mon père voyait en Martin le digne fils de Jack. Le garçon simple, direct, travailleur. Sans fioritures mais sur qui on pouvait compter. Souvent papa me bassinait avec ça :

– Regarde Martin ! Lui, il cherche pas midi à quatorze heures. Il perd pas son temps dans des bouquins. Il a un bon boulot.

Bien payé. Alors que Paul et toi, je sais pas ce que vous avez dans la tête !

À chaque fois, j'avais envie de lui balancer que Martin trafiquait de l'herbe. Mais ça ne servait à rien. Je suis sûr que papa lui aurait trouvé des excuses.

Le ronflement du moteur de la bagnole m'a tiré de mes réflexions. Le visage carré de Martin est apparu à la fenêtre :

– Vous avez demandé un taxi ?

# 8

Je me suis installé sur le siège passager et Martin a pris la direction de Carrefour. On a échangé quelques banalités sur sa voiture, une Mitsubishi 3000, et puis le silence est retombé. Martin avait l'air stressé. Il n'arrêtait pas de jeter des coups d'œil à son portable posé entre nous deux sur le tableau de bord. Après le pont, à la sortie de la ville, la Mitsubishi a rapidement dépassé les cent kilomètres heure. Les marécages défilaient à toute allure des deux côtés de la route. La pluie s'est remise à tomber, mais Martin n'a pas actionné les essuie-glaces. On ne voyait pratiquement plus rien à travers le pare-brise. Je n'étais pas très rassuré.

– Dis donc, tu roules pas un peu vite là ? j'ai demandé.

Martin a paru redescendre d'un nuage. Il a passé une main dans son cou, allumé les essuie-glaces et la voiture a ralenti.

– Ouais ouais, c'est vrai, désolé.

J'ai cherché un truc à dire pour détendre l'atmosphère.

– Je commence lundi prochain chez Miles, j'ai dit.

Martin a souri.

– Tu verras, c'est pas mal. Bon, il faut tenir la cadence. C'est surtout des pneus à changer et des vidanges, et vu le prix, il y a pas mal de monde qui vient là. Miles est un peu particulier, mais faut pas faire gaffe à lui. C'est bien comme première expérience. C'est un bon choix, il a conclu.

En fait de choix, c'était Martin lui-même qui m'avait trouvé le stage de fin d'année. Je n'avais rien fait pour m'en dégoter un. La fin de l'année était arrivée si vite. Pour moi, jusque-là, les études de mécanique avaient été un passe-temps vaguement ennuyeux. Je m'en échappais bien vite après les cours pour me réfugier dans la lecture ou l'écriture. Jamais je n'avais vraiment réalisé qu'il me faudrait gagner ma vie avec ça. À la fin du mois, tout serait bouclé. Il faudrait chercher du boulot. Et rien qu'à l'idée de bosser toute la journée les mains dans l'huile de moteur à faire des vidanges, j'en avais l'estomac retourné.

Martin a demandé :

– Et ton père, ça va en ce moment ? »

– Ouais, ça peut aller. Il est flippé, comme d'habitude. Entre le stage et le gars du bahut qui a disparu…

– Ah ouais ? Un pote à toi ?

– Non. Il s'appelait Jason.

– Jason comment ?

– Jason Merline.

Il m'a semblé que les mains de Martin se crispaient sur le volant.

Soudain, la sonnerie du portable a résonné dans l'habitacle. On était presque à la bifurcation de Carrefour. Je pouvais voir à moins de deux cents mètres les lumières de la terrasse du snack de Rosalie.

Martin s'est garé sur le bas-côté. Bien sûr, il aurait pu téléphoner au volant, mais j'étais certain qu'il ne voulait pas que j'entende la conversation. Il est descendu de la voiture. Quand il a ouvert la porte, l'odeur aigre des marécages est arrivée jusqu'à moi. Martin a fait quelques pas sous la pluie, le téléphone vissé à l'oreille. Je me suis demandé à qui il pouvait parler. À ses potes ? À une nana ? Martin, avec sa belle gueule carrée de métis et ses épaules larges, avait toujours eu du succès auprès des filles. Mais là, il ne voulait pas que j'en sache plus. J'ai plongé mon regard au-delà de la vitre, dans les eaux ténébreuses des marécages. Il m'a semblé voir une forme bouger. Quelque chose de blanc. Et l'éclat jaune de deux yeux ronds. La chose avait bondi derrière la silhouette déchiquetée d'un bosquet de roseaux. Peut-être une aigrette dérangée par un animal nocturne ? J'ai cherché à voir si ça bougeait encore, mais Martin est remonté dans la voiture.

Il a eu un grand sourire un peu faux :

– Allons-y !

On a dépassé la Poule Blanche. Martin a ralenti pour voir qui traînait dans le coin. Il y avait pas mal de monde sur la terrasse mais pas de trace de Rosalie. Elle avait dû prendre son jour de repos et confier le snack à une de ses amies. J'ai cru reconnaître Paul, attablé avec deux filles habillées de noir. C'était étrange, Paul avait filé de suite après les cours. Il m'avait dit qu'il ne se sentait pas très bien. Je me suis frotté les yeux, je tombais de sommeil. Non, j'avais certainement dû me tromper.

On a dépassé la Poule Blanche et Martin s'est engagé sur le chemin pour Carrefour. Il a stoppé la voiture au bout de cent mètres.

– Il faut que je retourne à Houma faire un truc, ça te dérange pas si je te laisse là ?

– Pas de problème, Martin, j'ai dit en haussant les épaules.

Je suis sorti de la voiture. Par la fenêtre, Martin m'a crié :

– Allez, à la semaine prochaine chez Miles, hein, et sois à l'heure !

La Mitsubishi a fait un demi-tour fluide et s'est engouffrée dans la nuit.

Comme le temps était couvert, on ne voyait pas grand-chose sur le chemin, mais je le connaissais par cœur. Je me préparais déjà à la dispute que j'allais avoir avec mon père quand j'ai entendu quelque chose bouger derrière moi. J'ai jeté un coup d'œil rapide, mais je n'ai rien vu. Il faisait un noir d'encre. J'ai continué ma route. J'ai pensé : « Sûrement un raton laveur. Avec moins de chance, un ou deux alligators. » On était en pleine période d'accouplement. J'ai pressé le pas parce que je ne tenais pas à me retrouver nez à nez avec ces saloperies. Étant né ici, ça aurait dû me faire ni chaud ni froid, mais en fait j'en avais une trouille bleue. Paul se foutait de moi en me traitant de touriste.

Il y a eu un nouveau bruit derrière moi. Je me suis retourné en frappant dans mes mains pour effrayer l'animal. En un éclair, une forme blanche s'est envolée au-dessus des marais. Là, à quelques mètres, sur ma gauche. Et cette forme ressemblait drôlement à ce que j'avais vu tout à l'heure sur la route de Houma. Aigrette ou pas, je ne savais pas ce que c'était, mais je ne tenais pas vraiment à le savoir. J'ai couru ventre à terre jusqu'à Carrefour, sans même me retourner.

## 9

J'ai poussé la porte du mobil-home, à bout de souffle, trempé jusqu'aux os.

Mon père, depuis le canapé, me fixait d'un regard froid.

Avec son visage émacié et son crâne dégarni, il paraissait avoir dix ans de plus.

Comme il le faisait toujours, il avait dissimulé ses deux jambes manquantes sous une vieille couverture verte de l'armée.

Sur la table, il y avait une bouteille de bourbon à moitié vide.

La télé était éteinte, c'était pas bon signe.

J'ai lâché mon sac et je me suis avancé dans la pièce.

– Tes chaussures ! a ordonné mon père.

J'ai regardé mes pieds et les larges traces boueuses que j'avais laissées dans l'entrée. Je me suis déchaussé. Malgré la chaleur moite, je grelottais. Je rêvais d'une douche. Je me suis dirigé vers la salle de bains, mais mon père m'a stoppé d'un claquement de langue.

– Où est-ce que tu vas comme ça ? Tu comptais te débiner, hein ?

J'ai protesté :

– J'allais juste...

– Tu allais juste quoi ?! a grondé la voix pâteuse de mon père. Je t'ai déjà dit de pas rentrer si tard en semaine. Tu sais très bien qu'il y a un taré qui rode dans les rues ! Et puis c'est comme ça que tu comptes t'en tirer chez Miles ? Tu arriveras et tu partiras comme tu voudras ?

Ça m'a achevé. La discussion allait une fois de plus partir sur le devoir, la responsabilité, le sacrifice. Moi, je ne pensais qu'à retirer mes fringues trempées, prendre une douche, manger un morceau et me mettre rapidement au lit. J'ai levé les mains en signe d'apaisement.

– Écoute, papa, j'étais juste à la bibliothèque. J'ai loupé le dernier bus et Martin m'a ramené.

Mais une fois de plus, j'avais choisi les mauvais mots et sa colère a décuplé.

– Tes bouquins, encore tes bouquins ! Heureusement que Martin est là pour te tirer d'affaire une fois de plus ! J'espère que tu réalises que c'est lui qui t'a trouvé le stage chez Miles. Si tu déconnes, c'est lui qui va ramasser ! On n'est pas dans un livre, David ! Ici, c'est la réalité ! Ce que tu fais a des conséquences. Tu pourras pas y échapper. Ce stage chez Miles, c'est ta dernière chance !

Les bras de mon père fouettaient l'air. La couverture sur ses genoux a glissé, dévoilant un pantalon aux jambes molles. Il était ivre.

– Tu as compris ? a hurlé mon père. Ta dernière chance !

J'ai passé une main lasse sur mon visage. J'ai voulu ramasser la couverture, mais il m'en a empêché d'un claquement de langue.

– Papa, on en a déjà discuté. Ce n'est qu'un stage à Houma. Louisiane. États-Unis d'Amérique. C'est pas le centre du monde. Je vais pas faire mécano toute ma vie. Tu le sais, c'est pas mon truc.

Les joues de mon père se sont empourprées. Il m'a imité avec une voix qui crissait comme une craie sur un tableau noir.

– *C'est pas mon truc, c'est pas mon truc.* Et c'est quoi ton truc, David, bordel ?! Qu'est-ce qui cloche avec toi ?

Je me suis mis à trembler. Je ne sais pas si c'était la fièvre ou la colère. De toute façon, ça finissait toujours comme ça entre nous. Depuis son accident, on n'arrivait plus à se parler. On vivait dans deux mondes différents. Et une paroi de glace nous séparait. J'en avais marre. J'ai coupé court à la dispute.

– C'est bon. Je suis trempé. Je me sens pas très bien. Je vais dormir. Ça ira mieux demain.

Dans mon dos, j'ai entendu le goulot de la bouteille tinter sur le rebord du verre. Mon père allait boire toute la nuit, jusqu'à s'effondrer sur le canapé.

En rentrant dans ma chambre, j'ai buté contre la poubelle en métal. J'ai allumé la lumière. Dans la poubelle, il y avait une étrange masse noire. J'ai regardé de plus près. C'était un conglomérat informe de papier et d'huile de moteur. Aux couvertures, j'ai immédiatement reconnu ma collection de poésies de Jim Morrison : « La nuit américaine », « Wilderness », « Seigneurs et nouvelles créatures »...

J'ai serré les poings.

De l'autre côté de la cloison, dans le salon, mon père s'était muré dans un silence de mort.

## 10

J'ai pédalé, pédalé, encore et encore, dans la nuit noire et moite. J'avais d'abord pensé aller chez Rosalie, mais quand j'étais passé devant chez elle, j'avais vu qu'elle était dans sa cuisine avec Johnson. Et j'avais pas du tout envie de déballer ma vie à ce vieux timbré. Alors j'ai continué à pédaler. Des tours et des tours sur les pistes de Carrefour, à m'en faire exploser les muscles des cuisses. Jusqu'à épuiser toute ma colère.

Quand j'ai été claqué, je suis allé jusqu'au Navire. Il n'y avait personne. Paul et Martin n'étaient pas rentrés. Je me suis affalé dans le canapé vert défoncé. Mon corps était cassé par la course, mais je ne pouvais pas empêcher mon esprit de carburer à cent à l'heure. J'ai attrapé sur la table basse une pub pour des cakes faits maison où un personnage ridicule en forme de cerise mordait à pleines dents dans un gâteau. Il y avait quelque chose d'affreux dans ce personnage, avec ce corps rose et boursouflé et ces dents carrées et régulières, faites pour broyer. On aurait dit une mauvaise affiche de film d'horreur.

J'ai lu le texte en dessous, mécaniquement. Depuis tout môme, je lisais toujours tout. C'était comme ça. Je ne pouvais pas m'en empêcher. Les pubs dans la boîte aux lettres, la composition des barres chocolatées, les vieux journaux qui traînaient à la maison. Tout y passait. C'est comme si j'avais voulu combler un manque ou un retard. Peut-être parce qu'on avait jamais eu de livres à la maison ? Il faut dire que quand mon père rentrait de la raffinerie, il ne pensait qu'à une chose : s'écrouler dans le canapé et s'enfiler une bière devant la télé. Le corps cassé, l'esprit usé, il ne restait pas beaucoup de place pour la lecture. Sur une étagère dans le salon, les seuls bouquins de mon père étaient des ouvrages pratiques, utiles : *Tout ce que vous avez toujours voulu savoir sur le bricolage sans oser le demander* et autres *Savoir tout faire au jardin*. C'étaient des bouquins au rabais, achetés au supermarché, et je n'étais même pas sûr que mon père les ait déjà ouverts un jour.

Gamin, j'avais commencé à ramener à la maison des livres de la bibliothèque de l'école. Des manuels de géographie, des romans, des encyclopédies. Je dévorais tout ce que je trouvais. À cette époque, mon père était plutôt fier de ça. Il était sûr que comme ça je pourrais m'en sortir à l'école. « Là où j'ai échoué », comme il aimait à le répéter.

– Tu vois ces mains, il me disait, plaquant sous mon nez ses grosses paluches crevassées et souvent encore noires de cambouis. Tu vois ces mains, c'est tout ce que j'ai aujourd'hui. La tête, c'est ta mère qui me l'a prise. Mais je lui jette pas la pierre, c'est de ma faute. Ma tête, je savais pas m'en servir. Je voulais pas aller à l'école, alors on m'a jamais appris. C'est pour ça qu'aujourd'hui je fais confiance qu'à mes mains. Mais toi, petit, tu deviendras quelqu'un. Ouais, si tu bosses à l'école, si tu apprends à te servir de ta tête, tu deviendras quelqu'un.

Moi, tout gamin, je baissais les yeux. Je me rappelle que j'éprouvais un sentiment étrange quand il me parlait comme ça.

Il y avait de la fierté. La fierté que mon père croie en moi comme ça. Mais aussi la honte de le voir se rabaisser, s'humilier et se considérer comme un moins que rien face à moi. Comme s'il avait voulu que je le déteste. Je n'arrivais pas à comprendre.

C'est sûr qu'il en bavait comme ouvrier à la raffinerie. Mais bon, on vivait pas si mal tous les deux. Ma mère s'était fait la malle alors que j'étais tout gamin. Elle s'appelait Rosetta. Il ne me restait aucun souvenir de cette période-là. Tout ce que je garde d'elle, c'est une photo où on la voit habillée de rose, allongée dans l'herbe verte. Grande, blonde, un sourire comme un éclat de soleil. Elle était belle, vraiment. Papa était fou amoureux d'elle.

– Comme elle s'appelait Rosetta, ta mère s'habillait exclusivement en rose. Elle disait qu'il faut vivre en accord avec ce qu'on est au fond de soi.

Mon père m'avait répété ça des milliers de fois. Et ma mère avait appliqué ce principe à la lettre. J'avais quatre ans quand un photographe qui faisait un reportage sur les bayous avait serré le frein à main de son 4x4 à l'entrée de Carrefour. C'était un matin. Papa était à la raffinerie. Moi dans mon parc, devant la caravane. Le soir, maman n'était plus là. En rentrant du boulot, papa m'avait trouvé dans les bras de Rosalie. Il n'avait rien dit. Il avait serré les dents et il était rentré chez nous, avec moi, minuscule, blotti contre son bleu de travail maculé de cambouis. Rosalie m'avait raconté tout ça des années après. Je crois que mon père, au fond, avait toujours su que Rosetta était taillée pour autre chose que les bayous, la caravane et Carrefour. Rosetta et mon père, ça avait été une histoire brève et lumineuse comme une étoile filante. À peine le temps de lever le nez au ciel et déjà la nuit avait repris le dessus. L'amour avait disparu aussi vite qu'il avait été fort. J'étais la seule trace de ce passage. Comme un peu de poussière d'étoile. Et souvent je m'étais demandé si je n'étais pas arrivé là par hasard. Mais peu importait, en fait. Papa était parti battu. Battu à l'école. Battu avec Rosetta. Battu dans la vie. Il y a longtemps, il avait accepté l'idée qu'il était un perdant. Le rêve américain, il n'y avait jamais cru pour lui-même. Il s'était obstiné à y croire pour moi. Mais tout ça, ce foutu « rêve américain » qu'on nous vendait à longueur de temps dans les pubs et dans les films, ce n'était que du vent. La perte de ses jambes sous une poutrelle métallique lui avait définitivement arraché toutes ses illusions. À partir de là, la crainte avait ressurgi, comme un monstre sorti des eaux. Se tapir dans un coin, faire le moins de bruit possible : voilà à quoi aspirait mon père. Pour lui comme pour moi. Et, même si j'avais eu du mal à me l'avouer, je le savais : c'est pour lui faire plaisir que je m'étais lancé dans des études de mécanique. Tout ça parce qu'ainsi je pouvais rester étudier dans le coin. Et plus tard travailler ici. Tout ça parce que j'avais voulu ménager mon père. Tout ça pour ne pas l'abandonner. Comme Rosetta. Mais ça n'avait servi à rien. Mon père ne serait plus jamais heureux. Il vivrait le restant de sa vie prisonnier entre les quatre murs de la peur. Et aujourd'hui, j'avais l'impression qu'on me poussait moi aussi vers cette prison. Que mon père m'y attendait, à la fois détenu et geôlier. Sauf que je ne pouvais pas survivre dans un espace aussi étroit. Je n'allais pas attendre de pourrir comme les poulets sur les crochets de Johnson. Ce n'était pas de la haine. Même pas du dégoût. Mon père, la mécanique, Carrefour : c'était une vie insipide. Sans horizon. J'avais des mondes à explorer. Il me restait peu de temps. Il fallait trouver un moyen de me libérer.

# 11

J'ai été réveillé par des bruits de pas sur le pont du Navire.

En face de moi, le personnage sur l'affiche d'*Orange mécanique* me fixait d'un œil vicieux, une lame étincelante à la main. Quelle heure était-il ? Aucune idée. J'étais englué dans mes vêtements humides. Je grelottais de froid. Les pas sur le pont se sont rapprochés. Puis ils ont descendu l'escalier. Ce que j'ai vu en premier, c'est les jambes. Filiformes et gainées de noir. Puis un short en jean déchiré. Une veste de cuir noir fatiguée. Ses cheveux blonds étaient collés sur ses joues maigres. Ses yeux noirs cotonneux ont erré un instant dans la pièce, glissant sur moi comme si je n'existais pas. Et puis sa bouche mûre écrasée a demandé : « T'es qui, toi ? »

J'ai répondu : « David ».

Elle a fait quelques pas vers la table du salon. J'ai senti sur elle l'odeur de la pluie chaude. Elle n'était pas vraiment belle. Mais elle dégageait quelque chose d'étrange qui m'a tout de suite attiré. Comme un aimant. Qu'est-ce qu'une fille comme elle pouvait faire ici ? Elle a tiré une clope d'un paquet qui traînait sur la table et elle l'a allumée d'un briquet d'argent qu'elle a tiré de sa poche. Le filtre de la cigarette a disparu entre ses lèvres sombres. Son regard a plongé vers moi. Elle a rejeté un nuage de fumée bleutée.

– Qui t'as dit que t'étais déjà ?

– David.

Elle a hoché la tête pensivement.

– Et toi ? j'ai demandé.

Son regard s'est troublé, comme si elle venait de se souvenir de quelque chose. Elle n'a pas répondu à ma question.

– Martin n'est pas là alors ?

– Non, je crois qu'il avait un truc à faire à Houma.

Elle a haussé les épaules, puis elle a fait quelques pas vers le canapé.

– C'est qui ceux-là ? elle a demandé en désignant du menton les affiches scotchées au mur.

– Tu sais, c'est les jeunes qui ont disparu dans le coin.

Elle s'est approchée pour détailler les visages, puis elle a décroché une des feuilles.

Elle s'est laissée tomber sur les coussins défoncés. Tout près de moi. Je me suis soudainement senti minable avec mes vêtements trempés. Et pourtant elle aussi était mouillée. Mais ça avait un tout autre effet.

Elle a fumé un moment sa cigarette sans rien dire. Entre ses mains, sur l'article, le gars étalait un sourire de premier de la classe. Il était plutôt pas mal. Le style sportif. J'ai lu : « Mark Reeding. 19 ans. Disparu le soir du 24 décembre. »

Aucun de nous deux ne parlait. Comme à chaque fois que je m'asseyais là, je regardais fixement Alex, le personnage sur l'affiche d'*Orange mécanique* qui tendait vers moi son regard étoilé de noir. Son regard aussi effilé que la lame qu'il tenait dans la main. Comme pour m'empêcher de m'endormir.

À côté de moi, la fille a poussé un soupir. Elle s'est redressée pour écraser sa clope dans un vieux pot de yaourt. Comment

Paul et Martin pouvaient-ils être aussi bordéliques ? Le salon était une vraie poubelle. La braise a grésillé un instant au contact du plastique et la fille s'est enfoncée à nouveau dans les coussins. Elle s'est mise à fredonner doucement. Elle avait une belle voix. Un peu rauque. J'ai cru reconnaître un morceau de Pink Floyd. *Brain damage*. Une chanson étrange qui disait : *And if your head explodes with dark forebodings too, I'll see you on the dark side of the moon*. En fait, elle chantait drôlement bien. Je me suis laissé bercer par sa voix envoûtante et par les paroles hypnotiques. Puis brusquement, elle a tourné la tête vers moi. On était si près que je pouvais sentir son haleine chaude parfumée de tabac blond.

– Hé, tu t'es déjà demandé ce qu'il y avait de l'autre côté de la Lune ? Sur la face cachée ?

J'aurais bien voulu répondre un truc drôle ou intelligent, mais rien ne m'est venu à l'esprit.

– Heu, non, pas vraiment en fait.

Elle a pris un air agacé.

– Imagine !

J'ai réfléchi une ou deux minutes. J'ai repensé à un bouquin que Paul m'avait passé il y avait quelques mois. Un truc complètement barré.

– Ben, j'ai déjà entendu des histoires. Tu sais, la Lune Creuse. La Lune serait habitée par un peuple venu d'ailleurs. Et c'est pour ça que la Nasa ne diffuserait pas les vraies images prises là-haut.

Ma proposition est retombée mollement dans le silence entre nous.

Je me suis senti nul. Mon esprit était aussi vide que le pot de yaourt devant nous.

– Viens, on va voir ! elle m'a dit soudainement, en me prenant par la main. J'ai sursauté au contact de ses doigts glacés. Je l'ai suivie dans l'escalier. Au dehors, la pluie s'était arrêtée. Un croissant de lune tailladait la couche des nuages. La peau blanche de la fille brillait presque dans l'obscurité. Je tenais toujours sa main. Je me suis rendu compte que je ne grelottais plus.

– Tu sais ce que je crois, moi ? elle a demandé.

– Non.

Elle a montré la Lune du doigt.

– Moi, je crois qu'il n'y a rien là-haut. Rien du tout. Comme au début du monde. Et c'est pour ça que c'est si beau. Parce que tout est possible. Il y a tout à faire. Tout à découvrir. Tout à inventer. En fait, la face cachée de la Lune n'est pas noire. Elle est blanche et vierge. Comme une feuille de papier.

J'ai tout de suite aimé l'idée.

– Comme une feuille de papier où tout reste à écrire.

Elle a hoché la tête.

– En lettres de sang. Oui, c'est exactement ça.

– Et comment on fait pour y aller ? j'ai demandé.

Elle a dégagé sa main de la mienne et son regard m'a effleuré. Sa bouche mûre écrasée a dessiné un sourire énigmatique.

– T'as qu'à leur demander.

Elle s'est dirigée vers l'échelle et elle a commencé à descendre.

Je ne voyais plus que le haut de son corps, à demi avalé par la nuit.

Je n'avais pas envie de la laisser partir.

– Demander à qui ?

– Aux autres. À ceux qui ont disparu.

Ses chaussures ont résonné sur les barreaux. Je me suis penché par-dessus le pont.

Elle était en bas, près d'une moto appuyée contre la coque du Navire.

– Je suis sûre qu'ils sont là-bas. Sur la face cachée de la Lune.

J'ai rigolé. Elle a enfourché la moto et elle a mis les gaz d'un coup de pied.

– C'est quoi, ton prénom ? j'ai crié.
Pour ne pas avoir l'air de la draguer, j'ai rajouté :
– Je dirai à Martin que tu es passée.
Elle a relevé la tête vers moi en allumant les phares.
– Julee !
Et puis la moto a disparu dans la nuit.

## 12

Après ma rencontre avec Julee, les jours ont filé comme du sable entre mes doigts. Bien entendu, je suis rentré à la maison. Mon père était muré dans le silence. Je n'ai pas cherché à lui parler. J'en avais marre. Le stage chez Miles, cette fichue année qui allait se terminer, le boulot qu'il allait falloir trouver, tout ça tournait dans ma tête comme des mouches dans un bocal. Ça me déprimait complètement, alors je me suis absorbé autant que j'ai pu dans les cours et surtout ceux de mécanique. À l'atelier, les heures ont défilé. Les mains dans le cambouis, j'accomplissais les tâches à la manière d'un robot. Ça convenait parfaitement aux profs, qui m'ont félicité plusieurs fois de m'intéresser vraiment au boulot. En fait, ce n'était pas vraiment désagréable, sauf que ça ne m'intéressait pas du tout. Pendant les pauses, les gars ne causaient plus que de Jason Merline et des disparus. J'ai entendu tout et n'importe quoi. Les rumeurs les plus folles couraient dans les couloirs du lycée. Selon les versions, Jason aurait été sacrifié par une secte sataniste, embrigadé par une cellule dormante d'Al-Qaida, enlevé, violé et dépecé par un *serial killer* homo, recruté par les « *men in black* » du FBI… C'était le grand bazar du n'importe quoi. Comme un concours du truc le plus stupide. C'était à qui affirmerait la théorie la plus tordue pour se faire mousser à la pause. En fait, personne ne semblait vraiment avoir connu Jason. Rémy, un mec de sa classe plein de taches de rousseur et de boutons, avait avoué à Paul que Jason était un gars bizarre, pas causant. « Un putain de *freak*, tu vois ce que je veux dire ? Il sortait pas, il parlait pas, il buvait pas, il fumait pas. Sûr qu'il baisait même pas ! » Rémy n'était pas étonné que Jason se soit volatilisé comme un fantôme : « Parce qu'avant de disparaître, ce mec, il ressemblait déjà à un putain de fantôme. Ouais, un putain de fantôme, blanc et transparent. Tout ce qu'il y a de plus mort ! » Au bout d'un moment, tous ces trucs m'ont vaguement écœuré. Je ne souhaitais plus qu'une chose pour Jason Merline : qu'on le laisse en paix, où qu'il soit. Et qu'on en finisse avec cette semaine.

Heureusement, une nouvelle inattendue est venue éclairer mon vendredi, durant le cours de Lafonda.

Ce cours-là, pour tous les gars du lycée, c'était un peu comme la grande récré avant le week-end. La mission de la prof : enseigner la littérature à des élèves qui, pour la plupart, n'avaient pas ouvert un bouquin depuis l'école primaire ou alors, au mieux, qui feuilletaient un magazine de cul de temps en temps. Autant dire mission impossible. Lafonda, une femme de la quarantaine, aussi haute que large, s'évertuait tous les vendredis matin à nous faire partager son « savoir ». Savoir que les élèves transformaient en confettis sur la route du week-end, aussitôt la porte du bahut franchie.

Comment un cours de littérature pouvait-il exister à Red Cliff ? Mystère. Sans doute, quelque part dans un bureau d'un quelconque ministère, quelqu'un avait dû se soucier un jour de l'éducation littéraire des masses laborieuses. Mais les masses laborieuses ne lui disaient pas merci.

Et même moi, je trouvais Lafonda particulièrement soporifique. Pas mieux pour vous dégoûter des livres. Ça m'arrangeait bien dans un certain sens : si j'avais eu un super prof, j'aurais eu du mal à cacher que je dévorais les bouquins. Et on m'aurait classé direct parmi les bizarres et les tarés à qui on lacère le sac à coups de cutter pendant la pause. Et le cutter, c'était rien : il existait encore bien pire quand des mecs vous prenaient en grippe. Pour ceux-là, même pousser la porte des toilettes pour aller pisser devenait risqué. Il ne faisait pas bon sortir de la norme à Red Cliff. Du coup, avec Lafonda, je n'avais même pas besoin de faire semblant de m'emmerder. En général, les cours se finissaient dans un chaos d'enfer. On parlait football, cinéma, filles ou bringue à venir. Mais certainement pas littérature. Ça faisait un moment que Lafonda avait jeté l'éponge. Elle prêtait ses notes de lecture à qui voulait bien y jeter un œil. Et elle passait le reste du temps plongée dans un roman. Elle nous demandait juste de baisser le ton pour ne pas que le directeur se doute de quelque chose. C'était le *statu quo* et ça convenait bien ainsi à tout le monde.

Ce vendredi-là, à la fin de son cours, Lafonda affichait un petit sourire.

Elle a tapoté sur son bureau pour faire revenir le silence, s'est éclairci la gorge et nous a annoncé :

– Pour le dernier cours de l'année, c'est-à-dire dans trois semaines, j'ai le plaisir de vous annoncer un petit changement dans notre programme.

Un frisson a parcouru la salle. En général, quand ça commençait comme ça, c'était la promesse d'un cours supprimé. À côté de moi, Paul m'a donné un coup de coude joyeux. Un ou deux gars dans les rangs du fond ont commencé à crier victoire. Lafonda a rapidement douché leur enthousiasme :

– Je vous rassure, le cours ne sera pas supprimé, a jubilé la prof, en détachant bien toutes les syllabes.

Un silence de mort s'est abattu sur la salle.

– Par contre, nous aurons un invité de marque en la personne de Franck Lebreton, que vous connaissez peut-être.

Paul a ouvert de grands yeux ronds. Le gars derrière moi, Ridley, a glissé à l'oreille de son voisin :

– Ah ouais, Lebreton, c'est un mécano de Baton Rouge, non ?

– Monsieur Lebreton, a continué Lafonda, est romancier.

Mon cœur a fait un bond. Au début, j'ai cru que j'avais mal entendu. Le reste de la classe aussi. Il planait un silence inhabituel.

– Monsieur Lebreton vit dans la région. Et il nous a fait le plaisir d'accepter notre invitation. Il viendra donc, en personne, vous présenter son travail. Je vous demanderai à cette occasion de lui réserver le meilleur accueil. J'ai fait acheter par madame Henderson des exemplaires de son roman intitulé *Les Fils de Saturne*. Roman que je vous incite à lire d'ici là, même si je sais que vous serez très pris par votre stage. Sur ce, passez donc un bon week-end et un bon stage.

La classe est restée silencieuse un moment. Hébétée par cette nouvelle. Comme les autres gars, je n'en revenais pas. Un écrivain à Red Cliff ! J'ai entendu Ridley dire à quelqu'un que c'était comme si on invitait une biche dans la fosse aux lions. C'est vrai, c'était complètement décalé. Les gars se sont secoués, comme à la fin d'un numéro de prestidigitation. Il n'y a pas eu d'autres commentaires. Tout le monde s'est dirigé vers la sortie en plaisantant. Après tout, le week-end était devant. Il restait deux jours avant le début des stages. Et avec le beau temps, ça promettait d'être la fête. Dans le couloir, j'ai serré deux ou trois mains. Quelqu'un m'a dit : « Bon courage chez Miles, il paraît que c'est un vicieux. Mais t'es habitué, non ? Avec tous les tarés de Carrefour. » Je crois que j'ai répondu un vague « merci ». J'avais l'esprit complètement ailleurs.

Je ne pensais plus qu'à Lebreton.

# 13

La lune était haute dans le ciel. On avait déjà vidé quelques bières sur le pont du Navire. Paul grattouillait « Smells like teen spirit » de Nirvana sur sa guitare, sans conviction. Des bougies à la citronnelle brûlaient tout autour de nous, pour repousser la piqûre des moustiques. On avait bien essayé de plaisanter, mais toutes nos vannes étaient tombées à plat, avalées par la nuit. Même les disparus ne passionnaient plus Paul. En fait, sans oser se le dire, on était tous les deux anxieux de savoir ce qu'on allait devenir dans un mois. L'avenir était un tunnel sombre et froid. En regardant autour de moi, je nous revoyais gamins, en train de courir autour du Navire, avec pour seuls horizons nos rêves sans limites. C'était tout juste hier. Et l'instant d'après, on était là. Avec pas mal de rêves – ou d'illusions – perdus en route. C'était con à dire, mais on était maintenant à un carrefour. Il fallait qu'on avance vers l'inconnu. Un inconnu qui, je le savais, deviendrait vite une routine millimétrée.

– Tu commences à quelle heure lundi ? j'ai fini par demander.

– Six heures.

– Dur.

– Bof, tu sais.

Paul avait bien l'intention de trouver une place chez Inerland, la boîte où il faisait son stage. Inerland s'occupait de la maintenance du canal reliant la ville à la mer, à travers les marécages. Là-bas, Paul bosserait sur les bateaux qui servaient à l'entretien, et même si le boulot était dur, je savais qu'il assurerait. Il avait toujours été passionné par les bateaux, peut-être à cause du Navire. Martin lui avait bien proposé de faire son stage chez Miles, ça aurait été plus peinard, mais Paul avait refusé. Bien sûr, il aurait été capable de bosser dans un garage automobile, mais, même s'il ne me l'avait jamais dit, je savais qu'il ne voulait plus entendre parler de voiture depuis l'accident tragique de ses parents. Il avait passé son permis, mais je ne l'avais jamais vu conduire une voiture. J'avais fait pareil par solidarité. Le bus et le vélo nous suffisaient, même si à Red Cliff on passait pour des extraterrestres à cause de ça. Bref, à Carrefour, on savait qu'on pouvait compter sur lui question bateau, et plusieurs gars le faisaient régulièrement bosser sur leurs moteurs. Son vrai rêve – Paul m'en avait parlé certains soirs – était de partir en mer. De voyager. Sur un paquebot ou un porte-conteneurs, peu importe. Il voulait tout larguer ici. Faire le tour du monde. Et, pour lui, travailler sur le canal était un bon début.

Paul m'a passé la main dans le dos.

– T'en fais pas, ça ira. T'es pas obligé de faire ta vie chez Miles.

On est resté un moment silencieux, à méditer ces paroles, et puis Paul a demandé :

– Tu le connais, ce Lebreton ?

– Non, j'ai répondu.

– Ça pourrait être intéressant pour toi, non ? Tu pourrais lui montrer ce que tu écris.

En fait, dès que Lafonda avait parlé de lui, j'avais eu cette idée-là. Au mot « écrivain », une lumière s'était allumée dans ma tête et elle n'arrêtait plus de clignoter. À la fin du cours, je m'étais précipité à la bibliothèque pour emprunter *Les Fils de Saturne*. J'avais admiré la couverture, une reproduction d'un tableau de Goya où on voyait un géant mordre à pleines dents dans le cadavre d'un enfant. C'était à la fois beau et violent. En voyant cette image, j'avais confusément senti que Lebreton était peut-être une porte de sortie pour échapper à Miles et à Carrefour. Et pour enfin devenir celui que j'étais vraiment. J'avais passé des années à faire semblant, à me cacher des autres, de mon père, des gars du lycée, de mes profs, des gens de Carrefour. Celui que j'étais, je l'avais enfoui à l'intérieur de moi, au plus profond, depuis bien trop longtemps. Et il ne demandait qu'à être libéré. Je ne sais pas pourquoi, mais j'en étais persuadé : dix jours avant la fin de l'année, la venue de cet écrivain ne pouvait pas être une coïncidence. C'était un signe. Cette pensée m'a fait sourire : voilà que je me mettais à élaborer des théories aussi absurdes que celles que je pouvais lire dans les bouquins de Paul !

En étant plus réaliste, je savais bien que l'intervention de Lebreton, c'était surtout une question de pognon. Paul m'avait dit avoir entendu Lafonda et le directeur de Red Cliff en parler au détour d'un couloir. Et comme Paul adorait fouiner, il avait tendu l'oreille. En gros, il restait des fonds à dépenser pour l'année en cours.

– Très peu, avait avoué le directeur, un peu gêné. Mais il nous faut le dépenser. Sinon la dotation de l'an prochain sera amputée d'autant. Vos collègues n'ont pas d'idée. Vous pensez pouvoir trouver un intervenant pour les dernières années avec ce budget-là ?

Lafonda avait réfléchi un instant : « J'ai une piste. »

Évidemment, Paul n'avait fait le lien avec la venue de Lebreton que plus tard.

Coïncidence ou pas, peu importait. Je ne savais pas encore comment, mais il fallait que je trouve un moyen de lui présenter mon travail.

Peut-être tomberait-il sous le charme de mes textes. Avec un peu de chance, il pourrait même me présenter à des éditeurs. Mais je m'emballais certainement. Je n'avais même pas lu *Les Fils de Saturne*. Et puis il fallait que je commence à mettre au propre tous mes textes, mais le temps me manquait.

Le crissement des freins de la voiture de Martin sur la piste nous a tirés de notre léthargie. La vibration des basses noyait les bruits du bayou. Martin est sorti de la voiture, une bouteille de whisky à la main.

– Salut les jeunes, on s'éclate ? il a balancé.

La portière côté passager s'est ouverte et Julee est descendue, tout habillée de noir.

Elle avait l'air complètement partie et ses yeux cernés de mascara brillaient dans la nuit. Elle s'est jetée au cou de Martin et l'a embrassé à pleine bouche. Ça m'a fait un creux dans le ventre en repensant à sa main froide dans la mienne, l'autre soir. Paul m'a jeté un regard désespéré :

– On finit la soirée à la Poule Blanche ?

J'ai regardé Julee escalader l'échelle comme elle pouvait. Morte de rire, elle s'est à moitié affalée sur le pont à l'arrivée. Je lui ai fait un signe de la main, mais son regard m'a à peine effleuré, comme si j'étais transparent. J'ai serré les dents.

Une fois sur le pont, Martin nous a adressé un clin d'œil graveleux et ils ont disparu dans la cale en ricanant bêtement.

Paul m'a donné un coup d'épaule :

– Tu la connais ?

J'ai secoué la tête.

– Non.

– C'est la nouvelle copine de mon frère. Style mystérieuse. Je sais pas d'où elle sort. Lui non plus, je crois. Elle est givrée. Mais elle chante bien.

Je n'ai rien répondu.

– Pas la peine de te faire un dessin, ils vont s'envoyer en l'air. Moi, je reste pas là. Si tu veux, on va chez Rosalie.

En regardant la lune, j'ai repensé à la discussion avec Julee.

– Qu'est-ce que tu crois qu'il y a sur la face cachée de la Lune ? j'ai demandé.

Paul m'a jeté un coup d'œil étrange.

– Quoi ?!

Je me suis senti abattu tout d'un coup.

– Laisse tomber.

Paul a insisté :

– Bon alors, on y va?

– Non, j'ai répondu, je vais rentrer chez moi.

# 14

Mon père dormait sur le canapé, les jambes découvertes.

La télévision baignait le salon d'une lumière verte.

Sur l'écran défilaient les images muettes d'une guerre à l'autre bout du monde. Filmée par une caméra en mode vision nocturne, on voyait une vieille femme en djellaba lever les mains au ciel face au canon de l'arme d'un GI. À cause du rendu verdâtre de la caméra, j'ai eu l'impression que tout ça se déroulait sous une eau vaseuse. Malgré les pleurs et les cris de la vieille, le soldat souriait à pleines dents devant l'objectif. Des dents vertes et carrées. Ça m'a fait penser au personnage grotesque sur la pub pour les cakes maison. Puis, soudainement, quelque chose s'est passé hors champ. La caméra a tressailli. C'était peut-être une explosion ou je ne sais quoi. Il y a eu un nuage de poussière qui a masqué l'action un moment. Puis l'image est revenue sur le soldat. Il hurlait des mots incompréhensibles. Son arme était rivée sur le front de la vieille. Soudainement, le reportage a été interrompu par une page de pub. L'écran a été envahi par un gros type obèse qui s'enfilait un bol de bouillie marron. L'instant d'après, il était beau, musclé et bronzé, et il marchait sur une plage avec une fille aux seins incroyables. Les mots « Régime minceur » clignotaient sur la poitrine de la fille. C'était à gerber. J'ai éteint la télé.

J'ai remonté la couverture sur les jambes de mon père et je suis allé dans ma chambre. Là, j'ai entamé *Les Fils de Saturne*. Quand je l'avais emprunté à la bibliothèque, madame Henderson m'avait affirmé : « Tu vas aimer » et je savais qu'elle se trompait rarement.

L'histoire mettait en scène Roger Burton, un prof de littérature en fac. À côté de son boulot de prof, Burton est aussi un écrivain raté qui rêve depuis toujours d'écrire le roman du siècle. Mais il ne parvient à publier que quelques mauvaises poésies à compte d'auteur. Sa vie personnelle est à l'image de ses ambitions littéraires : un désastre. Sa femme l'a quitté. Il vit seul avec sa fille autiste Tara. Et il couche de temps à autre avec Cathy, une de ses étudiantes. Un soir, alors que Burton corrige les copies de ses élèves, Cathy a une idée machiavélique : mettre à contribution les dix meilleurs étudiants des cours de Burton pour écrire un roman. Un roman à dix voix. Burton proposera à chacun des dix un sujet de nouvelle sur une thématique bien précise. Les étudiants entre eux ne devront pas être au courant. Il suffira ensuite de « lier » le tout, et le tour sera joué. Burton hésite, partagé entre son amour-propre et son ambition. Il finit par accepter et applique le plan de Cathy. Et le résultat final est effectivement très brillant. Après quelques corrections, Burton envoie le manuscrit à un éditeur. Le livre connaît immédiatement un succès national. Puis international. Burton a pris soin, avec l'aide de Cathy, de maquiller les productions originales des étudiants. À la lecture de l'ouvrage, certains se posent tout de même des questions et c'est lors de la fête de fin d'année que Tara brise la coquille de l'autisme et révèle aux étudiants que Burton les a trompés. Ceux-ci viennent lui demander des comptes, menaçant de le dénoncer. Burton se retrouve pris au piège. Son rêve menace de s'effondrer. Il ne lui reste qu'une solution, extrême : se débarrasser des dix étudiants. Comme Saturne qui avait dévoré ses fils pour éviter la prédiction qui annonçait que sa descendance provoquerait sa chute, Burton assassine ses élèves. Les uns après les autres. Discrètement. Mais méthodiquement. Sombrant peu à peu dans la folie, il en vient même à se débarrasser de Cathy quand elle découvre ses crimes affreux. C'est la fille de Burton, Tara, qui met fin à l'histoire en tuant son père, accomplissant ainsi d'une certaine manière la prédiction de Saturne.

J'ai lu le roman d'un trait. Le style de Lebreton était fluide, agréable. Trame principale et écrits des étudiants se mêlaient, se répondaient et se rejoignaient dans un final vertigineux. À travers le livre, l'écrivain mettait en question l'ambition, la destinée, la moralité et la notion d'humanité dans un travail d'écriture. Il fallait le reconnaître, c'était vraiment brillant. C'était d'ailleurs ce que proclamaient de nombreux critiques sur la quatrième de couverture : « Un succès international ! ».

Il était déjà tard, mais la lecture du roman m'avait fait oublier la fatigue. J'ai sorti d'une boîte à chaussures les carnets où je notais mes textes depuis des années. Ce que j'avais écrit me semblait insipide après la lecture du roman de Lebreton, mais j'ai vite chassé cette idée. Il fallait tenter le tout pour le tout. Installé devant mon PC, j'ai commencé à tout trier, organiser et retranscrire. Il y en avait pour des jours et des jours de travail. Sur le clavier du PC, j'ai tapé le titre de mon futur livre : *Carrefour*.

Si quelqu'un pouvait m'aider à devenir écrivain, j'en étais maintenant certain, c'était bien Lebreton.

## 15

Le lundi matin, je me suis réveillé en sursaut, le corps encore secoué par le cauchemar. Dans le miroir de la salle de bains, mon visage était gonflé et blafard. J'ai passé de l'eau sur mon front. J'ai mis un moment avant que le cauchemar ne remonte à la surface de ma conscience.

J'étais sur le pont du Navire. Le bayou s'étendait tout autour. À 360 degrés. J'étais comme en pleine mer sur les eaux saumâtres du marécage. Pas un millimètre de terre ferme. Au loin, dans le brouillard, se dressaient les silhouettes fantomatiques des plates-formes de forage, monstrueux insectes pompant avidement et sans relâche la sève noire de la planète. Et puis j'ai vu les corps. Gonflés, bleuâtres, mollement bercés par les eaux mouvantes. Des hommes, des femmes, des enfants, des vieillards. Des Noirs, des Blancs, des Asiatiques, des Indiens. Tous les cadavres dérivaient selon une géométrie complexe. Et aussi loin que portait mon regard, des corps n'en finissaient pas de venir s'ajouter aux autres sous le ciel noir troué d'une lune énorme. D'où j'étais, je pouvais entendre leurs ventres mous s'écraser contre la coque rouillée du Navire. Et chacun de ces sons s'assemblait pour former une musique atroce. Paul était assis à côté de moi, habillé et maquillé de noir. Il me souriait et ses dents étaient des engrenages métalliques. Il a demandé :

– Tu sais qui ils sont, pas vrai, David ?

Je suis resté silencieux, incapable de détacher mon regard des cadavres.

– Ce sont les âmes et tous les rêves charriés par le Mississippi. C'est la mémoire de tout un peuple, dépouillée de tout artifice. La vérité nue. Implacable. Des hommes semblables à tous les autres. Simplement abandonnés de Dieu.

Il a désigné quelque chose du doigt.

– Regarde, ce sont tes parents.

Et c'étaient bien mes parents, là-bas, nus et gonflés comme des outres. Le corps de ma mère était énorme, boursouflé et absurdement rose. Accroché à elle, gris et recroquevillé, mon père paraissait minuscule. Au-dessous de ses genoux, ses jambes se finissaient par deux moignons sanglants. Son sexe flottait lamentablement.

Des rires ont déchiré la nuit. C'étaient les nôtres. J'étais maintenant seul avec Julee. Nous étions tous les deux enfoncés jusqu'à la taille dans l'eau croupie et la vase. Sa main froide s'agitait sous l'eau, se frayant un chemin jusqu'à mon sexe. C'est alors que j'ai senti la morsure. J'ai hurlé. Un bouillonnement de sang, noir et épais comme du pétrole, est apparu entre mes jambes. Julee a hurlé elle aussi et puis son corps a été agité de soubresauts. Subitement, quelque chose l'a happée par le bas. J'ai juste eu le temps de l'attraper par la main, mais ça n'a pas suffi pour la retenir. Elle a été aspirée sous l'eau. J'ai plongé pour la repêcher. On n'y voyait rien, mais je suis quand même descendu dans les profondeurs. Plus loin, toujours plus loin. J'ai fini par apercevoir une lumière. L'eau s'est faite plus claire. Une caravane reposait au fond du bayou. Je le savais, le monstre qui avait enlevé

Julee était là, dans cette caravane. Je me suis approché d'une des fenêtres. À l'intérieur, Julee était couchée sur le lit, le corps moite et défait. Au-dessus d'elle, un homme en sueur s'activait avec des grognements de bête. Julee pleurait doucement. Des larmes de sang. L'homme était déchaîné. Et soudain, le regard de Julee s'est figé. Une dernière larme de sang a coulé : elle était morte. Enragé, je me suis mis à frapper contre la fenêtre. Alors le visage luisant de l'homme s'est tourné dans ma direction. Très lentement. Il souriait avec un rictus carnassier.

Et cet homme, c'était moi.

## 16

Le gros Miles m'a accueilli avec une grande claque dans le dos qui sonnait comme un avertissement.

– Alors, David, on est bien d'accord, t'es pas à Carrefour ici, hein ? T'es là pour bosser.

J'ai grimacé un sourire. Les choses commençaient bien.

Miles est parti d'un grand éclat de rire.

– Je plaisante, petit. Je m'en fous que tu viennes de Carrefour ou d'ailleurs. L'important, c'est que le job soit fait ! Bienvenue chez Miles !

Il m'a tendu un seau et une serpillière.

– Maintenant, tu briques le garage. Et que ça brille !

En fait de changer des pneus ou de faire des vidanges, j'ai commencé la semaine par nettoyer le garage crasseux. Affublé d'une ridicule veste orange, comme tous les employés, j'ai traqué le cambouis dans tous les recoins.

Le premier soir, en me ramenant dans sa voiture, Martin s'est presque excusé avec un haussement d'épaules.

– On est tous passés par là. Tu verras, si tu restes, bientôt il te mettra à l'atelier.

En fait, je m'en fichais complètement et ça m'allait même plutôt bien ainsi. Même si le gros Miles était souvent derrière moi avec ses « C'est pas assez propre », « Ça brille pas assez », « Je veux pouvoir poser mon gros cul là-dessus quand t'auras fini », il pouvait me faire faire et refaire, tout ce que j'avais en tête, c'était Lebreton.

Et, justement, entre le seau et la serpillière, j'avais suffisamment de temps pour corriger mes textes. Régulièrement, Miles s'absentait. « Pour aller à la banque », il disait, même si on savait tous qu'il se rendait « Chez Fanny », un tripot situé quelques rues plus loin, pour jouer au poker. Moi, j'en profitais alors pour me planquer dans la réserve du garage et ouvrir mes carnets. Martin n'y trouvait rien à redire. Les trois autres gars de l'atelier non plus.

Après le boulot, je rentrais avec Martin. Le mercredi soir, son téléphone a sonné alors qu'on montait dans la voiture. Il a répondu en me jetant un regard en coin.

– J'ai juste un truc à faire, il m'a dit. Tu resteras dans la voiture, ça prendra pas longtemps.

On a navigué dans les rues de Houma jusqu'à un bar appelé « Paradoxe ». Je connaissais le gars au crâne rasé et tatoué d'arabesques qui a ouvert la porte du bar à Martin. C'était Ron, un de ses potes dingues de bagnoles, de body-building et de tatouages. Rosalie aurait sûrement pincé les lèvres en voyant cette scène. Ron m'a jeté un coup d'œil suspicieux et ils se sont engouffrés dans le bar. Qu'est-ce qu'ils pouvaient bien trafiquer, tous les deux ? Je savais que Martin approvisionnait Paul en herbe. Est-ce que Martin venait se fournir au Paradoxe ?

Au bout de quelques minutes, comme Martin ne ressortait pas, j'ai tiré mes carnets de mon sac. J'avais bien avancé depuis le début de la semaine. C'était une sensation étrange que de se replonger dans tous ces textes. Certains dataient de trois ans auparavant, parfois plus. À chacun d'entre eux, je pouvais associer un souvenir précis. Par exemple, j'avais écrit le poème « Pink Villa » un soir où j'avais égaré l'unique photo de ma mère. J'avais fait une scène terrible à mon père. On avait retourné le mobil-home sans succès. J'avais finalement retrouvé la photo dans mon casier au collège le lendemain. Je n'avais jamais osé l'avouer à mon père. La nouvelle « La foire » avait fait suite à ma première déception amoureuse. Elle s'appelait Kate. J'avais mis l'année à lui avouer mes sentiments. Elle m'avait ri au nez en disant que jamais elle ne sortirait avec un gars de Carrefour. Dans la nouvelle, le personnage de Kate finissait mal. Très mal.

Voilà ce que j'avais décidé de faire : raconter Carrefour, dire où et comment j'avais grandi. Tous ces textes faisaient écho à des moments forts de ma vie. Au fil des pages, les mots s'assemblaient pour former ce qui aurait pu ressembler à un portrait chinois. Bien sûr, un lecteur extérieur aurait eu du mal à me reconnaître, à moins de savoir lire entre les lignes. Ce n'était pas la transcription de la réalité. C'était ma vision des choses. Et j'espérais qu'elle serait assez originale pour convaincre l'écrivain.

J'ai été tiré de mes réflexions par trois petits coups frappés contre la vitre de la voiture. J'ai d'abord vu le chapeau. Un chapeau texan. Et puis j'ai reconnu le visage. C'était Patrick, le pote de Ron. Encore un fana de bagnoles et de gonflette. J'ai fourré les carnets dans mon sac et puis j'ai abaissé la vitre électrique. Chemise à carreaux, jean, santiags. Le gars ressemblait exactement au cow-boy dans les vieilles pubs Marlboro. Je me suis retenu de rire en pensant que Mardi Gras était pourtant passé depuis bien longtemps.

– T'es pas le copain du petit frère de Martin ?

– Ouais, j'ai répondu.

– Qu'est-ce que tu fais là ?

J'ai haussé les épaules.

– J'attends Martin.

– Non, je veux dire, qu'est-ce que tu faisais avec tous ces carnets ?

Patrick était vraiment un gars étrange. Je l'avais déjà croisé deux ou trois fois à Carrefour. Il était toujours en train de poser des questions invraisemblables. Et son regard vous disséquait comme si vous étiez une espèce d'animal ou d'insecte encore inconnu sur terre. Avec en plus un sourire étincelant qui ne s'effaçait jamais de sa bouche, quoi qu'il arrive. Je le soupçonnais de se shooter à longueur de journée. Ou d'être complètement timbré. La panoplie de cow-boy Marlboro faisait pencher la balance de ce dernier côté. En fait, Patrick m'avait toujours mis mal à l'aise.

– Rien. C'est des trucs. Des trucs que j'ai écrits.

Son sourire s'est élargi jusqu'aux oreilles.

– Putain, tu écris ! Mais c'est génial, ça !

Il s'est penché vers moi avec un air de conspirateur. Je me suis mordu la lèvre : j'aurais mieux fait de la boucler.

– Écoute, j'ai une idée pour toi. Une idée du tonnerre !

– Hein ?

– Un scénario, mon pote. J'ai une putain d'idée de scénario. Un truc de dingue !

Un truc de dingue, ça, je voulais bien le croire.

– Ben, pourquoi tu l'écris pas toi-même ?

Patrick a posé un doigt sur sa bouche.

– Chhht. Écoute ce que je te dis. Je te fais un cadeau, là. Mon idée vaut de l'or. Je pensais l'envoyer à Spielberg, mais j'ai pas encore eu le temps.

Je me suis calé dans le siège en croisant les doigts pour que Martin revienne vite.

– Alors, tu vois, c'est l'histoire d'un gars qui adore les bagnoles. Il fait toutes les courses du coin. Il est beau, il est balèze et c'est un putain de super-champion. Un soir, alors qu'il rentre chez lui, il aperçoit une lumière au-dessus du bayou. Tu vois, du genre un truc pas normal. Il s'arrête et il part à la recherche de la lumière. Dans une vieille cabane, il rencontre un chevalier en armure avec une lance à la main. Le mec n'en croit pas ses yeux, et pourtant c'est vrai, c'est Saint George qui se tient devant lui ! En fait, le saint vient lui confier une mission. Depuis le début, on sait qu'un tueur rode dans le coin. On l'a aperçu à plusieurs reprises dans une voiture rouge comme le sang. Il se fait appeler « le Dragon Ecarlate ». T'as deviné, hein ? Ce mec-là, c'est cet enfoiré de Diable, bien sûr. Alors le héros se met en chasse, il repeint sa bagnole en blanc et…

Je me préparais à lutter contre le sommeil quand, heureusement, Martin est revenu.

Patrick a arrêté son histoire, à contrecœur, avant de poser à nouveau un doigt sur ses lèvres pour me dire de garder le silence. Ça risquait pas que je raconte ça à Martin.

La voiture a démarré. Dans le rétroviseur, Patrick se tenait au milieu de la rue, un doigt toujours posé sur la bouche. Il était définitivement cinglé.

On a filé à Carrefour à tombeau ouvert et dans le silence.

J'ai compris que quelque chose clochait : Martin aurait bien aimé que je ne sois pas là au Paradoxe. J'avais vu un truc que je n'aurais pas dû voir. Le coup d'œil que Ron m'avait jeté sur le seuil du bar en disait long.

Quelques minutes plus tard, Martin m'a déposé devant chez moi.

J'ai senti son regard planté entre mes deux omoplates jusqu'à ce que je rentre dans le mobil-home.

## 17

– Et tu me téléphones si tu sais quelque chose, d'accord ?

J'ai jeté mon sac sur mon épaule.

– Papa, je te l'ai promis. Mais on est samedi, Miles n'appellera pas aujourd'hui.

Sur la terrasse, mon père avait le sourire.

– Allez, amuse-toi bien.

Je suis parti en direction de la route de Houma où je devais retrouver Paul. Rosalie m'a adressé un signe de la main quand je suis passé devant chez elle. Le soleil était étincelant et une petite brise venue de la mer m'a accompagné tout au long du trajet. La journée promettait d'être agréable. Après la semaine passée entre les quatre murs du garage, je me sentais bien. À la maison, l'ambiance s'était relativement détendue. Mon père voyait que tout se passait bien chez Miles et il s'était instauré une sorte de trêve tacite entre nous. Il avait même éteint la télé et ressorti ses vieux vinyles de Chet Baker. Des chansons qu'il avait l'habitude d'écouter avec maman et qu'il ne passait que quand il était de bonne humeur. Durant les repas du soir, il n'arrêtait pas de me demander si Miles avait parlé de m'embaucher. « Pas encore », je répondais. Et dès que j'avais fini de manger, je me précipitais dans ma chambre pour taper mes textes. Mon père n'en savait rien. Et c'était mieux ainsi. D'ailleurs, seul Paul était dans le secret. Je n'en avais même pas parlé à Rosalie. Ça serait plus facile si jamais ma rencontre avec l'écrivain finissait en catastrophe générale.

Paul m'attendait près du panneau de la bifurcation, radieux. Il avait insisté pour que je l'accompagne dans sa virée. Dans un premier temps, j'avais refusé, puis je m'étais dit que c'était peut-être une bonne idée que de décompresser un peu. Bon, un samedi au centre commercial avec Paul et sa potentielle nouvelle petite amie n'était peut-être pas l'après-midi rêvée pour se détendre, mais j'étais de bonne humeur. Alors, pourquoi pas ?

Gina, la fille en question, devait passer nous prendre en voiture. Comme elle était en retard, Paul a eu le temps de me raconter de long en large son stage chez Inerland. Apparemment, les choses se déroulaient à merveille. Le patron était content de lui et il avait pu bosser sur les bateaux dès les premiers jours. Un collègue lui avait assuré que l'entreprise était en pleine expansion et qu'il n'était pas impossible qu'Inerland décide de l'embaucher à la fin de l'été. Et pour couronner le tout, Paul avait rencontré Gina, « une fille super sexy ! », qui effectuait là-bas un stage de marketing ou un truc dans ce goût-là.

– Pour l'instant, il ne s'est rien passé. Mais je suis sûr que je lui plais. Alors cette après-midi… Il a laissé sa phrase en suspens, me laissant imaginer le reste.

– Ouais, ben, n'en fais pas trop quand même. N'oublie pas que je suis là pour te surveiller, j'ai dit en plaisantant.

– C'est plutôt moi qui vais te surveiller… parce que Gina vient avec une copine à elle !

Cette nouvelle a douché mon enthousiasme.

– Paul, c'est quoi ce plan tordu ?! C'était pas prévu, ça !

Il m'a adressé un clin d'œil.

– Disons que je le savais mais que je n'ai rien dit… Sinon tu ne serais pas venu, pas vrai ?

La voiture, un monstrueux Hummer H3 noir flambant neuf, a fini par arriver. On s'est tassé à l'avant. Dans la radio, Marilyn Manson susurrait « Sweet dreams » d'une voix sépulcrale. Paul a fait les présentations.

– Voici David, mon meilleur ami. David, voici Gina.

Elle m'a souri. Ses lèvres étaient maquillées de noir.

– Salut David.

Gina était une fille ronde, habillée dans le style gothique avec une jupe noire débordante de dentelles et un chemisier blanc, à la mode romantique, lacé jusqu'à la naissance des seins où venait se planter un gros crucifix argenté. Ça ne m'étonnait pas que Paul ait craqué pour elle. Je les imaginais très bien tous les deux à se bécoter devant un film d'horreur.

Gina a présenté sa copine : « Et voici Jess ».

J'ai adressé un signe de la main à la fille brune à côté de moi.

Le look de Jess était à l'opposé de celui de Gina : jean étroit, ceinture à paillettes et T-shirt rose moulant où on pouvait lire « I'm not a boy ». À voir ses formes qui se pressaient contre mon épaule, il n'y avait pas de doutes là-dessus.

– Hello David, elle a dit avec des yeux pétillants qui m'ont fait monter le rose aux joues.

La voiture s'est engagée sur la route de Houma. Paul a sorti de son sac quatre cannettes de bière qu'il a décapsulées dans un flot de mousse et les rires de Gina.

– En route pour l'aventure !

## 18

On a commencé par aller manger une glace sur l'esplanade intérieure du centre commercial. Dans la coupe de Paul, la crème glacée n'en finissait pas de fondre. Lui et Gina se dévoraient des yeux en échangeant des avis passionnés sur des groupes dont je n'avais jamais entendu parler. Jess, de son côté, m'a dressé un portrait au vitriol des élèves du lycée privé qu'elle et Gina fréquentaient. C'était plutôt marrant, et relativement exotique par rapport à la population de Red Cliff. Mais à bien y réfléchir, pas si différent que ça. On y retrouvait le cocktail habituel : alcools, drogues et drague, sauf qu'au lieu de se passer dans les bayous, leurs histoires se déroulaient derrière des murs clos au bord d'immenses piscines. Et leurs parents, dépressifs et déprimants, n'avaient d'autres soucis que la couleur de la future voiture ou l'insolence de leur employée de maison mexicaine et sans papiers.

J'ai fini par écouter son baratin d'une oreille distraite, tout en essayant d'avoir l'air concerné.

Après la glace, Paul et Gina nous ont annoncé qu'ils allaient se « balader » dans le centre commercial. Dans leurs yeux brillait une lueur équivoque. J'ai jeté un regard noir à Paul, mais ses hormones le travaillaient tellement que je crois qu'il ne l'a même pas remarqué.

Je suis resté seul avec Jess sur l'esplanade. Elle m'a adressé un sourire artificiel.

– Tu veux faire quoi, David ?

– Je n'en sais rien. Je n'ai pas trop l'habitude de venir par ici.

Jess a levé les yeux au ciel.

– Ben oui, c'est vrai, je suis bête : tu viens de Carrefour !

Je l'ai fusillée du regard. Elle a porté une main à sa bouche comme pour ravaler ses paroles.

– Non, ce n'est pas ce que je veux dire. Carrefour est loin d'ici, c'est tout. Et tu n'as pas de voiture. Alors je comprends que tu ne viennes pas ici tous les jours.

En fait, je trouvais les grands centres commerciaux plutôt déprimants. Chaque fois que j'étais venu ici, je m'étais dit qu'on aurait pu remplacer les gens qui déambulaient dans les allées par les mannequins des vitrines, et inversement, sans que personne ne s'en rende compte. Mais je n'étais pas sûr que Jess puisse comprendre ce truc-là.

– C'est bon, laisse tomber, c'est pas grave, j'ai dit.

Après ça, Jess a proposé de faire quelques pas dans la galerie marchande. Elle n'arrêtait pas de poser des questions sur la vie à Carrefour. Pourquoi je n'avais pas de voiture, ce que faisait mon père, où était passée ma mère... À chacune de mes réponses, elle prenait des airs tellement affectés que ça en était ridicule. J'avais l'impression d'être dans une mauvaise sitcom surjouée. Peut-être que je me faisais des idées, mais j'étais quasiment certain qu'elle attendait que je l'embrasse ou que je l'entraîne dans un coin discret, pour pouvoir le raconter le lendemain à toutes ses copines de lycée : « Je suis sorti avec un mec de Carrefour ! Il ne connaissait même pas le centre commercial ! Un vrai plouc, tu peux pas t'imaginer ! » et puis : « Oh, mais c'est pas de sa faute, si tu savais la vie qu'il a eue ! Et puis, il était plutôt mignon, en fait ».

Pour couper court à ses questions, je me suis absorbé dans la contemplation de toutes ces choses inutiles et hors de prix qui s'entassaient de l'autre côté des vitrines. Elle avait dû remarquer qu'elle me fatiguait, car elle n'arrêtait pas de mordiller ses lèvres. Et puis elle a finalement décidé de jeter l'éponge et elle s'est mise à voleter de vitrine en vitrine, gémissant de ravissement dès qu'une jupe ou un bustier lui faisait de l'œil.

On a déambulé comme ça pendant un moment avant qu'elle ne décide qu'il lui fallait « à tout prix » essayer un ensemble blanc « irrésistible ». J'ai dû lire le prix deux fois avant de me rendre compte que non, il n'y avait pas d'erreur sur l'étiquette.

– Tu m'accompagnes ? elle a proposé.

J'ai passé une main dans mes cheveux, mon cerveau carburant à cent à l'heure pour trouver une excuse.

– Euh, non, je crois que je vais aller jeter un œil dans un magasin de musique qu'on a croisé tout à l'heure. C'est bientôt l'anniversaire de Paul. Et je voudrais lui trouver un cadeau.

Elle a haussé les épaules, pas vraiment surprise : « OK, je vois où c'est, je t'y rejoins dès que j'ai fini. »

J'ai filé jusqu'au magasin de musique. En fait, l'anniversaire de Paul était dans six mois. Mais ça, elle n'était pas obligée de le savoir.

En chemin, je me suis arrêté dans une librairie que j'avais croisée à l'aller. C'était une boutique d'une grande chaîne et, à part les grands succès du moment, il n'y avait pas grand-chose à se mettre sous la dent. J'ai quand même réussi à dénicher un exemplaire de *Wilderness* que mon père avait massacré l'autre soir.

Ensuite, j'ai traîné dans le magasin de musique pour tuer le temps. Comme le vendeur, un grand chauve, me regardait d'un œil soupçonneux, je me suis dit que finalement ça ne serait pas une si mauvaise idée que de chercher un cadeau pour Paul.

Je feuilletais un recueil de partitions de Nirvana quand une voix s'est posée sur mon épaule.

– Je savais pas que tu étais musicien.

Quand je me suis retourné, j'ai découvert Julee, tout sourire. Sur son T-shirt noir, une chauve-souris aux yeux flamboyants déployait ses ailes. Sa voix a coulé sur moi comme du miel.

– Attends, ne me dis rien. Ton prénom, c'est... David !

– C'est ça. Et toi, c'est Julee. Tu es la copine de Martin.

Elle a eu un haussement d'épaules, comme si ce n'était qu'un détail parmi d'autres. Son regard s'est posé sur le recueil de Nirvana que je replaçais sur le présentoir.

– Nirvana, excellent. Tu fais de la musique, alors ? elle a demandé.

– Euh, non. C'est pour Paul, le frère de Martin. Il joue de la guitare.

– Oh, d'accord. Il faudra que je discute avec lui, alors. On pourrait faire quelque chose ensemble. Moi mon truc, c'est plutôt la chanson.

Une pointe de jalousie m'a aiguillonné l'estomac. J'ai dit ce qui me passait par la tête pour dissiper cette sensation désagréable.

– Ouais, pas sûr que ça le branche. Il est plutôt fan de métal. Et toi, qu'est-ce que tu fais là ?

– Je cherche des partitions. Le Velvet Underground, tu connais ? Cette boutique est plutôt nulle pour les instruments, mais niveau partitions, ils tiennent la route.

Julee a jeté un œil sur le livre coincé sous mon bras.

– Qu'est-ce que tu lis ?

J'ai vaguement éludé la question, je ne voulais pas passer pour un *freak*.

– C'est rien. Juste un bouquin.

Elle a penché la tête pour lire le titre.

– *Wilderness* ?

– Ouais.

– Des poésies de Jim Morrison, c'est ça ?

J'ai levé les mains, comme pour m'excuser.

– Waow ! Tu m'impressionnes ! Je ne connais pas beaucoup de garçons qui lisent de la poésie.

J'ai planté mes yeux entre mes deux baskets, les joues subitement en feu.

Mais Julee n'a pas semblé le remarquer :

– Tu vois, ce gars-là, Jim Morrison, il avait tout pigé : le Roi Lézard, les portes de la perception et tout ça.

Elle a posé les mains sur son cœur, masquant les yeux de la chauve-souris.

– Tu comprends ce que je veux dire ? Lire ses poèmes, c'est comme un voyage sur une terre étrange et pourtant familière, comme…

J'ai relevé la tête.

– Marcher sur la face cachée de la Lune ?

– Oui, David ! C'est exactement ça ! Moi, je plane à chaque fois que j'entends les poèmes de Morrison.

Elle m'a regardé avec un sourire malicieux.

– Bon, et toi, c'est quoi ton truc ? Je parie que tu écris, non ?

– Ça m'arrive, j'ai avoué timidement.

– Mmm… tu pourrais peut-être m'écrire une chanson un des jours. Si tu veux bien.

J'ai hoché la tête bêtement. On est resté silencieux, un peu gênés, pendant quelques secondes qui se sont étirées comme des heures. Quelque chose est passé entre nous. Comme un fil invisible qui nous aurait reliés, au-delà des mots. Il y avait juste ses yeux dans les miens. Et nos sourires sur nos lèvres. Le magasin de musique, le vendeur chauve, le centre commercial, tout ça n'était qu'un décor autour de nous. Il m'a semblé que l'air était chargé d'électricité. De la haute tension. Du 100 000 volts. Une tension extrême qui faisait sauter mon cœur comme un poisson hors de l'eau. Et j'ai lu dans le regard de Julee qu'il se passait la même chose dans sa poitrine. Quand la tension a été trop forte, on a été pris d'un fou rire incontrôlable. À l'autre bout du magasin, le vendeur nous fixait d'un œil assassin.

– Tu.. tu as le temps de venir boire un café ? elle a demandé.

J'étais aux anges.

– Bien sûr, mais…

– David ? a soudainement demandé une voix derrière mon dos.

Zut, c'était Jess ! Je l'avais complètement oubliée ! Elle était là, un énorme sac sous le bras, siglé de la boutique dans laquelle elle était rentrée. Ses yeux ont scanné Julee de la tête aux pieds. Je me suis senti gêné, et pourtant il n'y avait aucune raison pour ça. À part peut-être le regard de Jess où clignotaient les mots « Chasse gardée » en lettres de feu.

Pour détendre l'atmosphère, j'ai fait des présentations rapides :

– Julee, voici Jess. Jess, Julee.

Il y a eu un blanc de quelques secondes. L'instant d'après, les lèvres de Jess étaient collées aux miennes et ses bras m'enlaçaient comme deux vipères. J'étais tétanisé. Je ne sais pas pourquoi mais, tandis que sa langue rencontrait la mienne, ma seule réflexion a été : « Tiens, ses lèvres ont le goût de la vanille, sûrement un rouge à lèvres à cinquante dollars le tube. » Quand elle m'a enfin libéré, Jess affichait un sourire satisfait.

– Bon, David, je ne te dérange pas plus, a dit Julee d'un air un peu moqueur. À bientôt alors ?

J'ai bafouillé : « OK, à bientôt » en essayant d'imaginer si j'avais du rouge à lèvres étalé sur la bouche, comme une espèce de clown ridicule.

On a retrouvé Paul et Gina sur l'esplanade quelques minutes plus tard. Ils avaient un air bête et heureux comme de nouveaux mariés.

Sur le retour, Jess a posé sa main sur ma cuisse. J'ai serré les dents pour ne pas lui hurler de ne plus me toucher. Jamais. À côté de nous, indifférents, Paul et Gina souriaient béatement.

Je me suis enfermé tout le dimanche, tentant de chasser Julee de mes pensées pour me concentrer sur l'écriture de *Carrefour*.

Mais c'était impossible. Dès que je fermais les yeux pour me concentrer, son image revenait sans cesse. Incandescente comme les yeux de la chauve-souris sur son T-shirt. J'ai finalement essayé de composer une chanson pour elle. À chaque fois, ça tombait à plat. C'était nul, sans imagination, un boulot d'écolier appliqué.

Durant la journée, mon portable a sonné à plusieurs reprises, mais je n'ai pas répondu.

Peu avant minuit, j'avais quatre appels de Jess en absence, une poubelle remplie de brouillons froissés et le cerveau complètement vide.

Je me suis couché, amer, sûr de sombrer directement dans le sommeil.

Alors les mots ont peu à peu envahi ma tête. Un, puis deux, puis trois. Au bout d'un moment, ils étaient des centaines et ils sautaient dans mon crâne comme un troupeau de moutons sous acide et ça faisait un raffut de tous les diables. Merde, impossible de m'endormir ! J'ai eu beau me tourner et retourner : il n'y avait pas d'autre solution, il fallait que je me lance à leur poursuite.

Il était peut-être une heure du matin quand je me suis relevé, exténué.

J'ai déplié une feuille froissée repêchée dans la poubelle et j'ai jeté en vrac les mots que j'avais capturé sous mes paupières closes :

*Chanson pour Julee*

*De beaux garçons pâlissants*
*Languissaient le long de l'indienne rivière,*
*Les yeux scellés de mousse*
*Et la bouche maquillée d'or et de velours.*
*Au poignet d'albâtre du plus jeune*
*Se lamentait un serpent tout de cuivre paré :*
*J'ai déchiré cette nuit ta peau si douce*
*Mais qui donc avant moi*
*Avait de ton âme ravi la soie ?*

J'ai relu le texte que je venais d'écrire.
J'ai trouvé ça génial. Puis pathétique. Puis génial.
J'ai roulé la feuille en boule.
– Non, c'est juste minable.
Jamais Julee ne chanterait ça.
Mais au moins, maintenant, je pouvais enfin dormir.

## 19

Le lundi matin, j'étais installé dans la réserve du garage depuis à peine cinq minutes quand j'ai entendu la porte de la réserve s'ouvrir avec un claquement sec.

J'ai cru un instant que c'était Martin ou un autre gars, mais non, pas de doute possible : c'était bien le pas lourd de Miles qui résonnait maintenant entre les allées. En jurant entre mes dents, j'ai jeté un coup d'œil rapide à ma montre. Le temps avait filé à toute allure depuis que je m'étais installé près du stock de pneus pour travailler sur mon manuscrit. Merde ! Il ne fallait absolument pas qu'il me trouve là !

J'ai vite fourré mes affaires dans mon sac et je me suis planqué derrière une pile de pneus qu'on venait de livrer la veille.

J'ai vu le corps gras de Miles se découper entre les étagères. Il est monté sur un escabeau et il a attrapé une boîte métallique. À seulement quelques mètres de moi, de l'autre côté du rayonnage.

Je retenais mon souffle.

Alors qu'il était tout en haut, la boîte a glissé entre ses doigts boudinés, comme au ralenti. Elle est venue s'écraser sur le sol avec fracas, laissant s'échapper son contenu à travers les allées. Miles a grommelé quelque chose d'incompréhensible en regardant dans tous les sens. D'où j'étais, je pouvais entendre son souffle court.

Je me suis recroquevillé. Des billets avaient volé un peu partout. Sûrement la caisse noire du garage. Martin m'avait déjà parlé des petites combines du patron.

Et c'est là que j'ai remarqué la revue. Elle avait glissé non loin de moi. Sur la couverture s'étalait le titre : *Lust*. On y voyait un mec au regard sombre, torse nu et vêtu d'un pantalon moulant qui cachait mal une formidable érection. Il m'a fait penser à Jason Merline, le gars qui avait disparu. Les vignettes sur le côté montraient des hommes nus dans des poses suggestives. J'ai avalé difficilement ma salive. Pas de doute, c'était un magazine porno. Et on n'y voyait aucune nana.

De l'autre côté du rayon, Miles avait entrepris de ramasser les billets. Et d'autres revues. C'est en se baissant qu'il a dû apercevoir mes pieds. Il s'est relevé péniblement en fourrant l'argent et les magazines dans la boîte. Il a fait le tour des étagères avant de se planter face à moi. Entre nous, par terre : la revue porno.

Ses yeux se sont attardés sur la couverture, puis se sont plantés dans les miens.

– Qu'est-ce que tu fous là ?

J'ai bafouillé :

– R… rien. Je ne faisais rien.

– Et ça, c'est quoi ? il a demandé en désignant quelque chose d'un coup de menton.

Mon carnet rouge. Contre la pile de pneus. Je l'avais oublié !

– Donne-moi ça.

J'ai préféré obéir. Je ne savais pas de quoi Miles était capable. Il m'a arraché le carnet des mains. Ses yeux ont parcouru les lignes.

– C'est toi qui écris, hein ?

J'ai hoché la tête. Miles est resté un instant silencieux, puis il a éclaté d'un rire énorme. J'ai serré les poings.

– T'as raison, petit. On a tous nos moments de détente, pas vrai ?

Il m'a tendu le carnet rouge.

– Allez, file. Et n'oublie pas que tu es là pour bosser.

Je ne me le suis pas fait dire deux fois. J'ai rangé le carnet et je m'apprêtais à quitter la réserve en évitant de marcher sur le magazine porno quand Miles m'a retenu. Sa main était lourde sur mon épaule. Ses yeux brillaient d'un éclat indéfinissable.

– Et t'as rien vu ici, OK ?

Je me suis dégagé d'un coup d'épaule et j'ai quitté la pièce.

La porte s'est refermée avec un claquement sec derrière moi.

## 20

Le reste du stage chez Miles s'est déroulé sans encombre. J'essayais de l'éviter au maximum et il n'a plus jamais fait mention de ce qui s'était passé. Le dernier jour, il a chaleureusement serré ma main entre ses doigts énormes en m'assurant qu'il avait « grandement apprécié » mon boulot chez lui. « Ton boulot et ta discrétion », il avait ajouté. J'avais répondu par un sourire forcé.

Toute la semaine suivante, les derniers cours s'étaient enchaînés sans grande conviction. Pour les profs comme pour les élèves, il flottait déjà dans l'air un parfum de vacances. Oubliées les disparitions, les gars ne parlaient plus que des bringues à venir ou du stage. Certains, comme Paul, avaient des promesses d'embauche pour le mois d'août. D'autres avaient été traités comme des chiens. Moi, tout ce qui m'intéressait, c'était ce qui allait se passer dans le cours de Lafonda.

Et le grand jour, le dernier jour, est enfin arrivé.

J'avais passé la nuit à imprimer et relier mes textes, une cinquantaine de pages au total. Sur la couverture s'étalait le mot

« Carrefour » en caractères gras. Mon estomac était noué comme une corde d'échafaud et je me traînais de mauvais cernes sous les yeux.

Au moment de rentrer dans la classe, Paul m'a tapé dans le dos.

– Allez, courage, tu vas y arriver.

La vérité, c'était que j'étais mort de trouille. Depuis chez moi, je n'arrêtais pas d'ouvrir mon sac pour vérifier que mon manuscrit était bien là. Et d'un autre côté, même si j'avais tant attendu ce moment, j'aurais bien aimé qu'il disparaisse dans un nuage de fumée et n'avoir jamais entendu Lafonda annoncer la venue de l'écrivain.

On s'est tous installés. Lafonda a tapé dans ses mains pour ramener le silence. Elle paraissait anxieuse.

– Je vous demande maintenant d'accueillir monsieur Franck Lebreton.

Elle a dit ça bien fort, sûrement pour que l'écrivain entende, de l'autre côté de la porte. Quelqu'un a ricané au fond de la salle. On aurait presque dit une pièce de théâtre.

La porte s'est ouverte sur Lebreton, un homme d'une quarantaine d'années. Il a fait quelques pas hésitants dans la pièce. Son corps maigre semblait flotter dans un jean délavé et un T-shirt rouge à la propreté douteuse. Ses cheveux blonds n'avaient pas dû voir un peigne depuis longtemps. Le regard égaré, on aurait dit qu'il n'avait vraiment aucune idée de ce qu'il faisait là.

Je me suis un instant demandé s'il n'y avait pas erreur sur la personne. Mais non, j'ai vu que c'était bien lui quand Lafonda lui a proposé une chaise. Ce gars-là ne ressemblait pas du tout à l'image que je me faisais d'un écrivain. Même si je n'avais pas d'idée précise sur la chose. Mais là, on aurait plutôt dit un de ces types qu'on trouve à la Poule Blanche ou chez Fanny le samedi soir. D'un pas traînant, Lebreton est venu s'asseoir au bureau.

Lafonda a eu un sourire contrit. Sa voix était légèrement tremblante. J'étais persuadé qu'elle venait juste de rencontrer l'écrivain et qu'il ne correspondait pas non plus à ce qu'elle attendait.

– Bien... Voici monsieur Lebreton. Qui vit dans la région. Et qui, comme je vous l'ai dit, a écrit *Les Fils de Saturne*.

La prof a sorti un exemplaire flambant neuf et a présenté la couverture à la classe. En voyant le tableau de Goya où le géant dévorait le cadavre de son fils, certains ont froncé les sourcils d'incompréhension. Paul m'a glissé à l'oreille : « Eh, c'est gore, son truc. T'aurais dû me le passer ! »

Lafonda s'est penchée vers Lebreton. Elle a avoué avec un petit rire nerveux :

– Les élèves étaient en stage. Ils n'ont peut-être pas tous eu le temps de lire votre ouvrage, mais euh...

Elle s'est adressée à nous :

– Ils ont sûrement des questions à vous poser. Sur votre métier, sur vos sources d'inspiration...

La fin de la phrase de Lafonda s'est perdue dans les méandres des regards vides de l'assistance. Lebreton ne semblait pas plus vivant que le reste des élèves. Un silence s'est installé. Je me suis demandé si je n'avais pas fait fausse route depuis le départ. C'était impossible, ce gars-là ne pouvait être l'auteur des *Fils de Saturne* !

Lafonda a toussoté pour dissiper le malaise.

– Bien, nous pouvons commencer !

À partir de là, l'heure s'est étirée comme une longue journée de pluie.

Lebreton était complètement parti. Il n'a même pas été capable de faire un résumé de son livre. De sa voix rauque, il a commencé à bafouiller :

– C'est un livre sur le désir. Et sur la perte de... la perte... Bon enfin, vous l'avez lu ou quoi ? il a sèchement demandé à Lafonda. Vous avez qu'à leur expliquer !

Les joues de la prof se sont empourprées.

– Bien sûr, bien sûr, elle a bredouillé avant de chausser ses lunettes et de lire le texte de la quatrième de couverture, qui résumait assez bien le début du livre. Comme elle avait saisi qu'on n'était pas nombreux à l'avoir lu, elle a raconté le dénouement de l'histoire, avec la folie de Burton, le meurtre de Cathy et la vengeance de Tara.

– C'est bien ça, monsieur Lebreton ?

L'écrivain qui avait semblé s'endormir à moitié durant le résumé de Lafonda a vaguement agité une main.

Lafonda a toussoté à nouveau et, avec un air faussement enjoué, elle a proposé :

– Bien, si vous le voulez, nous pourrions maintenant parler du fond, de la notion de réussite et de succès.

Malgré tous les efforts de la prof, la suite de la rencontre a été un supplice. Lebreton n'en avait visiblement rien à faire d'être là. Aux quelques gars qui avaient posé des questions sous l'insistance de Lafonda, Lebreton avait fourni des réponses évasives, dénuées d'intérêt, à la limite de la grossièreté, ce qui au moins avait eu le don de ranimer la classe durant quelques instants. L'heure s'était terminée dans un brouhaha indescriptible. On parlait du week-end, du prochain barbecue, d'aller faire du ski nautique sur un bras du bayou... Lafonda ne faisait même plus d'efforts pour retenir l'attention, et Lebreton paraissait endormi sur sa chaise.

J'étais abattu. Paul, à côté de moi, s'était retenu d'exploser de rire à plusieurs reprises. Il était de bonne humeur, il avait rendez-vous avec Gina et Jess dans la soirée. J'avais vaguement promis de l'accompagner, mais là, je n'avais plus du tout la tête à ça.

Puis, enfin, Lafonda a bredouillé :

– Bien... nous remercions monsieur Lebreton... pour sa venue.

La salle n'a alors plus été que cris, rires et raclements de chaises.

– Et n'oubliez pas la remise des diplômes dans la cour à dix-sept heures !

L'air maussade, j'ai ramassé mes affaires pendant que tous les gars se précipitaient dehors.

– Hé, tu lui montres pas ce que tu as fait ? m'a demandé Paul.

J'ai haussé les épaules, dégoûté, en jetant un coup d'œil à Lebreton, abandonné et inerte sur sa chaise.

– Non, je crois pas que ce soit la peine.

Paul a posé une main sur mon épaule.

– Qu'est-ce que tu as à perdre ? T'as pas fait tout ça pour rien, montre-lui.

J'ai poussé un soupir. Pourquoi pas, après tout. Ce mec-là était un minable, c'était sûr. Mais si c'était bien lui qui avait écrit ce roman, il avait eu un jour du génie.

Et, oui, c'était vrai, aujourd'hui on était le dernier jour de l'année, et je n'avais vraiment plus rien à perdre.

## 21

– Excusez-moi… S'il vous plaît ?

Ma voix a résonné comme depuis le fond d'un bocal. Mes jambes tremblaient.

L'écrivain a levé vers moi ses yeux fatigués. De près, il paraissait beaucoup plus vieux. Ses cheveux en bataille et son T-shirt sale lui donnaient un air vraiment pitoyable. Il a mis un moment à comprendre que c'était à lui que je parlais.

– Qu'est-ce que tu veux ?

J'ai tendu mes textes reliés devant lui et j'ai pris une profonde inspiration.

– Je… j'écris.

– Tu écris ?

– Oui. Et j'aimerais bien que vous me disiez ce que vous en pensez.

– J'ai autre chose à faire, il a bafouillé. Et puis il s'est levé.

Subitement, Paul a posé une main sur son bras.

– Monsieur Lebreton, s'il vous plaît, mon ami David est vraiment un de vos fans. C'est le seul de la classe à avoir lu votre bouquin. Il a adoré. Et c'est pour ça qu'il vous fait confiance et qu'il vous demande votre avis. L'écriture, c'est sa vie !

Paul a débité ça à toute vitesse. Je l'ai regardé, effaré, rouge de honte et de colère. J'aurais voulu disparaître sous terre. Mais apparemment le discours de Paul avait produit son effet sur Lebreton.

Les yeux de l'écrivain se sont rallumés un instant et sa main est arrivée jusqu'à mon manuscrit. Sa bouche a marmonné quelque chose que je n'ai pas compris.

Devant moi, il a commencé à feuilleter les pages. Et plus son regard sautait de lignes en lignes, plus mon estomac se creusait. C'était comme un saut en parachute.

Deux ou trois fois, il a émis des claquements de langue qui m'ont fait frissonner. Je me sentais comme un coupable qui attend le verdict du jury qui l'enverra ou non à la mort. À côté de moi, Paul m'a adressé un clin d'œil confiant.

Lebreton a pris tout son temps, puis il a refermé le manuscrit d'un geste sec. Ses yeux, étrangement aiguisés, se sont plantés dans les miens.

– Écoute-moi bien, jeune homme. Ce que tu me montres là, ce n'est pas de la littérature. Tout au plus, un journal intime de pucelle. C'est du vide. Du vent. Du néant ! Si j'étais vulgaire, je dirais même que c'est de la merde !

Mon visage s'est décomposé avec dans le ventre la sensation de tomber en chute libre depuis un gratte-ciel.

– De la merde, il a répété avec un rictus sur la bouche

Il a agité le manuscrit sous mon nez.

– Ce n'est pas ça, la littérature. La littérature, ce n'est pas simplement aligner des mots pour former des phrases. Ça, tout le monde peut le faire. Même un babouin. Même un gamin de six ans. N'importe quel élève de cette classe en serait capable. Non, ça, c'est de la merde.

La colère s'est emparée de moi. Je me suis jeté sur le manuscrit. Lebreton ne lâchait pas. Il s'est mis à rire comme un dément. Les quelques élèves qui restaient à la porte se sont tournés vers nous.

– Tu comprends ce que je te dis, petit ? Tu comprends ?

J'ai tiré plus fort et la spirale a explosé, libérant toutes les feuilles dans la pièce. J'ai regardé mes textes s'éparpiller lamentablement autour de moi. Lebreton a agrippé mon bras. Sa main était comme un étau. Ses yeux paraissaient énormes.

– Tu comprends, petit ?

C'est là que je l'ai vu. Le lézard. Gravé dans le bois de la table devant moi. Quelque chose s'est déconnecté dans mon cerveau. Je n'étais plus là. Je ne sais pas combien de temps s'est écoulé, mais quand je suis revenu à moi, Paul me secouait.

– Viens, on se tire ! Il est taré !

Et en face, Lebreton riait encore.

Tout s'est mis subitement à tourner. Mon estomac s'est contracté autour d'une boule d'acier. Il fallait que je vomisse. Maintenant. Je me suis précipité aux toilettes et je me suis vidé. Encore et encore.

Quand j'ai fini par me relever, j'ai su que quelque chose s'était passé. Quelque chose au plus profond de moi. Quelque chose de terrible. Mais je ne savais pas encore quoi…

## 22

J'ai erré pendant des heures dans les marécages. J'ai erré jusqu'à ce que la nuit tombe. Je ne savais pas où j'étais. Je ne savais même pas comment j'avais pu arriver jusqu'ici. Tout ce dont j'étais sûr, c'était qu'il s'était passé quelque chose quand Lebreton avait attrapé mon bras. Ou quand j'avais vu ce lézard gravé dans la table. À ce moment-là, quelque chose s'était « emparé » de moi. Ce n'était pas simplement de la honte ou de la colère, non.

Bien sûr, ces sentiments m'avaient envahi tour à tour face à Lebreton. Et j'aurais même été capable de le tuer pour faire taire son rire. Pour lui faire comprendre que ce que j'avais écrit venait du plus profond de moi-même.

Mais au-delà de ça, il s'était vraiment produit un truc étrange. Durant un temps, je n'avais plus été là. Je veux dire : tout ce qui m'avait entouré n'existait plus. J'avais perdu pied avec la réalité. Comme propulsé dans un autre monde. Un monde sauvage. Primitif. Un monde où les hommes se cachaient au fond des cavernes, allumaient des feux et traçaient des formes sur les parois de pierre pour se protéger de l'inconnu. Pour se protéger des ombres. Pour se protéger de tout ce qui rodait silencieusement à l'extérieur, dans la nuit. J'avais eu l'impression que ça avait duré mille ans, mais, en y repensant, ça n'avait pas duré plus de quelques secondes. Et ce temps, minuscule interstice, avait été suffisant pour que « quelque chose » se glisse en moi. Je n'arrivais pas à mettre un nom dessus, mais je pouvais sentir cette chose, tapie tout au fond de mon esprit. Comme un bout de nuit. Un bout de nuit sans étoiles.

Je me sentais malade, fiévreux, souillé, perdu, mais je ne voulais pas rentrer à Carrefour. Au-dessus de moi, la lune était pleine et énorme. J'ai repensé à Julee et à son étrange question : « Qu'est-ce que tu crois qu'il y a sur la face cachée de la lune ? »

J'ai frissonné en réalisant soudain que j'étais seul au milieu de nulle part. Une peur atroce, irraisonnée, m'a envahi et je me suis mis à courir comme un dément.

Il me fallait fuir. À tout prix.

Quelques mètres plus loin, une racine de cyprès a mis fin à ma course. Ma tête s'est écrasée sur le sol. Dans le ciel, les étoiles une à une se sont éteintes.

Avant de sombrer dans l'inconscience, j'ai senti la caresse de l'herbe grasse sous ma joue. Il m'a semblé qu'un insecte escaladait mon front. Mais j'étais incapable du moindre mouvement. Je me suis doucement laissé sombrer dans la nuit. J'ai pensé que c'était peut-être mon seul refuge. Et le rêve s'est déposé sur moi comme un linceul.

## 23

J'étais nu. Allongé dans l'herbe près de l'eau. La nuit me dévisageait de son œil immense en forme de pleine lune. Au-dessus de moi, la mousse espagnole se balançait doucement dans les branches maigres d'un cyprès. Tout était calme. Le chant solitaire d'une aigrette me parvenait depuis un bosquet de bambous.

J'étais apaisé, comme après une grande course à vélo. À quelques mètres seulement, l'eau du bayou s'est ridée. Quelque chose se déplaçait silencieusement sous la surface. Je me suis assis. Je n'étais pas inquiet. J'attendais cette chose-là. J'étais venu ici dans ce but précis. C'était presque comme… comme un rendez-vous. Oui, un rendez-vous fixé depuis bien longtemps. Depuis la nuit des temps. La chose a tracé sa route sous l'eau trouble, dans ma direction. Et puis une forme a lentement crevé la surface. Un visage. Un visage connu. Ce visage, c'était le mien. Mais plus carré, plus large, plus adulte. La chose a essuyé sur son front et ses joues les traînées visqueuses laissées par l'eau épaisse du marécage. Et elle m'a souri. Elle a sauté souplement sur la berge. Son corps nu était musclé, luisant, sous l'éclat jaune de la lune. Instinctivement, je lui ai ouvert mes bras. Elle a fait quelques pas avant de venir se blottir contre moi. Au contact de sa peau contre la mienne, une paix immense m'a envahi. J'étais bien, comme je ne l'avais jamais été auparavant. Cette chose était la moitié de moi-même. J'avais l'impression que nous avions été un jour séparés et que nous étions à nouveau réunis. Enfin.

La chose a saisi mon sac dans l'herbe et en a tiré un stylo et mon dernier carnet. Un carnet rouge. Elle a tracé avec application quelques signes que je ne parvenais pas à lire. Puis elle s'est tournée vers moi avec un sourire infiniment doux. Doux et bienveillant. Comme dans un jeu de miroirs, nos mains se sont liées. Son visage s'est approché de mon visage. Et sa bouche de ma bouche. Nous étions assez proches pour sentir nos haleines mêlées.

C'est alors que j'ai entendu la voix. Elle venait de loin. De très loin. Quelqu'un appelait : « David ! ». Le cri a un instant troublé le bleu limpide des yeux de la chose avant que ses lèvres ne se rapprochent encore des miennes.

– David !

La voix s'est faite plus proche.

« David » : il me semblait connaître ce prénom, mais je ne me rappelais plus à qui il appartenait. J'ai tourné la tête pour tenter de voir qui appelait. La chose m'a attiré violemment contre elle. Ses yeux – et c'étaient aussi mes yeux – se sont faits plus durs. Sa bouche s'est ouverte et j'ai senti le remugle des marécages.

– David ! a appelé une nouvelle fois la voix.

Les mains de la chose ont broyé mes doigts. Je me suis débattu, mais elle ne voulait pas me lâcher. J'ai commencé à paniquer.

C'est alors que j'ai remarqué que la peau de la chose s'était changée en écailles rugueuses. Et ses yeux, énormes et fendus par un trait vertical, n'avaient plus rien d'humain.

Il fallait que je me tire de là, et vite ! Je lui envoyé un coup de tête et la chose a grogné, dévoilant deux rangées de crocs acérés. J'ai hurlé comme je n'avais jamais hurlé. La gueule de la chose a plongé vers moi.

À ce moment-là, une main m'a agrippé par l'épaule et m'a tiré en arrière.

# 24

– David ! Ça va, tu n'as rien ?

J'ai ouvert les yeux sur le visage crispé de Paul.

Je me suis assis en me frottant les yeux, l'esprit nauséeux, encore à cheval entre la réalité et ce cauchemar étrange.

– C'est bon, j'ai dit. Je vais bien.

Un rire cassé a explosé derrière moi.

– Il faut jamais s'endormir sous la mousse espagnole. On croit que c'est une simple plante. Mais en fait, c'est la barbe du diable !

Je me suis retourné. Saint-Pierre s'est mis à aboyer. Johnson était là, juché dans sa barque sur le bayou.

– Je t'ai cherché partout, a lâché Paul. Comme tu restais introuvable, j'ai demandé à Johnson de me filer un coup de main.

Le soleil était déjà haut dans le ciel. Combien d'heures est-ce que j'avais pu passer là ?

Johnson a craché sur la berge.

– Bon, c'est pas le tout, les merdeux, mais moi j'ai des lignes à relever ! Alors soit vous montez, soit vous rentrez à pied.

Paul et moi, on a sauté à l'avant de la barque. Saint-Pierre m'a jeté un regard hargneux. Je me suis soudain souvenu que j'avais laissé mon sac sur la berge. Je suis allé le récupérer. Tout était en place sauf mon stylo qui avait disparu, sûrement au moment de ma chute.

La barque de Johnson s'est faufilée dans le labyrinthe des marécages. C'était peut-être un poivrot, un bonimenteur et un obsédé, mais en tout cas le vieux connaissait les chemins du bayou comme sa poche.

Paul a profité de ce que le vacarme du moteur couvrait sa voix pour me questionner.

– Bordel, qu'est-ce que t'as foutu ?! Où est-ce que tu étais ?

J'ai choisi de ne rien dire à Paul. Et puis, de toute façon, qu'est-ce que j'aurais bien pu raconter ?

– J'avais besoin d'air, c'est tout.

– Heureusement que j'ai prévenu Rosalie que t'avais pété les plombs ! Elle t'a couvert quand ton père est venu chez elle demander où t'étais passé. « Ils sont en ville, ils font la fête avec les autres élèves pour fêter la fin de l'année ! » elle lui a dit. Tu parles d'une putain de fête, j'ai dû annuler mon rendez-vous avec Gina. Et je crois que Jess va t'arracher les yeux si elle te croise. Ensuite, j'ai passé une partie de la nuit à tourner dans les marais avec Johnson pendant que toi, tu roupillais sous un arbre ! Ton père a eu l'air de croire les bobards de Rosalie. Sans quoi, t'aurais eu un paquet d'emmerdes !

– Merci, Paul.

– Merci ? C'est tout ce que t'as à me dire ?! Putain, j'ai cru que t'avais disparu comme tous les autres ! Tu…

Soudain, un paquet d'eau nous a trempés de la tête aux pieds. À l'autre bout de la barque, Saint-Pierre aboyait et Johnson était mort de rire. Ce salaud avait fait exprès de prendre un virage brusquement pour nous arroser.

– Faut se dérider, les merdeux ! On vit qu'une fois !

Là-dessus, il a tiré de sa poche une flasque de rhum qu'il a descendue à moitié.

Paul a serré les dents et il s'est levé pour retirer son T-shirt.

Il m'a jeté un regard en coin. On arrivait à Carrefour. La barque a accosté contre la berge, encombrée de sacs plastique flasques. Paul s'est penché vers moi.

– Écoute, j'ai fait quelques recherches cette nuit, avant de partir en vadrouille avec le vieux croûton. Ce Lebreton, il est pas net. J'ai trouvé des trucs étranges.

De l'autre côté de l'embarcation, Johnson s'est mis à brailler.

– Hé, les gonzesses, c'est pas un salon de thé ici ! Bougez-vous le cul !

Paul a continué :

– J'ai promis de l'aider à remonter les lignes, en échange du coup de main. Mais passe tout à l'heure au Navire, je veux te montrer tout ça.

– Pas la peine, j'ai dit. Je veux rien savoir sur ce mec. Je veux plus entendre parler de lui. Plus jamais.

Paul a posé une main sur mon épaule.

– David, pour tes textes... je suis vraiment désolé. Ce mec-là, c'est un minable. Il a rien compris à ce que tu...

– Laisse tomber. De ça non plus, je veux plus entendre parler.

J'ai sauté à terre. Johnson a remis les gaz et la barque s'est éloignée. Paul a eu le temps de crier :

– Il faut que tu me racontes, David !

## 25

Je n'avais rien à raconter. Plus rien à raconter. Lebreton avait déchiré tous mes espoirs. Il m'avait humilié, jeté à terre, piétiné. Durant toutes ces années, je m'étais cru écrivain, je n'avais été que gratte-papier. L'écho de sa voix sourde résonnait encore dans ma tête : « Ce que tu me montres là, ce n'est pas de la littérature. Tout au plus, un journal intime de pucelle. Si j'étais vulgaire, je dirais même que c'est de la merde ! »

« De la merde ! » : voilà ce qu'il avait dit. J'aurais pu me consoler en me disant que Lebreton était une épave, mais quand bien même : il avait un jour eu du génie, il savait de quoi il parlait et ses mots avaient coulé en moi comme un poison. Comment est-ce que j'avais pu croire que j'étais doué pour l'écriture ? D'ailleurs, pour quoi est-ce que j'étais doué ? Il fallait voir les choses en face, le voile était tombé : je n'avais aucun talent. J'étais tout juste bon à passer la serpillière chez ce gros porc de Miles. Mon avenir ne s'écrirait pas sur les pages des livres, mais dans le cambouis d'un garage miteux. Point barre. Après tout, je venais de Carrefour, non ? À quoi s'attendre d'autre ?

Je traînais cet endroit comme une malédiction. J'étais né ici et c'était comme une brûlure au fer rouge. Une marque indélébile sur mon front, où tout le monde pouvait lire le mot « ÉCHEC » en lettres capitales. Ma vie s'inscrivait dans le sillage de celle de mon père. Une vie sans autres perspectives que celles des méandres des bayous, sans autres aventures que celles de tomber de désillusion en désillusion. Une vie de merde. Pareille aux textes que j'écrivais.

J'ai poussé la porte de la maison, plein d'une colère froide. Mon père, depuis le canapé, m'a adressé un large sourire. Sur la platine vinyle, Chet Baker jouait « My funny Valentine ». Il n'a rien dit pour mes habits trempés qui s'égouttaient dans l'entrée.

– Salut, David ! Alors, elle était bien, ta soirée ?

– Géniale, j'ai répondu sur un ton funèbre.

Papa s'est hissé sur son fauteuil roulant et s'est approché de moi.

– Ça va ? Tu n'as pas l'air dans ton assiette.

J'ai chassé la question de la main.

– C'est bon, j'ai juste mal au crâne. La bière de cette nuit.

Le sourire de mon père s'est élargi.

– Écoute, j'ai une bonne nouvelle pour toi. Devine qui a appelé ce matin ?

Je n'étais vraiment pas d'humeur à jouer aux devinettes. J'avais envie de tout envoyer balader, mais j'ai été intrigué par son visage radieux. Ça faisait un bon bout de temps que je n'avais pas vu mon père comme ça.

– Qui ? j'ai demandé

– Miles !

– Miles ?

– Ben oui, Miles, le garagiste ! Il aimerait te voir. Il y a peut-être un job pour toi !

Mon père m'a attrapé les mains.

– C'est génial, non ?

C'était comme une douche glacée. J'ai vaguement hoché la tête et je suis parti vers ma chambre. J'ai entendu la voix de papa qui disait depuis le salon :

– Je suis fier de toi, David !

Et puis brusquement, tous les sons se sont fondus dans une même mélasse. Mon estomac s'est contracté. J'ai refermé la porte et je me suis assis sur le lit. Tout s'est mis à tanguer autour de moi. Les couleurs, les formes se sont mélangées. Le monde devenait flou et incertain. Et puis mon regard a accroché les carnets. Les carnets dans lesquels j'écrivais et que j'avais laissés au pied de mon lit, dans une boîte à chaussures. Ces maudits carnets. Une rage sourde s'est emparée de moi. Une voix a grincé dans ma tête : *C'est leur faute. Tout est de leur faute. Il faut les détruire !*

Dans un brouillard, je me suis vu sortir de la chambre, la boîte à chaussures dans les bras, et faire le tour du mobil-home. L'instant d'après, j'étais en train de déchiqueter les pages des carnets dans un seau métallique. *Vas-y, détruis tout. Il ne doit rien rester. Plus une page. Plus une phrase. Plus un mot. Plus une virgule. Plus une espace. Plus un point.* J'ai jeté une allumette enflammée et l'essence s'est embrasée avec un grondement sourd. J'ai regardé la fumée noire s'élever dans le ciel bleu et je me suis mis à rire. D'un rire qui ne m'appartenait pas.

La voix de mon père a éclaté derrière moi, de l'autre côté de la fenêtre du salon, depuis l'intérieur du mobil-home.

– David, qu'est-ce que tu fous, bordel ?! Tu vas mettre le feu !

– *Oui, c'est exactement ça, je vais mettre le feu*, a répondu la voix dans ma tête.

J'ai promené mes mains au-dessus du brasier. Je les ai regardées disparaître dans la fumée noire, puis je les ai passées sur mon visage. Qu'est-ce qui m'arrivait ?

J'ai filé vers le mobil-home, laissant les carnets s'envoler en cendres. J'ai passé ma tête sous le jet du robinet de la salle de bains. L'eau était tiède. Je ne savais plus où j'en étais. Je suis allé m'asseoir sur mon lit, en proie à la nausée.

De mon sac sur le sol dépassait le carnet rouge. Mon dernier carnet. Dans ma colère subite, je l'avais oublié. Je l'ai attrapé. Il s'est ouvert sur la dernière page.

Une question avait été griffonnée. Une question qui m'a glacé le sang.

Au milieu de la page, il était écrit :

***Est-ce que tu as compris ?***

Et ce n'était pas mon écriture.

## 26

J'ai parcouru les rues de Houma dans tous les sens, à la recherche de Lebreton, scrutant la vitrine de tous les bars, la silhouette de tous les passants. J'en étais persuadé : quelque chose s'était passé lors de ma rencontre avec l'écrivain. Et ce rêve, ce rêve si étrange avec cette « chose », n'en avait pas vraiment été un. Le rêve avait débordé dans la réalité. Et si quelqu'un avait la réponse à tout ça, c'était obligatoirement Lebreton. Mais malgré mes recherches, impossible de mettre la main sur l'écrivain. En fin de journée, avec la mauvaise nuit que j'avais passée, j'étais épuisé. Alors j'ai décidé de rentrer à Carrefour.

Quand j'ai débarqué au Navire, Paul répétait « Under the bridge » des Red Hot Chili Peppers, une chanson qui parlait de solitude et de came. Enfoncé dans le canapé vert, j'ai tenté de lui raconter ce qui s'était passé depuis hier. J'ai passé sous silence la phrase du carnet rouge, mais je lui ai dit que j'avais eu un mauvais pressentiment avec Lebreton et que je faisais des rêves bizarres.

– Ce qui est sûr, c'est que ce gars, il est pas clair, a conclu Paul.

– Il faut que je le retrouve, j'ai dit d'une voix froide.

Paul s'est installé devant son ordi.

– Regarde ce que j'ai déniché sur le Net.

La couverture des *Fils de Saturne* s'est affichée sur l'écran. Suivait une longue critique. Paul m'a fait un résumé pendant que je parcourais l'article.

– En fait, c'est le premier bouquin qu'a écrit Lebreton. Le premier et le dernier. Mais pour un premier bouquin, c'était un joli coup. Le jackpot. *Les Fils de Saturne* a été traduit en plus de dix langues. Un succès international. Je vais pas te faire un résumé de tous les articles que j'ai trouvés sur le Net, mais, de l'avis général, l'écriture de Lebreton est géniale. Je sais pas ce que t'en as pensé. Moi, j'ai lu que le résumé, alors j'en ai aucune idée. Et en vérité, je m'en fous un peu. Le truc, c'est que Lebreton est devenu une vraie célébrité.

Paul a affiché une autre page où on voyait un homme dans un cocktail mondain, vêtu d'un costume élégant, un verre à la main. J'ai mis un moment à reconnaître Lebreton. Le gars sur l'écran avait de la classe. Une élégance naturelle. Pas comme la loque humaine qui avait déboulé dans notre classe.

– Ce type a fait le tour du monde grâce aux *Fils de Saturne*. Ici, c'est à Paris il y a trois ans. Dans cet article, il annonce qu'il quitte bientôt son poste à la fac de Baton Rouge pour se consacrer exclusivement à l'écriture. À un moment, le journaliste lui demande de quoi causera son prochain bouquin. Lebreton répond que ce n'est pas lui qui choisit. Que c'est l'histoire qui s'empare de lui. Bref, des conneries d'écrivain. Mais c'est aussi ce qui fait le succès de Lebreton. Il est beau, jeune, fraîchement divorcé et tout le monde parle de son intelligence. De son sens de l'humour et de sa repartie. On le retrouve dans plusieurs autres cocktails, galas et salons pendant six mois. Et à partir de là, Lebreton disparaît complètement de la circulation.

J'ai haussé les épaules.

– Je vois pas ce qu'il y a de bizarre là-dedans.

Paul a allumé une clope, un sourire au coin des lèvres.

– Ce qu'il y a de bizarre, c'est ça.

Il a cliqué sur un lien placé en favori, et sur l'écran Lebreton est apparu encadré entre deux flics, menottes aux poignets. C'était un article d'archive d'un journal de Baton Rouge. Le titre annonçait : « Un ex-professeur de la faculté arrêté dans le cadre de l'affaire Keitel ».

– En fait, quelques mois après Paris, Lebreton a été suspecté d'avoir enlevé une étudiante.

Paul a fait défiler la page. La photo d'une fille est apparue. La vingtaine. Brune. Un visage fin. Des yeux clairs et intelligents. Charmante.

– Pas mal, hein ? Je te présente Polly Jean Keitel. Disparue, une semaine exactement avant que Lebreton ne démissionne de la fac. Durant l'enquête, les flics ont trouvé ça louche. Et ils ont fait le lien avec le bouquin qu'il avait écrit.

Paul a tapoté son écran du doigt.

– Tiens, lis ça.

Ce nouvel article laissait entendre qu'il existait « des coïncidences troublantes entre la disparition de l'étudiante et l'ouvrage écrit par le suspect, un roman étrange et pervers où un professeur de faculté manipule d'innocents adolescents afin d'atteindre le succès avant de sombrer dans la folie et de les massacrer sauvagement. Même l'amour coupable qu'il porte à l'une de ses étudiantes ne parviendra pas à stopper sa course meurtrière... » J'ai zappé la fin de l'article où le journaliste se déchaînait sur Lebreton, sur les écrivains contemporains et sur « une littérature pervertie et permissive pour les esprits des jeunes lecteurs ».

– Les flics l'ont cuisiné pendant des jours et des jours. Lebreton a fini par avouer qu'il se tapait Polly Jean. Évidemment, ça a fait scandale. On en a parlé un peu partout. Des associations ont réclamé l'interdiction du livre. Les ventes des *Fils de Saturne* ont explosé. Mais c'était fini pour la carrière de Lebreton. Il n'a plus jamais rien publié.

– Et Polly Jean ?

– Les flics n'ont jamais pu prouver que c'était lui qui l'avait enlevée. Et à part leur relation, il n'a jamais avoué. Pendant des semaines, les bayous ont été sondés, mais sans résultat. La belle Polly Jean n'a jamais réapparu.

Paul a écrasé son mégot dans un pot de yaourt avant d'aller décrocher l'article sur la disparition de Jason Merline.

– Alors, qu'est-ce que t'en penses ? il a demandé.

– Tu crois que ça a un lien avec les disparitions ?

– Étrange coïncidence, non ? Lebreton disparaît pendant des années. Et on le retrouve ici et maintenant, alors que des gars disparaissent dans le coin.

Il a tendu devant mes yeux le portrait de Jason.

– On devrait aller voir chez notre ami Jason Merline. Des fois que sa route aurait croisé celle de Lebreton.

J'ai passé une main sur mon visage. Toutes ces informations dansaient dans ma tête et une migraine commençait à me vriller le crâne.

– Et qu'est-ce que ça a à voir avec moi ? Avec... ce malaise et ces cauchemars ?

Le sourire de Paul s'est élargi. Il m'a planté sous le nez un bouquin qui s'appelait *Les Mystères de l'esprit*. Sur la couverture s'étalait le dessin ridicule d'un gros cerveau rose environné d'éclairs.

– Tu sais ce qu'on raconte là-dedans ? Sur les frontières entre le connu et l'inconnu ?

– Arrête tes conneries, Paul, je suis pas d'humeur.

– Sérieusement, David. Tu sais ce que c'est, la fontanelle ?

– La quoi ?

– La fontanelle ! C'est ce qui fait le lien entre les os du crâne chez les nourrissons. Un truc poreux, en fait une sorte de porte entre le cosmos et toi. Une porte par laquelle circulent les énergies. Dans le cerveau, on a tous une glande qui s'appelle l'épiphyse. C'est le vestige du troisième œil. Et tant que la fontanelle est ouverte, tu peux percevoir la réalité du monde. Tu vois, les bébés sont reliés au cosmos en permanence. Ils captent tout comme un poste de radio.

J'ai levé les yeux au ciel, exaspéré, mais ça ne l'a pas arrêté.

– Quand tu grandis, la fontanelle se referme, elle devient aussi dure qu'un putain de caillou. Et le lien entre l'épiphyse et le cosmos est rompu. Tu es prisonnier de ton corps matériel. Mais certaines personnes arrivent à ouvrir cette porte. Avec des drogues, en méditant, ou à la suite d'un choc, tu peux recréer le lien ! Et un choc, mon pote, c'est ce que tu as eu avec ce connard de Lebreton ! Comme Jim Morrison quand il était gamin et qu'il a vu ces Indiens morts sur la route ! Tu sais, il en parle dans la chanson « Ghost Song ». Ouais, Lebreton, inconsciemment ou pas, a provoqué quelque chose en toi. Un déclic. Comme on ouvre une serrure. Clic-clac, la fontanelle qui explose, l'épiphyse qui se remet en route ! Et bonjour, cosmos !

– Bon, je me barre, j'en peux plus de tes conneries.

– David ! Peut-être qu'à ce moment-là, t'as vu clair en lui ! Qui il était vraiment ! Et tous les sales trucs qu'il a faits. Et ça vient te hanter dans tes cauchemars !

Quand j'ai ouvert la trappe, Paul a crié :

– Tu crois ce que tu veux, mon pote ! Mais si tu veux mon avis, si tu recroises Lebreton, méfie-toi de lui…

## 27

La nuit suivante, la chose est revenue. Elle est entrée dans mon rêve par effraction.

Dans ce rêve-là, j'étais avec Julee. Nous étions assis sur mon lit. Sous la toile de mon jean, mon sexe était dur et chaud. Julee me fixait de son regard cotonneux et je pouvais sentir sur sa peau l'odeur tiède de la pluie d'été. Elle portait son T-shirt avec la chauve-souris et les ailes de la bête battaient au rythme de son cœur. Je me suis approché de Julee et les ailes se sont emballées. Je m'apprêtais à poser ma main sur sa joue quand Saint-Pierre s'est mis à aboyer à l'extérieur, juste de l'autre côté de la cloison. Des aboiements sauvages. À contrecœur, je me suis levé pour le faire taire, mais quand j'ai regardé par la fenêtre, le chien de Johnson n'était plus là. Je me suis retourné vers Julee, mais elle aussi avait disparu. La porte de ma chambre était entrouverte. Au-delà : l'épaisseur de l'obscurité. Alors j'ai vu dans l'interstice l'éclat des yeux de la chose. Et j'ai senti son parfum de vase. J'ai compris que c'était elle qui avait fait fuir Julee. À la place où elle était assise, était posé le carnet rouge. Ouvert comme une balafre sur cette question :

***Est-ce que tu as compris ?***

À mon réveil, c'était maintenant une évidence : cette chose vivait en moi.

Ce n'était plus une chose. C'était *ma Chose* !

Qu'est-ce qu'il était en train de m'arriver ?

– *Ah ah*, a ricané la voix dans ma tête. *Tu le sais déjà, mais tu ne veux pas te l'avouer !*

## 28

C'était l'heure du repas et la terrasse de la Poule Blanche était bondée. Rosalie, qui glissait entre les tables, les bras chargés de plats d'écrevisses à l'étouffée, m'a salué d'un clin d'œil et m'a désigné une table vers le fond.

J'avais rendez-vous avec Paul. Il avait prévu de faire une virée chez Jason Merline cet après-midi-là. J'avais tout d'abord refusé d'aller fouiner dans les affaires de ce gars, mais Paul avait insisté :

– Allez, je suis sûr qu'on va trouver des trucs bien tordus dans les affaires de ce gars... Et puis n'oublie pas que c'est peut-être une pièce du puzzle !

J'avais finalement accepté. Je ne sais pas pourquoi, mais je n'étais pas arrivé à lui parler de la Chose. Pourtant, je suis certain que Paul m'aurait cru. Mais je n'avais pas envie de partager ça avec lui. Comme si c'était un détail un peu honteux de mon anatomie que je voulais cacher aux yeux de tous mais qui, au fond, faisait bien partie de moi. Comme si la Chose n'appartenait qu'à moi, et, dans un certain sens, cette pensée me plaisait autant qu'elle m'effrayait.

Je n'étais vraiment pas sûr que l'expédition chez Jason mène quelque part. Oui, il faisait sûrement partie du puzzle, mais s'il y avait une pièce centrale, c'était bien Lebreton. En fait, je comptais sur l'aide de Martin et de ses potes pour retrouver l'écrivain. Une recherche sur Internet et dans l'annuaire n'avait rien donné. Bien sûr, j'aurais pu demander son adresse à Lafonda. Mais les profs étaient maintenant en congés. Et puis d'après ce que j'en avais vu, elle n'avait jamais rencontré Lebreton auparavant, et j'étais certain qu'elle n'aurait pas donné les coordonnées de ce type à un lycéen après sa prestation chaotique dans notre classe.

Je me suis faufilé entre les clients jusqu'à la table du fond, et mon estomac s'est noué en entendant la voix de Julee qui attaquait « Working Class Hero » de John Lennon. Je me suis approché. Paul l'accompagnait à la guitare et, à côté d'elle, Martin buvait tranquillement une bière fraîche. Quand elle m'a vu, Julee m'a adressé un clin d'œil qui m'a fait monter le rose aux joues.

– *Elle a envie de toi,* m'a murmuré la voix dans ma tête. Et cette simple phrase a fait remonter en moi les images du rêve de la veille et le souvenir de l'odeur tiède de sa peau. J'ai secoué la tête pour chasser ces fantasmes. Ce n'était pas le moment de dérailler !

Je me suis assis. Martin et moi, on s'est contenté de les écouter, subjugués. C'était vraiment bon. Paul n'avait jamais joué aussi bien. Et Julee ! Julee aurait envoûté n'importe quel public !

Au bout d'un moment, Martin m'a félicité :

– Alors, il paraît que tu viens bosser avec nous ?

– Hein ?

– Au garage. Miles t'a fait une proposition, non ?

J'ai haussé les épaules.

– Je sais pas trop, je suis pas encore passé le voir.

Je n'avais vraiment pas envie de parler de ça maintenant. Et en fait, la présence de Julee et de Martin à la même table, à côté de moi, me rendait inexplicablement mal à l'aise. Peut-être à cause du rêve ?

– *À moins que ce ne soit de la jalousie !* a raillé la petite voix que j'ai immédiatement repoussée au fin fond de mon esprit.

Sur ce, Rosalie est venue m'embrasser sur les deux joues, m'étouffant à moitié comme une de ses écrevisses.

– Comment va l'écrivain le plus rapide de Carrefour ?

– Ça va, ça va, j'ai marmonné.

– Oh, c'est pas la grande forme, toi. C'est ton père qui te fait des misères ? Allons, j'ai ici de quoi te remonter.

J'ai regardé son énorme postérieur se dandiner jusqu'en cuisine. Le morceau de Lennon s'est achevé dans un tonnerre d'applaudissements. À tous les deux, ils assuraient vraiment.

Rosalie est revenue les bras chargés d'un énorme plat d'écrevisses qu'elle a déposé au milieu de la table et on s'est tous mis à manger.

– Comment va Jess ? m'a soudainement demandé Julee avec un sourire en coin.

– Jess ?

– Tu sais bien, ta petite amie que j'ai croisée au magasin de musique !

– Oh, c'est fini...

Paul a gloussé dans son coin.

– D'ailleurs, ça n'a même pas commencé ! David est un vrai Don Juan. Mais uniquement dans son imagination et dans les textes qu'il écrit !

Je lui ai filé un coup de pied sous la table et son rire a fini en cri de douleur. En fait, depuis le centre commercial, j'avais tout fait pour éviter Jess. Je n'avais pas envie de me retrouver au tableau de chasse de cette ogresse. Il devait y avoir eu une vingtaine d'appels en absence sur mon portable. Sur le dernier, qui datait à peine de ce matin, elle me traitait de monstre, d'égoïste et de sociopathe avec une voix aussi fausse et douceâtre que son rouge à lèvres. « Sociopathe » : je n'avais même pas idée de ce que ça pouvait vouloir dire. Mais au moins, j'étais tranquille.

Julee m'a adressé un sourire.

– L'essentiel est invisible pour les yeux, non ?

J'ai avalé difficilement mon écrevisse.

Paul s'est esclaffé de rire.

– L'essentiel est invisible pour les yeux ?! C'est quoi, ce truc ? Un dicton chinois ?!

Je lui ai balancé un coup d'épaule.

– Tu le saurais si tu ouvrais un vrai livre de temps en temps. Tu sais, un livre, un truc qui parle d'autre chose que du monstre du loch Ness ou d'extraterrestres à trois têtes !

Julee m'a décoché un clin d'œil complice. Paul a haussé les épaules en bougonnant dans sa barbe.

Peu après, j'ai senti le pied de Julee remonter le long de ma jambe. Assis à côté d'elle, Martin ne se doutait de rien. J'ai manqué de m'étrangler.

– T'aimes pas ça ? a demandé Julee, comme si elle parlait des écrevisses.

– Si, si, j'ai bafouillé, rouge de honte.

Paul et Martin m'ont regardé comme si j'avais perdu les pédales.

J'avais l'esprit en feu. Je me suis mis à parler de tout et de n'importe quoi pour dissiper le trouble. Je m'en voulais à cause de l'amitié que je portais à Martin et, d'un autre côté, je crois que j'étais en train de tomber amoureux de Julee. Si ce n'était pas déjà fait. Heureusement pour moi, Julee a arrêté son petit jeu et j'ai pu me détendre pendant le reste du repas. Même si au fond de moi, j'avais bien envie qu'elle continue…

Après les écrevisses, Paul et Julee ont attaqué « Where is my Mind » des Pixies. J'en ai profité pour me pencher vers Martin.

– Dis-moi, je cherche quelqu'un. Tu pourrais m'aider à le retrouver ?

Martin a froncé les sourcils.

– Comment tu veux que je fasse ça ?

– Ben, je sais pas. Tu connais du monde. Je me disais que peut-être...

– Faut voir. Qui est-ce que tu cherches ?

– Un gars. La quarantaine. C'est un écrivain. Il s'appelle Lebreton.

La voix de Julee a soudainement déraillé. Elle a planté ses yeux dans les miens.

– Pardon, c'est moi, s'est excusé Paul. J'ai pas changé d'accord au bon moment.

Ils ont repris le morceau. Julee ne me quittait pas du regard. Est-ce qu'elle avait entendu quelque chose ? Et puis, qu'est-ce que ça pouvait bien lui faire que je recherche Lebreton ?

– Je vais voir ce que je peux faire a déclaré Martin. Je te promets rien.

Je l'ai remercié. Julee me fixait de ses yeux sombres. Aussi sombres qu'un orage prêt à éclater. J'ai eu le pressentiment que tout allait bientôt exploser.

## 29

La maison de la famille Merline n'était pas de première fraîcheur. La peinture de la façade pelait à grands lambeaux. Le jardin était envahi de détritus et la boîte aux lettres bleue gisait dans l'herbe comme un animal mort. Sur le métal, le nom « Merline » inscrit au stylo indélébile était à moitié effacé.

– Qu'est-ce qu'on raconte ? j'ai demandé.

Paul a soigné son image en attachant ses cheveux longs.

– On improvise. Tu te planques près de l'arbre, là-bas. Si ça roule, je rentre, et puis je te fais signe quand la voie est libre, d'accord ?

Après les trois coups de Paul, la porte a mis un temps infiniment long à s'ouvrir. Pendant un moment, on a même cru qu'il n'y avait personne et pourtant on avait clairement entendu le son d'une télé filtrer à travers la porte.

Elle s'est enfin ouverte sur une vieille dame, le visage barbouillé de rouge à lèvres et de fard à paupières. Son corps était si frêle et sec qu'on aurait pu la croire sortie d'un tombeau égyptien.

Comme on avait pensé tomber sur les parents de Jason, Paul a été surpris un instant, mais il s'est vite rattrapé.

– Bonjour madame, je suis de Red Cliff. Je suis venu pour Jason. Vous êtes sa grand-mère, c'est bien ça ?

La vieille dame a souri.

– Oui, oui. Entrez, j'allais prendre le thé.

Paul a disparu à l'intérieur de la maison. La porte s'est refermée. Étrange, ça avait été trop facile. Quelque chose clochait.

J'ai attendu deux ou trois minutes. Juste le temps de me demander dans quel nouveau plan tordu de Paul je m'étais laissé entraîner. La porte s'est rouverte. Le visage souriant de Paul m'a invité à venir.

– La vieille est complètement barrée. Il n'y a aucun risque, rentre !

L'intérieur de la maison était aussi délabré que l'extérieur. Partout, il flottait une odeur écœurante d'huile rance, de médicaments et d'humidité. La tapisserie pendait lamentablement le long des murs comme de la mousse espagnole. Au plafond, de larges auréoles de moisissure dessinaient d'étranges cartes géographiques. On aurait dit les contours d'un ancien royaume aujourd'hui désolé.

Paul m'a entraîné au bout d'un couloir en m'ordonnant de rester silencieux, un doigt sur les lèvres. J'ai entendu des bruits de vaisselle. C'était la cuisine. La vieille dame préparait le thé.

– Reste dans le couloir et fais le tour de la maison pendant que je l'occupe, m'a soufflé Paul à l'oreille.

J'ai jeté un œil dans la pièce. L'évier débordait d'assiettes et de verres sales. Les bouteilles d'alcool vides occupaient tout l'espace sur le plan de travail.

Subitement, la vieille dame s'est retournée vers Paul. Je me suis plaqué contre le mur du couloir.

– Et Jason alors, il se plaît en Alaska ? Depuis le temps qu'il rêvait d'aller peindre là-bas !

Paul a bafouillé un instant.

– Heu... oui, oui ! Il s'éclate, vraiment ! Il vous passe le bonjour. Il m'a dit : « Tu embrasseras bien fort ma vieille grand-mère. »

J'ai entendu des sanglots. Au milieu de la cuisine, Paul tenait maintenant la vieille enlacée entre ses bras. Son corps maigre était secoué par ses pleurs.

– Il est si petit, si petit, si petit... elle a dit avec une voix qui ressemblait à un verre qui se brise.

Mon cœur s'est serré.

Et puis, d'un coup, la vieille dame a lâché Paul, les yeux soudainement vitreux. Elle a filé dans la pièce à côté. Et le son de la télé a explosé. Paul est revenu vers moi avec un demi-sourire.

– La mamie est givrée. Allons-y !

Pendant que la grand-mère de Jason regardait la télé, allongée dans le canapé, on a fait le tour du rez-de-chaussée. Tout était en désordre, éventré, brisé. Les détritus se mélangeaient au linge propre. De la vaisselle et des bouteilles vides s'étaient échouées dans la baignoire. On aurait dit qu'un cyclone avait ravagé la maison.

On a finalement mis la main sur la chambre de Jason.

– C'est quoi, ce truc ?! a sifflé Paul entre ses dents.

Les murs de la chambre étaient tapissés de photos de la banquise. Le tout agencé de façon à former un vaste horizon sans limites. De la glace, à perte de vue. Par contraste avec l'aspect sombre et oppressant du reste de la maison, le résultat était saisissant. On aurait dit un espace hors du temps. Pur et vierge. La pièce était impeccable et dépouillée. Un futon, deux étagères, une table de chevet. Sur une étagère s'empilaient des cartes, des romans et des ouvrages scientifiques sur l'Alaska et les peuples primitifs. Paul m'a appelé :

– Viens voir ça.

C'était une photo de classe. On y voyait Jason à Red Cliff, le regard aussi sombre que sur l'article de presse. La légende indiquait la date de la prise de vue et « Charpente. 2e année ».

Paul s'est attaqué à l'ordi portable posé sur la table de chevet.

C'est là que j'ai remarqué un truc étrange avec les photos sur les murs. Il y avait une sorte d'épaisseur à leur surface. J'ai posé le doigt sur l'une d'elles. Ce n'était pas une photo. C'était un tableau ! Tous les murs étaient peints : la chambre n'était plus qu'une toile géante ! Et la banquise était d'un réalisme incroyable.

Je l'ai fait remarquer à Paul.

– Putain, si c'est Jason qui a fait tout ça, ce gars était un vrai taré ! À mon avis, c'est ses parents qui l'ont foutu à la porte quand ils ont vu l'état de la chambre !

Je suis resté de longues minutes à scruter les murs, fasciné. Je ne parvenais pas à détacher mon regard de l'immensité glacée. C'est Paul qui m'a tiré de ma rêverie.

– David, magne-toi ! On n'est pas au musée !

J'ai exploré le reste de la pièce. Sous le lit, j'ai trouvé une carte postale. Elle représentait un oiseau blanc aux yeux jaunes, cernés de noir. J'ai lu : « Harfang des neiges, oiseau du Grand Nord ». L'image était pixelisée, certainement tirée sur une imprimante de bureau. Au verso, sur les quatre coins, il y avait de la pâte adhésive desséchée. Elle avait dû être fixée au mur et elle s'était décollée il y a peu. Le timbre portait le tampon de Houma, mais la date était illisible. En dessous, il y avait une note manuscrite : « *Pour les Inuits, le harfang est une créature mythique qui protège les peuples opprimés. Que le harfang t'accompagne sur ta route !* » Qui avait pu écrire ça ? J'ai montré la carte à Paul qui a haussé les épaules.

J'ai cherché des pinceaux, des tubes de couleur, des livres sur la peinture, mais à part quelques fringues et quelques CD, il n'y avait rien d'autre dans la chambre. Si Jason avait peint tout ça, où était son matériel ? Le temps passait et j'avais peur que ses parents ne reviennent ou que la grand-mère ne retrouve ses esprits. Et puis tout était si blanc, si propre, j'avais l'impression de souiller un sanctuaire.

– Laisse tomber, Paul. La police a déjà dû fouiller tout ça.

Paul m'a envoyé balader d'un geste de la main.

J'ai fait un tour par le salon. La vieille dame dormait malgré les hurlements de la télé. Je suis resté un moment à l'observer. Elle ressemblait à une paisible statue de cire. J'ai pris la direction de l'étage. Là, j'ai trouvé la chambre de la grand-mère. Un réduit sous les combles. Je n'aurais pas dû, mais, poussé par la curiosité, je suis allé regarder des photos qui s'alignaient sur une commode. Des photos un peu jaunies d'une époque passée. Et puis d'autres plus récentes montrant Jason enfant, puis ado. Même sur les photos de groupe, il affichait invariablement cet air sombre et réservé. Sur un des clichés où il ne devait pas avoir plus de huit ans, Jason avait un œil au beurre noir. Il posait au pied d'un sapin, une boîte d'aquarelle à la main, et sa mère fixait l'objectif avec un regard froid. Plus je regardais ces photos et plus je ressentais un malaise s'installer en moi. C'était clair : Jason n'avait pas dû connaître une enfance très heureuse.

Quelque chose dans un tiroir à demi-ouvert a soudainement attiré mon attention. Un gros cahier bleu. Les mêmes que ce que l'on avait au lycée. Je l'ai tiré de là et j'ai lu sur la couverture : « Jason Merline », écrit en lettres rouges.

Sous le nom, il y avait une peinture de format carré. On aurait pu croire à un tableau abstrait, mais en y regardant mieux, on devinait une sorte de salle. Une petite pièce obscure où le noir se mêlait de filaments rouge sang. D'un des angles émanait une lueur diffuse qui ne parvenait pas à dissiper les ténèbres. Il se dégageait de la peinture une impression de solitude et de désespoir. Jason était sûrement un bon peintre, mais c'était aussi un gars sacrément tourmenté.

À l'intérieur du cahier, soigneusement archivée, se trouvait une série d'articles découpés dans des journaux.

Tous les articles sur les dix précédents disparus. Et également d'autres qui concernaient des disparitions d'adolescents, celles-là plus anciennes.

J'ai reçu un choc en voyant apparaître subitement dans un des articles un nom que je connaissais. Celui de Polly Jean Keitel.

Je suis revenu dans la chambre de Jason pour monter ma trouvaille à Paul.

– Bordel, c'est quoi ce truc ?! il a dit en voyant la peinture sur la couverture.

– Attends, regarde ça. Regarde ce qu'il y a à l'intérieur.

J'ai fait défiler les pages.

– Bingo ! il a dit. Là, on tient quelque chose.

On a feuilleté rapidement les pages du cahier. Certains passages étaient soulignés de rouge. Il faudrait examiner ça plus tard.

On venait juste de refermer le cahier quand on a entendu la porte d'entrée s'ouvrir.

## 30

Paul a tiré sur le joint et a frotté ses yeux rougis.

– Putain, je te dis pas la frousse que j'ai eue !

Je suis venu m'asseoir sur le canapé vert à côté de lui.

Notre virée chez Jason avait mal tourné.

On venait juste de refermer le cahier bleu quand on a entendu la porte d'entrée s'ouvrir. Quelqu'un s'est avancé dans le couloir. Puis la voix d'une femme s'est élevée, sûrement la mère de Jason.

– Henriet, combien de fois je t'ai dit de baisser le son de cette putain de télé ?!

On a entendu le poste s'éteindre. Et les deux femmes se sont retrouvées dans la cuisine. Il y a eu les bruits d'une dispute. Si la grand-mère de Jason n'avait pas posé problème, ça risquait fort de ne pas se passer de la même façon avec sa mère.

– Faut qu'on bouge, m'a soufflé Paul.

Je me suis approché de la porte, les nerfs tendus à l'extrême.

– Je jette un œil dans le couloir. Si c'est bon, je te fais signe et tu me suis, d'accord ?

Paul a acquiescé. J'ai risqué ma tête dans l'entrebâillement de la porte. J'ai aperçu dans la cuisine, au bout du couloir, une femme forte qui se versait un verre de whisky, la mine renfrognée. Je l'ai immédiatement reconnue. C'était la femme appuyée contre le torse du policier sur l'article de presse, c'était bien la mère de Jason. Henriet, la grand-mère, devait se trouver dans l'autre partie de la pièce, car je ne la voyais pas d'où j'étais, mais j'ai clairement entendu sa voix.

– Il faut arrêter de boire, Frances. Sinon Jason, il reviendra pas d'Alaska.

La mère de Jason a vidé son verre d'un trait.

– Henriet, arrête de me bassiner avec cette saloperie d'Alaska ! À l'heure qu'il est, Jason doit être dans un bordel au Mexique ou un truc dans ce genre ! Et il pense pas plus à toi qu'à sa première paire de chaussettes !

– Non, c'est pas vrai, a pleurniché Henriet.

La mère a poussé un long soupir et elle a disparu de mon champ de vision.

J'ai fait un signe à Paul et je me suis avancé dans le couloir obscur. On a parcouru les un ou deux mètres qui nous séparaient de la porte sur la pointe des pieds, comme des chats. Dans ma poitrine, mon cœur battait la chamade et j'avais l'impression que ça faisait un boucan d'enfer. J'ai fait pivoter la poignée, au ralenti. Je me suis retourné vers Paul et j'ai découvert avec effroi qu'il faisait demi-tour vers la chambre.

J'ai soufflé :

– Qu'est-ce que tu fais ?!

– Le cahier. J'ai oublié le cahier, il a murmuré.

J'ai ouvert la porte, avec précaution, heureux de retrouver la lumière du jour.

Dans la cuisine, les deux femmes se disputaient.

– Si, c'est vrai, gémissait Henriet. Il est en Alaska et il m'embrasse.

– Arrête tes salades !

– Tu es jalouse, parce que Jason ne veut plus te parler ! Fallait pas boire comme ça tout le temps et lui cogner dessus ! Oui, c'est vrai, il m'embrasse qu'à moi ! C'est l'ami de Jason qui me l'a dit tout à l'heure !

– Qu'est-ce que c'est encore que cette connerie ?

– Un petit gars très bien. D'ailleurs, si tu ne me crois pas, tu n'as qu'à lui demander. Il est dans la chambre de Jason ! a ricané Henriet.

J'ai jeté un œil en arrière. Alors j'ai vu Paul qui franchissait la porte de la chambre, le cahier sous le bras. Et, plus loin, au bout du couloir, le visage de la mère de Jason qui se décomposait.

La suite s'est déroulée comme dans un mauvais rêve.

J'ai hurlé : « Paul, cours ! » et j'ai traversé le jardin comme une fusée.

Derrière moi, il y a eu des cris. Ceux de la mère de Jason et ceux de Paul. Je ne sais pas combien de temps ça a duré, mais l'instant d'après on était sur nos vélos et on pédalait à toute vitesse, loin de la maison des Merline. Paul n'arrêtait pas de geindre, les yeux en feu. Il s'était retrouvé nez à nez avec Frances. Il était resté tétanisé quelques secondes, puis il avait bafouillé : « Je… je suis un ami de votre fils. » Mais son baratin n'avait pas impressionné la mère de Jason. Elle avait sorti de je sais pas où une bombe d'autodéfense et elle avait aspergé copieusement le couloir. Dans sa fuite, à moitié aveugle, Paul avait laissé tomber le cahier bleu.

Il fallait donc nous débrouiller maintenant avec nos souvenirs. Nous sommes partis des articles que nous avions en commun avec le cahier de Jason, ceux qui s'affichaient devant nous, au-dessus du canapé vert. Malheureusement, nous avions lu le cahier bleu en diagonale et, dans l'enchevêtrement des phrases, notre regard avait erré sans savoir où se poser. Qu'est-ce qui pouvait bien relier tous ces jeunes ? Qu'est-ce que Jason avait su voir et qui nous échappait ?

Les articles, dans un style plutôt racoleur, mettaient l'accent sur la douleur des familles avant d'échafauder des théories ponctuées de points d'interrogation qui laissaient entrevoir le pire. Les papiers finissaient généralement sur un ton moralisateur : la perte des valeurs familiales, l'incapacité des adultes à élever leurs enfants, les dérives morbides des adolescents. J'ai retenu la dernière phrase d'un de ces portraits désespérés des jeunes d'aujourd'hui : « *Ils ne peuvent trouver leur voie, parce que dès le début, ils sont perdus.* » À part ça, très peu de détails. Les jeunes avaient entre quinze et vingt ans. La plupart étaient issus des quartiers pauvres des villes du coin et ils s'étaient volatilisés comme par enchantement. Dans presque tous les cas, le signalement de leur disparition n'avait été donné qu'après deux ou trois jours d'absence.

– Tu vois ça, Paul ? C'est comme… comme s'ils avaient été transparents. Comme s'ils n'avaient vraiment jamais été là.

– Qu'est-ce que tu veux dire ?

– Tu te rappelles de ce que t'a dit Rémy, le mec de la classe de Jason ?

– Euh, attends… Ouais, je crois. Il avait dit que Jason ressemblait à un putain de fantôme, c'est ça ?

Sur chaque article, j'ai souligné au marqueur rouge ce premier indice.

– C'est ça ! Tu vois, c'étaient des filles et des gars discrets. Ils étaient tous au lycée, mais personne ne les connaissait vraiment. Ils n'avaient pas d'amis proches. Ils n'étaient dans aucun club sportif, aucune association. Je parie qu'ils ne sortaient pas beaucoup et que finalement, personne n'a d'anecdote à raconter sur eux. Et même leurs familles ont mis un temps avant de réaliser qu'ils n'étaient plus là. Deux ou trois jours en moyenne. Exactement comme s'ils avaient été transparents !

Paul a hoché la tête.

– OK, c'est un bon début. Et une bonne aubaine pour un tueur en série. Ni vu ni connu, je te découpe. Mais, que venait faire Polly Jean dans tout ça ?

On a vite retrouvé l'article en question sur le Net. Le même que celui que nous avions vu chez Jason. C'était l'un des premiers qui étaient parus dans la presse à l'époque. Paul l'a épinglé à côté des autres.

C'était clair, Jason avait fait un lien entre les disparus d'aujourd'hui et l'affaire Keitel. Est-ce qu'il avait suspecté l'écrivain d'être mêlé aux disparitions ?

– Tu crois que Jason a rencontré Lebreton ? a demandé Paul.

Le marqueur rouge est resté en suspens dans ma main au-dessus du visage de papier de Polly Jean.

– Non, je pense pas. Lebreton est venu une seule fois à Red Cliff. Et c'était dans notre classe. L'affaire Keitel, c'est un vieux truc. Je ne sais pas pourquoi Jason s'est intéressé à elle en particulier. Parce que si on fait la liste de toutes les disparitions dans la région depuis dix ans, je suis sûr qu'on remplit le Navire avec des journaux.

Paul s'est laissé tomber dans le canapé vert, les yeux creusés par l'herbe.

– Pffff... ça mène à rien. Peut-être que Jason collectionnait tout simplement ces articles ? Tu sais, dans le style manies bizarres et trucs tordus.

– Une manie bizarre comme la tienne ? j'ai demandé en montrant les coupures de presse sur le mur, entre l'affiche de Jim Morrison et celle des Griffes de la Nuit.

– Très drôle. Je disais juste que Jason pouvait les ramasser parce que ça le faisait triper. Y en a bien qui collectionnent les têtes de cerf, les ongles de pied ou les culottes sales. Ou alors d'autres qui repeignent leur chambre couleur glaçon. J'en connais même un qui écrit !

J'ai fusillé Paul du regard. Il s'est recroquevillé entre les coussins.

–C'est bon, excuse-moi.

Je suis revenu à mon idée.

– Bon, ton truc morbide, ça colle pas. C'était pas une simple manie. Pas pour disparaître ensuite. Non, c'est pas logique. Si tu veux mon avis, je pense que Jason savait très bien ce qu'il allait lui arriver. Qu'il s'était renseigné sur la façon dont ça s'était passé pour les autres et qu'il avait préparé tout ça.

Au-dessus des articles, j'ai recopié sur une feuille vierge la phrase que j'avais lue plus tôt : « *Ils ne peuvent trouver leur voie, parce que dès le début, ils sont perdus.* » J'ai pensé à la peinture sur la couverture du cahier. L'impression de solitude qu'elle m'avait laissée.

– Tu veux dire qu'il a profité des disparitions pour mettre les voiles sans laisser d'explications ? Allez hop, je file en Alaska ?

L'Alaska, c'était justement là où je voulais en venir.

– Tu te souviens de cette carte postale avec cet oiseau blanc ?

Paul a bâillé : « Mmm ? »

– Au dos, il y avait marqué : « *Que le harfang t'accompagne sur ta route* » et elle avait été postée de Houma.

– Et alors ?

J'ai rebouché le marqueur et je me suis affalé à côté de Paul.

– Je sais pas pour les autres. Mais je pense que Jason est vivant, quelque part.

– Pourquoi ?

– Parce qu'en repensant à cette carte, je suis sûr que, de gré ou de force, quelqu'un a poussé Jason à disparaître.

Tout au fond de moi, je me suis demandé : « Quelqu'un ou quelque chose ? ».

# 31

Cette nuit-là, j'ai tenté de lutter pour retarder le moment où je sombrerais dans le sommeil. Je savais trop bien ce que j'allais y trouver. Mais, à peine allongé, le rêve a fondu sur moi comme un oiseau de proie.

J'étais dans un bar glauque du centre-ville, peut-être le Paradoxe. Une scène minuscule occupait le fond de la pièce. Un épais rideau de velours rouge sang dissimulait les coulisses. Je savais que le spectacle allait bientôt commencer, mais je ne savais pas exactement quand. J'ai voulu poser la question au barman, un vieux qui ressemblait un peu à Johnson, mais quand je me suis retourné vers le comptoir, le vieux avait disparu. En fait, j'étais maintenant entièrement seul dans le bar. Ah non, là-bas, au premier rang devant la scène, il y avait un homme assis. Habillé dans le style années 50 et coiffé d'un chapeau mou, l'homme me tournait le dos. Je me suis approché pour lui demander quand le spectacle débutait.

J'ai appelé : « S'il vous plaît ».

Comme il ne réagissait pas, j'ai posé une main sur son épaule.

L'homme s'est lentement retourné. Et l'homme avait une tête de chien. La tête de Saint-Pierre. Il m'a fait signe de me taire en se posant un doigt sur le museau. J'ai entendu les trois coups qui annonçaient le début de la représentation, alors je suis venu m'asseoir à côté de lui. Une musique s'est élevée dans la salle. Il m'a semblé reconnaître la voix ténébreuse de Lisa Gerrard, la chanteuse de Dead can Dance.

Le rideau s'est enfin ouvert et un enfant à moitié nu s'est présenté sur la scène. Il ne portait qu'un pagne blanc, et, dans le dos, deux petites ailes d'ange en carton. À côté de moi, Saint-Pierre s'est mis à rire avec des jappements étouffés. L'ange s'est dandiné, les lèvres pincées. On voyait bien qu'il ne se souvenait plus de son texte.

J'aurais bien voulu l'aider, mais comment faire ? J'avais brûlé tous mes carnets et il m'était impossible de me souvenir d'une seule ligne. Pourtant, ce n'était pas si compliqué. Je me suis concentré et ça a surgi d'un coup. C'était marqué là, sous mes yeux, sur une page du carnet rouge :

*Est-ce que tu as compris ?*

À ce moment-là, il y a eu du remue-ménage derrière le rideau. La musique a dérapé comme un diamant sur un vinyle. L'ange jetait des coups d'œil inquiet derrière lui. Dans la salle, la lumière a baissé d'intensité. Il ne restait plus que l'éclairage sur la scène. L'ange s'est mis à pleurer et ses ailes en carton se sont décrochées. Quelque chose ne tournait pas rond. J'allais me lever pour consoler l'enfant quand une main l'a attiré en coulisses. Derrière le rideau, les pleurs ont cessé. Et puis, dans un frémissement de velours rouge, la Chose est apparue. Elle était nue et son corps se métamorphosait. Par endroits, les écailles avaient disparu pour laisser place à une peau rosée. Les griffes de ses pattes s'étaient rétractées. Elles ressemblaient maintenant plus à des doigts. Et son visage avait quasiment perdu son aspect animal. La Chose devenait… humaine.

Elle a lentement désigné du doigt mon carnet. Je l'ai fait glisser à ses pieds. L'instant d'après, un stylo était entre ses mains, le stylo que j'avais perdu l'autre soir dans les marais, et elle écrivait. Au bout d'un moment, elle a refermé le carnet et me l'a tendu. J'ai approché ma main pour le récupérer.

Je m'apprêtais à le reprendre quand la chose m'a saisi par le bras. C'était comme une morsure. Une morsure dont je ne guérirais jamais.

## 32

J'ai allumé toutes les lumières de ma chambre avant de me précipiter sur le carnet rouge, posé au pied de mon lit.

J'ai lu :

***Je peux t'aider à écrire ta vie.***
***Ta vie comme tu as toujours rêvé de la vivre.***
***Pour ça, il te suffit d'ouvrir la porte qui mène à moi.***
***Écris.***

La nausée s'est emparée de moi. J'ai couru jusqu'aux toilettes. Je ne sais pas combien de temps je suis resté là, inerte, accroché à la cuvette. Quand j'ai repris connaissance, j'ai passé mon visage sous l'eau. C'est alors que j'ai remarqué une tache sur mon bras. De la taille d'une carte à jouer. C'était vert et irrégulier. J'ai passé un doigt dessus. Ce n'était pas douloureux. J'ai allumé le plafonnier qui a jeté une lumière crue sur la salle de bains.

À bien y regarder, ce n'était pas vraiment une tache.

C'étaient des écailles.

## 33

Au matin, j'étais brisé comme une épave. J'avais passé le restant de la nuit à lutter pour ne pas m'endormir. J'avais bu café sur café. Il me semblait que la Chose se tapissait à la limite de ma conscience et qu'elle m'appelait d'une voix douce : *Tu finiras bien par dormir, David. Tu finiras bien par revenir vers moi.*

Au pied de mon lit, le carnet rouge hypnotisait mon regard. Des questions sans réponse tournaient sans fin dans ma tête. Qui était la Chose ? D'où venait-elle ? Est-ce que Jason l'avait lui aussi rencontrée ? Est-ce que c'était elle qui l'avait poussé à fuir ? Et puis que voulait-elle ? Elle avait écrit : « *Je peux t'aider à écrire ta vie.* » Qu'est-ce que ça pouvait bien signifier ? J'avais l'intuition confuse que si j'écrivais dans ce carnet, elle surgirait et que rien ne pourrait l'arrêter. Oui, mais arrêter quoi au juste ? Dans un sens, je le savais, elle était déjà là. Je pouvais entendre sa voix murmurer dans ma tête. Et sur mon bras, il me semblait que les écailles gagnaient du terrain.

Durant des heures, j'avais promené mes doigts sur la surface rugueuse. Au matin, peut-être à cause du manque de sommeil, je m'étais comme habitué à ces écailles qui couvraient mon bras. Ce n'était finalement pas si horrible que ça. C'était simplement… étrange. Comme une difformité qui aurait toujours fait partie de moi.

– *Bien sûr*, avait dit la chose dans ma tête. *Car ce que tu vois là, c'est ce que tu es vraiment.*

J'avais soufflé « Tais-toi ! » entre mes dents et je m'étais resservi un café.

Enfin, bientôt le jour a étalé ses couleurs de l'autre côté de la fenêtre. J'ai entendu mon père se hisser sur son fauteuil roulant. J'ai bien fait attention à mettre un T-shirt à manches longues avant d'aller le rejoindre pour le petit-déjeuner.

– T'as une tête affreuse ce matin, m'a balancé papa entre deux gorgées de café.

– Bonjour aussi, j'ai grommelé.

– T'as pas l'air bien ? T'es sûr que tu n'es pas malade ?

Je me suis versé un café sans prendre le temps de répondre.

À la radio passait « Baby did a bad bad thing » de Chris Isaak. J'ai baissé le son parce que la musique me vrillait le crâne.

– Quand est-ce que tu vas chez Miles ? m'a demandé papa.

Merde ! Miles ! J'avais complètement oublié. Je me suis demandé si ça intéresserait mon père de savoir que le gros Miles planquait des revues porno dans sa réserve, mais j'ai préféré garder le silence. Après tout, ce n'était pas une mauvaise idée d'aller chez Miles. Ça me permettrait de remettre un pied dans la réalité.

– *Pourquoi ? Ce que tu vis en ce moment, ce n'est pas la réalité ?* a demandé la Chose.

En fait, je commençais sérieusement à me poser la question…

## 34

À la sortie de Carrefour, Rosalie m'a fait signe depuis sa terrasse. Elle était assise sur un banc, tout habillée de blanc, et elle paraissait fatiguée. Près d'elle, un énorme ventilateur brassait vainement l'air tiède.

– Ça va, David ?

– Ça va, j'ai répondu, sans descendre de mon vélo. Ce n'était pas très sympa de ne pas aller la saluer, mais j'avais l'esprit si embrouillé que je voulais éviter le plus possible de parler. Je ne savais vraiment pas ce qui pouvait sortir de ma bouche.

Elle a fait claquer sa langue.

– Quelle chaleur, hein ? Si ça continue comme ça, je vais fondre et ce soir on ne retrouvera que ma robe. Toute vide.

J'ai levé les yeux vers le soleil qui se consumait déjà au-dessus de nous.

– Je vais à Houma. Si vous avez besoin de quelque chose, je vous ramène ça.

– Si tu me trouves un petit bout de banquise, je prends, même s'il y a des pingouins dessus ! Mais commence donc par venir me dire bonjour, espèce de malpoli !

J'ai posé mon vélo contre la rambarde et je suis allé déposer deux baisers sur les joues humides de Rosalie. Son sourire s'est élargi, mais ses yeux étaient soulignés de mauvais cernes.

– Vous êtes sûre que ça va ?

Elle a levé une main au ciel.

– Pour qui tu me prends, petit ? Je suis comme les montagnes. Je suis là depuis les premiers jours du monde et je ne suis pas près de disparaître ! Et toi, dis-moi plutôt ce que tu fais. Tu ne viens plus trop me voir ces derniers temps.

– Oh, avec le stage et puis les vacances…

Rosalie a hoché la tête.

– Oh ! Oui, tu es très occupé… Et puis il y a cette fille, non ? elle a fait, l'air de rien.

– Cette fille ?

– Oui, la blondinette avec les yeux noirs. Je t'ai bien vu avec elle à la Poule Blanche.

J'ai bafouillé :

– Julee ? Non, non, c'est la copine de Martin.

Rosalie a fermé les yeux face aux pales du ventilateur.

– Ah bon. Si tu le dis. C'est dommage, elle a l'air très bien pour toi.

Il y a eu un silence gêné.

– Bon, je dois filer à Houma, là.

Rosalie, les yeux toujours clos, a pris doucement ma main dans les siennes. Entre ses doigts, ma main paraissait minuscule. Ça a fait remonter en moi des souvenirs d'enfance. Souvent, quand j'étais malheureux, Rosalie me tenait comme ça. Ma main devenait un oiseau minuscule entre ses paumes. Une douce chaleur enveloppait mes doigts et ça me réconfortait. Toutes mes craintes étaient balayées, certain qu'entre ses mains, rien de mal ne pourrait jamais m'arriver.

La voix douce de Rosalie a dit :

– Tu ne m'as pas tout raconté, David.

– Comment ça ?
– Tu caches des choses, je le sais.
J'ai dégluti difficilement. Que savait-elle ?
– L'écrivain.
– L'écrivain ? j'ai répété bêtement.
– Oui, l'écrivain qui est venu dans ta classe.
– Ben, y a rien à…
Ses yeux se sont ouverts et elle m'a regardé avec bienveillance.
– David.
– Oui ?
– Tu peux y arriver.
J'ai secoué la tête. Je ne comprenais rien.
– Arriver ? Arriver à quoi ?
– Tu as le don de l'écriture. C'est quelque chose en toi. Quelque chose que personne ne peut t'enlever. C'est ton arme, David.
– Je m'en souviendrai, Rosalie. Merci.
Sa main a couru sur le T-shirt, le long de mon bras. J'ai frissonné en pensant aux écailles, juste là, sous le coton.
– À certains moments de sa vie, chaque homme se retrouve nu, entièrement nu. Aussi nu qu'il l'a été au premier jour de sa vie et aussi nu qu'il le sera au dernier. Si nu qu'il peut voir au travers de son corps et de son esprit. Si nu qu'il peut voir son âme, tu m'entends ?
J'entendais bien, mais je n'ai pas su quoi répondre, alors je me suis contenté de hocher la tête.
La voix de Rosalie s'est faite ténue, à peine un souffle. Dans sa robe blanche, les yeux mi-clos, on aurait dit une prêtresse antique. Elle a enchaîné, et ses paroles ressemblaient vraiment à une prière :
– Oui, ce peut être effrayant de se retrouver ainsi démuni de tout et exposé à son propre regard, comme face à un miroir. On

aimerait fuir le combat, se cacher, oublier ce que l'on a vu, parce que ce qu'il y a à l'intérieur, c'est aussi brûlant que le soleil et aussi profond que la nuit. Et ça s'inscrit dans la rétine, à jamais. Mais la vérité, ce qu'il ne faut jamais oublier, c'est que chaque jour que nous vivons, nous ne faisons que nous travestir, drapés dans nos coutumes et dans nos codes. Des choses qu'on croit dures et tranchantes comme de l'acier. Mais ce ne sont pas des armes, non. Les apparences ne sont que les habits de l'âme. Et celui qui s'accroche à ces apparences se trompe. Car il n'y a pas de vêtements qui ne finiront pas en lambeaux, aussi sûrement que l'eau fait fondre le papier. Toi, David, tu as l'écriture. Et, je te l'ai dit, c'est une arme que personne ne pourra t'ôter. Car tu la portes en toi.

Je suis resté sans voix, pas très certain d'avoir vraiment compris tout ce que Rosalie avait voulu me dire. Depuis tout petit, elle m'avait raconté beaucoup d'histoires, mais c'était la chose la plus étrange que j'aie jamais entendue.

– *Elle débloque, ça c'est certain*, a dit la mauvaise voix dans ma tête.

Rosalie a remué son corps énorme sur le banc pour atteindre le ventilateur et elle l'a poussé au maximum, dissipant l'étrange sensation qui s'était emparée de moi. À tel point que je me suis demandé si je n'avais pas imaginé tout ça.

– Je te jure que s'il ne pleut pas avant ce soir, je me mets toute nue et je me jette dans le bayou !

Elle m'a souri : « Ou bien alors en revenant de Houma, tu peux me ramener un énorme pot de crème glacée aux noix de pécan, ça fera l'affaire ! File maintenant ! »

## 35

Avant d'entrer dans le garage, j'ai essuyé la sueur qui coulait de mon front. J'ai maudit ce satané T-shirt à manches longues. J'aurais tout donné pour une piscine et une bière fraîche. Le soleil cognait dur et j'avais dû faire deux pauses durant le trajet à vélo jusqu'à Houma. Les mots de Rosalie m'avaient accompagné tout au long du chemin. Pourquoi est-ce que j'étais troublé ainsi ? Parce que j'avais la vague impression qu'elle avait perdu les pédales ou parce qu'elle avait vu en moi des choses que je n'étais pas capable de voir ?

Je suis passé par l'atelier pour dire bonjour aux gars.

Martin m'a chuchoté à l'oreille :

– J'ai l'info pour ton gars. Je sais où il crèche.

Miles m'avait aperçu depuis l'autre côté de la façade vitrée de son bureau. Il m'a fait signe de venir.

– Repasse tout à l'heure, m'a balancé Martin avant de se remettre au boulot sur la bagnole qu'il désossait.

Le bureau de Miles était noyé sous un flot de paperasses.

– Ah, mon petit David ! Comment ça va à Carrefour ? il a demandé avec une voix mielleuse.

– Ça va, j'ai dit. Ça tourne toujours en rond.

Le garagiste s'est esclaffé.

– Bien, bien. T'as de l'humour, hein ? J'aime bien ça !

– *Je parie qu'en fait, c'est ton joli cul qu'il aime*, a dit la voix dans ma tête.

Il s'est approché de moi et m'a pris par l'épaule. Le contact de son corps gras et moite m'a fait frissonner.

– Bon, j'ai eu ton père au téléphone, tu sais ça.

Je me suis dégagé.

– Écoutez, vous n'êtes pas obligé. Je veux dire, vous n'êtes pas obligé de me filer un job pour que je la boucle. Sur la réserve, les billets… et les magazines. Je dirai rien.

Miles a roulé des yeux.

– Mais qui te parle de ça, mon petit ?! C'est de l'histoire ancienne ! Non, sérieusement, je te propose un job parce que le garage marche bien, que tu m'as l'air motivé, et aussi que je t'aime bien !

– *Ne te laisse pas embobiner, David, tu sais très bien ce qu'il veut !* a sifflé la voix.

Miles a rallumé un cigare baveux qui traînait dans un cendrier noir de crasse.

– Alors voilà, je te propose de commencer la semaine prochaine. À mi-temps pour débuter. On discutera salaire plus tard.

Il a fait un geste vers le bureau envahi de papiers.

– Faut d'abord que je fasse la compta.

– *Vas-y, accepte ! Accepte et tu finiras ta vie dans ce garage miteux ! Tu formerais un beau couple avec Miles, non ?*

J'ai passé une main sur mon visage pour repousser la voix au fond de mon esprit. J'avais envie de l'écraser, de la faire taire à tout jamais. Alors je me suis lancé. Juste pour retrouver un semblant de normalité.

– OK, j'accepte. Ça me va.

J'ai eu du mal à croire que c'était ma voix qui venait de dire ça. Bon sang, je venais de dire oui à Miles ! Je venais d'accepter ce contre quoi je luttais depuis des mois !

Le gros Miles a lâché un nuage pestilentiel de fumée grise et il a tendu sa main boudinée vers moi.

– À la bonne heure, petit. Marché conclu !

J'ai secoué mollement la main du garagiste avec un sourire forcé.

– À la bonne heure, il a répété en me fixant au fond des yeux.

En repassant par l'atelier, Martin m'a glissé un papier dans la main.

– Voilà l'adresse de ton gars.

– Merci, Martin !

Il m'a rappelé alors que je sortais du garage.

– David !

– Oui ?

– Fais pas de conneries.

Je n'ai pas répondu. Je suis remonté sur mon vélo. La glace de Rosalie attendrait. J'avais rendez-vous avec Lebreton.

## 36

La maison de l'écrivain se trouvait au-dessus même du bayou, portée par de larges pilotis. On y accédait par un simple pont de bois qui enjambait le cours d'eau. Le coin était envahi de cyprès chauves, desquels pendaient des écheveaux sans fin de mousse espagnole. Je m'étais attendu à trouver un bâtiment délabré, mais la maison était bien entretenue. La peinture bleu clair de la façade avait dû être refaite durant le printemps. Et des rideaux jaunes étaient accrochés aux fenêtres. Rien de tout ça ne collait avec le personnage miteux de Lebreton.

Je ruisselais de sueur. J'avais péniblement mis une heure pour arriver à l'endroit indiqué sur le papier de Martin. Une bonne pluie aurait fait du bien, mais le ciel était uniformément bleu.

Une vague d'angoisse est soudainement montée en moi. Maintenant que j'avais trouvé Lebreton, qu'est-ce que j'allais bien pouvoir lui dire ? Et s'il refusait de m'écouter ? Et de me croire ? Toute cette histoire était si étrange ! Et puis j'ai repensé à la Chose et aux cauchemars. J'ai balayé mes doutes : non, ce n'était pas le moment de reculer.

J'ai traversé le petit pont et je suis arrivé devant la maison. La pelouse était tondue de frais. Au milieu trônait une chaise longue à côté de laquelle étaient posés une paire de lunettes noires et un lecteur MP3 qui balançait du Tom Waits.

Je me suis avancé, tendu. La porte de la maison était entrouverte. Et puis j'ai vu une fille en maillot de bain rouge sang passer le seuil, une bouteille de bière à la main. J'ai mis un moment à percuter. C'était Julee ! Elle n'a pas eu l'air surprise. Elle m'a simplement adressé un sourire et elle est venue s'allonger sur la chaise longue.

J'ai bafouillé :

– Qu'est-ce que... qu'est-ce que tu fais ici ?

Elle a passé la bouteille fraîche sur son front.

– Je bronze, j'écoute de la musique et je bois une bière. Bref, je suis chez moi. T'en veux une ? elle a demandé en montrant la bouteille.

Je ne comprenais plus du tout. Et puis soudainement le visage charmant de Polly Jean s'est imposé dans mon esprit.

– Tu es... tu es la nana de Lebreton ?!

Julee a explosé de rire.

– T'es pas futé, hein ? Franck, c'est pas mon mec. C'est mon père !

– Ton père ?!

Elle s'est cachée sous ses lunettes noires.

– Oui, mon père. On se ressemble pas, pas vrai ? Mais il a pas toujours été comme ça. T'aurais dû le voir il y a quelques années. Il avait de la classe.

Je me suis approché de Julee. Une goutte de sueur traçait son chemin depuis son cou jusqu'à son nombril. Au fond de ma tête, j'ai senti la Chose remuer, alors j'ai détourné mon regard de son corps.

– T'es sûr que t'en veux pas une alors ? Pourtant, je t'assure, avec la chaleur qu'il fait, ça fait du bien.

Ma tête tournait. Je me suis assis, complètement déboussolé.

– Il faut que je le voie.

– Je sais. J'ai entendu quand t'as demandé notre adresse à Martin. Et je sais aussi que mon père est venu dans ta classe et que ça s'est mal passé. Franck a toujours eu un sale caractère, faut pas faire attention. Mais il a aussi ses bons côtés. Jusqu'à l'année dernière, je vivais chez ma mère, dans le nord. J'avais même pas le droit de boire une bière, t'imagines ? Alors que Franck, il est plutôt cool. Il me laisse faire ma vie, tu vois. Ici, je peux chanter autant que je veux !

Elle a avalé une gorgée de bière.

– Au fait, tu ne m'as toujours pas écrit une chanson.

J'ai serré les poings en pensant au texte que j'avais écrit sur une feuille froissée. Ça me semblait si loin à présent.

– Bon, ton père, où est-ce qu'il est ?

– Qu'est-ce que tu lui veux, à Franck ?

– J'ai des questions à lui poser.

– Des questions ? elle a demandé en relevant ses lunettes noires. Pose-les-moi, tes questions. Peut-être que je peux y répondre ?

Je me suis allongé dans l'herbe fraîche. Au-dessus de moi, il n'y avait que le bleu infini du ciel. Une mauvaise carte postale.

– Laisse tomber.

– C'est l'histoire de Polly Jean, hein ? C'est ça qui t'intrigue ? C'est ça qui vous fait courir, Paul et toi ? Ne dis pas non, Paul m'a tout raconté. Le cahier bleu chez votre pote Jason et tout ça.

– Quoi ?

– Ben ouais, je suis allé au Navire répéter quelques morceaux avec Paul. Il te l'a pas dit ?

Merde ! Paul lui avait tout raconté, sans savoir que c'était la fille de Lebreton !

Soudain, au-dessus de moi, le visage de Julee a rempli tout l'espace du ciel.

– Si tu crois que Franck est responsable des disparitions...

Elle a posé un doigt sur mon front.

– Eh bien, tu te plantes totalement. Mon père serait incapable de faire du mal à une mouche. Tout ce qui l'intéresse, c'est ses bouquins. C'est d'ailleurs pour ça que ma mère l'a quitté. Il vivait dans ses textes. D'accord, c'est une épave, un alcoolique et un obsédé. Tout ce que tu veux. Mais certainement pas un meurtrier. Et puis d'abord, pourquoi tu t'intéresses tellement à eux ? Toi aussi, tu as peur de disparaître ?

– Écoute, tout ce que je veux, c'est...

Je n'ai pas eu le temps de finir ma phrase. Le corps de Julee s'est abattu sur le mien. Elle me chevauchait. J'ai senti ses seins à travers mon T-shirt. Sa bouche n'était qu'à quelques centimètres de la mienne. Son haleine sentait la bière fraîche.

– Tout ce que tu veux, c'est quoi ? elle a demandé sérieusement.

La Chose a ouvert la porte de ma tête :

– *Vas-y, David ! Embrasse-la. Je sais que tu en as envie. Et elle aussi ! Et peut-être même que...*

J'ai fermé les yeux pour la faire taire.

La voix de Julee a posé la question une nouvelle fois, au creux de mon oreille.

– Tout ce que tu veux, c'est quoi ?

Et sa voix sensuelle a électrisé tout mon corps. La Chose a ri.

– *Vas-y, David !*

– Ça suffit ! j'ai hurlé.

Et dans le même temps, j'ai donné un grand coup de reins pour me dégager. J'ai renversé Julee dans l'herbe. J'étais maintenant sur elle. Je la maintenais fermement au sol. Son corps frémissait. J'ai planté mes yeux dans les siens.

– Tout ce que je veux, c'est voir ton père.

Elle a eu une moue contrariée.

– Il doit être chez Dave's. Un bar. À quatre ou cinq kilomètres en continuant vers le sud.

Son regard s'est arrêté sur mon cou.

– Qu'est-ce que t'as là ?

Je me suis relevé et j'ai passé une main sur ma peau. C'était rugueux. Les écailles ! Les écailles s'étaient répandues jusque dans mon cou ! Je les ai cachées sous ma main.

– C'est rien, j'ai dit. J'y vais.

Julee a souri bizarrement.

– Allez, montre-moi. Faut pas avoir peur... T'as qu'à enlever ton T-shirt.

Je me suis relevé précipitamment.

– Laisse tomber !

Elle s'est assise dans l'herbe en se recoiffant.

– Je fais un concert demain soir chez Dave's. Je chante quelques trucs. Il y aura sûrement Paul. Tu viendras ?

Je lui ai décoché un regard froid.

– Et Martin ?

Elle a haussé les épaules et elle a vidé sa bière d'un trait avant de la balancer un peu plus loin dans l'herbe.

– Je sais pas.

Je me suis éloigné. Une grande tristesse m'avait envahi.

Elle a crié :

– Tu viendras ?

Je n'ai pas répondu. Comment est-ce que j'aurais pu ?

Deux cents mètres plus loin, j'ai arrêté mon vélo sur le bas-côté. Derrière un cyprès, j'ai relevé mon T-shirt. Les écailles recouvraient maintenant mes bras, mes épaules, mon ventre et mon torse.

Ce soir, il y avait des chances que je ne sois plus humain.

## 37

Le soleil sombrait maintenant dans les marécages, rouge vif.

Dave's était une construction de mauvaises planches au bord du bayou. Des tables s'alignaient sur une terrasse au-dessus de l'eau et des guirlandes colorées tentaient vainement d'égayer le tout, mais le bar décrépit restait relativement sinistre. Une affiche à l'entrée annonçait le concert de Julee. Sur l'image, elle posait dans l'obscurité, habillée de son T-shirt à la chauve-souris, une main posée sur les yeux, les lèvres entrouvertes.

Il n'y avait que deux ou trois clients, aussi j'ai vite repéré Lebreton, affalé sur une chaise, les yeux noyés dans une pinte de bière.

J'ai pris une profonde inspiration avant de venir à côté de lui. Mes mains tremblaient, de peur ou de colère, alors je les ai dissimulées sous la table. Il n'était pas question que je m'aplatisse devant Lebreton. L'écrivain a vaguement relevé la tête. Ses yeux puaient l'alcool.

– Tiens, tiens, voilà notre grand écrivain ! Tu paies une bière ?

J'ai fait un signe au patron, un gros avec une barbe impressionnante qui s'étalait jusqu'à sa bedaine. Il est venu déposer deux pintes de bière trouble sur la table, sans même me demander ma carte d'identité pour voir si j'étais majeur. Je me suis penché vers Lebreton qui s'accrochait comme un naufragé à son verre.

– L'autre jour, il s'est passé quelque chose. Je veux savoir quoi.

– L'autre jour ? a bafouillé Lebreton. Quel autre jour ?

Je me suis emporté.

– Vous êtes idiot ou vous le faites exprès ?! L'autre jour, quand vous êtes venu dans ma classe, que je vous ai montré mes textes. Vous m'avez dit que c'était nul et vous m'avez attrapé par le bras. Il s'est passé quelque chose !

Lebreton a ricané.

– *T'aurais bien envie de le tuer, pas vrai ?* a raillé la Chose dans ma tête. *Laisse-toi aller, je t'aiderai !*

Lebreton a haussé les épaules.

– Je vais te dire ce qui est arrivé. Je t'ai dit que ce que tu écrivais, c'était de la merde, et j'avais raison. Tu t'en es rendu compte, voilà tout.

Je l'ai interrompu.

– Ce n'est pas de ça que je veux parler. Arrêtez de jouer avec moi !

Le regard de Lebreton s'est fait mauvais.

– Et moi, c'est bien de ça que je parle. Je sais reconnaître de la merde quand j'en vois. La preuve, c'est que moi je ne fais plus que ça maintenant. Tu comprends ? Depuis ce fichu roman, je vis à côté de ce que j'écris. La littérature, ce n'est pas juste aligner des mots. C'est donner vie à quelque chose qui nous dépasse et qui nous survivra. C'est enfanter. Comme Dieu l'a fait avec nous !

Il a bu une gorgée de bière. Je ne comprenais rien à son charabia.

– Depuis l'autre jour, j'ai... quelque chose qui vit en moi. Ce n'est pas mon imagination. C'est comme s'il y avait quelqu'un d'autre à l'intérieur.

Lebreton a jeté sur moi son regard trouble.

– C'est exactement ce que je te dis, petit. C'est ça, la vie. C'est ça, l'art. C'est ça, l'écriture ! C'est être habité par quelque chose. C'est abriter une flamme qui te consume et te dévore si tu ne fais pas gaffe !

L'écrivain a plongé ses yeux dans la bière. Je ne savais plus s'il me parlait ou s'il pensait tout haut.

– Moi, j'avais ce feu quand j'ai écrit *les Fils de Saturne*. Et puis quand Polly Jean est partie, j'ai tout perdu. Je me suis réveillé un matin et j'étais vide. Vide comme une coquille brisée. Impossible d'écrire la moindre ligne.

Il a jeté un regard circulaire dans la salle.

– Comme tous ces perdants que tu vois là. Condamné à errer sans but. Un vrai zombi.

– Mais c'est quoi, cette Chose ?

– Cette Chose, petit, c'est Dieu, il a dit en s'allumant une clope.

La braise a rougeoyé un instant.

– C'est Dieu. Ou bien le Diable.

J'ai sifflé entre mes dents.

– C'est que des conneries, vos histoires !

Il m'a soufflé une bouffée de fumée âcre au visage.

– T'as pas l'impression de passer à côté de ta vie parfois ? D'être juste un personnage, comme tous les autres ? Que tout ça, c'est que de la comédie ? Un scénario écrit d'avance où tu n'es qu'un figurant ? Une histoire où tu connais le début, le milieu et la fin ?

J'ai haussé les épaules en repensant à mon père, à Carrefour et à Miles.

– Bien sûr que t'as vécu ça toi aussi. Je le vois dans ton regard. Moi, je te le dis, on est tous que des pantins.

Il s'est soudainement mis à parler plus vite.

– Des personnages, voilà ce qu'on est. On n'existe pas. Il y a quelqu'un qui tient le stylo à notre place. Et on n'est que de l'encre sur du papier. Et si tu veux sortir de ça, il n'y a pas trente-six moyens, petit. Il faut que tu attrapes le stylo. Et que tu te mettes à écrire toi-même. Que tu écrives ta propre histoire. Il n'y a que cette solution pour devenir enfin vivant. Moi, le stylo, je l'ai eu une fois entre les mains. J'ai écrit ce fichu bouquin. Mais depuis Polly Jean, le stylo m'a échappé.

Une question me brûlait les lèvres. Je me suis lancé :

– C'est vous qui avez tué Polly Jean ?

Lebreton est resté silencieux quelques secondes, puis il est parti d'un grand éclat de rire rauque. Lebreton était malade, fou à lier.

– Non, la vérité est beaucoup plus banale que ça. Polly Jean m'admirait parce que j'avais le feu de l'écriture en moi. Quand la flamme a disparu…

Lebreton a soufflé entre ses doigts :

– L'oiseau s'est envolé.

Quelque chose clochait dans son discours, mais je n'arrivais pas à mettre le doigt dessus. J'en étais persuadé, Lebreton me cachait des choses. Et il avait réussi à esquiver toutes mes questions.

– Vous connaissiez Jason Merline ?

– Jason Merline ?

– Oui, un des jeunes qui ont disparu. Il était à Red Cliff, comme moi. Chez lui, j'ai trouvé un article sur Polly Jean.

– Ah, tu penses aussi que j'ai quelque chose à voir avec les disparitions, pas vrai ? a demandé l'écrivain.

Je n'ai pas répondu. Julee avait dû lui raconter notre petite enquête. Tout ça à cause de Paul, merde !

– Va savoir ce qu'ils sont devenus… On ne saura jamais qui ils étaient et où ils sont allés. Ils étaient juste des maillons de l'histoire. Des personnages secondaires. Une ligne perdue au milieu du flot du récit. Ou alors ils ont attrapé leur propre stylo et ils ont écrit leur vie ailleurs, loin d'ici.

Il m'a regardé bien en face.

– Ce qui est sûr, c'est que je ne les ai pas tués. Mais va savoir, c'est peut-être toi le meurtrier ? Toi et ta « chose »…

Il s'est esclaffé de rire.

– Bon, c'est pas tout, faut que j'aille pisser.

Alors qu'il se levait, je l'ai violemment retenu par l'épaule.

– Vous vous moquez de moi depuis le début ! Regardez ce que vous m'avez fait !

J'ai relevé ma manche gauche. Et mon bras était parfaitement normal.

Le sourire de Lebreton s'est élargi en même temps que mon visage se décomposait.

– T'es un putain de barjo, David. Ouais, t'es aussi barjo que moi.

## 38

J'ai erré sans fin dans les marécages. J'ai hurlé à la lune. Hurlé, hurlé et hurlé encore. Je me suis tapé la tête contre le tronc dur d'un chêne envahi de chèvrefeuille jusqu'à ce que le sang jaillisse de mon front. Je voulais que la Chose me déchire. Je voulais que sa voix résonne dans mon crâne. Je voulais qu'elle soit là, devant moi. Mais la nuit est restée désespérément silencieuse. Sous la lune, j'ai inspecté chaque parcelle de mon corps blanc et immaculé. Comme si la Chose n'avait jamais existé. Comme si, depuis le début, j'avais été fou.

Complètement fou.

## 39

– David !

Les coups contre la fenêtre ont mis fin à mon maigre sommeil sans rêve. Je me suis ébroué, incapable de me souvenir comment j'avais réussi à rentrer à la maison.

– David, dépêche-toi !

J'ai reconnu la voix de Paul.

J'ai ouvert la fenêtre de ma chambre. Paul m'a balancé un sac plastique entre les mains. Il avait l'air effrayé. J'ai jeté un cou d'œil dans le sac : des sachets remplis d'herbe. Et d'autres contenant des pilules multicolores. J'ai mis un moment à comprendre.

– C'est quoi tout ça ?! Tu deales de la dope, maintenant ?!

Les yeux de Paul se sont faits implorants.

– Il y a les flics chez Rosalie ! Ils me cherchent. Ma grand-mère m'a prévenu sur mon portable. Ils fouillent tout chez elle et ils vont pas tarder à débarquer au Navire. Alors planque ça chez toi !

– Mais qu'est-ce que…

– Écoute, tu le sais pas, mais je me suis déjà fait arrêter avec de la came. Et j'ai pas envie que ça recommence parce que sinon, cette fois-ci, c'est la tôle assurée ! Va voir Rosalie et dis-lui que tout est OK.

Je n'ai pas eu le temps de répondre que Paul avait déjà filé. Il ne m'avait jamais parlé de ces histoires. Dans quoi était-il allé se fourrer ?! J'ai repensé à la fois où je l'avais vu à la terrasse de la Poule Blanche avec deux filles. À bien y repenser, elles ressemblaient à Jess et Gina. Est-ce que Paul fournissait les beaux quartiers de Houma en dope ? Quel abruti ! Il avait intérêt à s'expliquer quand tout serait terminé. Sans prendre le temps de plus réfléchir, j'ai glissé le sac sous le lit et je me suis habillé en vitesse. Quand je suis passé dans le salon, j'ai entendu mon père crier : « Où est-ce que tu étais cette nuit ?! », mais je n'ai pas répondu.

J'ai couru jusque chez Rosalie. Une bagnole de flics était garée devant.

Évidemment, comme à chaque fois que la police débarquait à Carrefour, tout le monde restait cloîtré dans son mobil-home ou dans sa caravane. On aurait dit un village fantôme dans un western des années 50. Il n'y a que Saint-Pierre qui s'est mis à aboyer quand je suis arrivé.

J'ai poussé la porte de chez Rosalie. Une poule m'a accueilli avec un caquètement sonore. Je l'ai prise dans mes bras pour la faire taire. Elle a commencé à glousser doucement. Rosalie et Martin se tenaient de l'autre côté, dans le jardin, entourés par deux flics.

De là où j'étais, j'ai entendu un des agents qui demandait :

– Et ces bagnoles, elles sont à qui ?

– À moi, a répondu Martin.

– Et la Mitsubishi, celle-là aussi ?

– Ouais, ouais.

J'ai traversé la maison pour les rejoindre.

Sur la droite, une porte donnait sur une pièce dans laquelle je n'étais jamais entré. L'auréole pâle d'une mince flamme ne parvenait pas à dissoudre les ténèbres qui noyaient la salle. Je me suis arrêté, intrigué. J'avais toujours supposé que c'était la chambre de Rosalie. Mais on n'y voyait pas de lit ni de meubles. Il n'y avait pas de fenêtres non plus, ou alors elles avaient été condamnées. J'ai posé un pied sur le seuil. Dans un angle, j'ai deviné la courbe d'un visage souligné par l'éclat de la flamme : le visage tordu de Johnson qui me souriait. La poule entre mes bras, apeurée, s'est mise à battre des ailes.

– Monsieur Johnson, qu'est-ce que…

Une main s'est posée sur mon épaule.

– Dis donc, t'es qui, toi ?

Je me suis retrouvé face à un flic qui fixait avec un drôle d'œil la poule entre mes bras.

– Heu… David. Je venais voir Rosalie… pour lui ramener sa poule.

Depuis le jardin, Rosalie m'avait vu. Elle m'a fait un signe de la main. Son visage paraissait marqué, ses joues creuses.

Le flic m'a rembarré.

– Oui, ben, tu vois pas que tu déranges, là. Allez, laisse ta bestiole et file.

J'ai parlé assez fort pour être sûr que Rosalie m'entende, en espérant qu'elle comprendrait le message caché.

– Je venais juste lui dire que tout va bien. Elle n'a pas mis le bazar à la maison.

Rosalie m'a adressé un clin d'œil.

– C'est ça. Allez, file maintenant.

J'ai posé la poule par terre, juste aux pieds du flic. Elle a caqueté, offusquée, avant de lâcher une fiente molle sur les chaussures de l'agent.

Le gars a levé les yeux au ciel avec un air dégoûté.

– Putain, Carrefour, c'est pas croyable !

J'ai regardé du côté de Johnson, mais la pièce était maintenant plongée dans une obscurité totale. Le vieux avait dû souffler la flamme. Qu'est-ce qu'il pouvait bien trafiquer là-dedans, avec tous ces flics à côté ? Est-ce que c'était encore une de mes hallucinations ?

Je suis ressorti et j'ai attendu un moment, planqué derrière une caravane à côté de chez Rosalie. Puis, au bout de quelques minutes, j'ai entendu des voix sur la terrasse. La voix d'un des flics et celle de Martin.

– Alors, il est où, ton frère ?

– Venez, c'est par là, je vous y amène.

Je les ai suivis discrètement. Les flics sont arrivés dans le coin du Navire. L'un d'eux a voulu jeter un œil dans la cabane de Johnson, mais il a reculé, dégoûté. Ils ont traîné un moment, puis ils ont fini par entrer dans le chalutier.

Ils en sont ressortis au bout d'une heure, de grosses enveloppes kraft sous le bras. Martin les a accompagnés jusqu'à leur voiture.

Quand tout a été calme, j'ai foncé vers le Navire. Paul était sur le pont, nerveux, une clope entre les lèvres.

– Paul, ça va ? j'ai demandé en escaladant l'échelle.

## 21

– En fait, la dope, ils en avaient rien à foutre.

Tout ce que je voulais savoir, c'était d'où sortait toute cette came, mais Paul ne m'a pas laissé le temps d'ouvrir la bouche :

– Ce qui les intéressait, c'était de savoir pourquoi j'étais allé fouiner chez Jason Merline.

– Hein ?! Mais comment ils ont pu savoir ?

– C'est la mère de Jason qui les a appelés. Et avec ma description, vu que j'avais déjà été arrêté une fois, ils m'ont retrouvé dans leurs fiches.

Je me suis assis à côté de Paul.

– Et qu'est-ce que tu leur as dit ?

Il a haussé les épaules.

– J'étais tellement persuadé qu'ils venaient pour la dope que j'ai été surpris de les voir frétiller devant les affiches des disparus. Ils ont commencé à me poser des questions et c'est comme ça que j'ai compris ce qui se passait. En fait, après notre passage chez les Merline, la mère de Jason a retrouvé la collection d'articles de journaux que j'avais laissée tomber en m'enfuyant. Je pense qu'elle n'avait jamais vu ce cahier, pas plus que la police quand ils ont mené l'enquête sur la disparition. À mon avis, la grand-mère avait gardé ça en souvenir et n'en avait parlé à personne. Ou bien Jason le lui avait confié pour qu'elle le planque avant qu'il ne largue les amarres. Bref, la mère l'a montré aux flics. Ils ont trouvé ça très louche. Donc, tu imagines : dès qu'ils ont vu les affiches chez moi, ils se sont excités. Ils m'ont demandé si on se connaissait, Jason et moi. Et tout un tas d'autres questions : si je connaissais les autres disparus, si on faisait partie d'une secte, si j'avais prévu de disparaître moi aussi...

La phrase de Lebreton m'est revenue en tête : « On ne saura jamais qui ils étaient et où ils sont allés. »

– Je leur ai juste expliqué que cette histoire m'intriguait et que j'avais essayé de mener mon enquête. Ils m'ont demandé ce que j'avais découvert. Et j'ai parlé de Lebreton.

Paul a craché sur le pont.

– Je sais pas s'ils ont enregistré l'info, mais ça les a fait marrer. Ces abrutis, ils se sont foutus de moi. Columbo, ils m'ont appelé.

On est resté un moment silencieux.

– Mais tu connais pas la meilleure ? il a demandé.

– Quoi ?

– Rosalie. Elle connaissait Jason.

– Mais... comment tu sais ça ?

– C'est les flics qui me l'ont dit. Elle leur a avoué qu'il était venu plusieurs fois à la Poule Blanche.

En entendant ça, une sale idée a germé dans ma tête. Une idée que je n'aimais pas du tout.

– *Vas-y, David, pose-lui la question.*

– Et je parie que tu le savais pas ?

Paul a froncé les sourcils.

– Non, bien sûr. Pourquoi tu veux que...

– La descente chez lui, c'était pas pour retrouver une livraison ou un truc comme ça ? Lui aussi tu le fournissais en dope, comme Jess et Gina ?

– Qu'est-ce que tu racontes ? Tu crois que je t'ai menti, c'est ça ? T'es trop con, David.

Je me suis levé.

– C'est bon, laisse tomber.

Paul s'est redressé d'un bond. Son regard s'est fait mauvais.

– Tu crois tout savoir sur les gens, hein ? Monsieur l'écrivain le plus rapide de Carrefour ! Et toi, bien sûr, t'as rien à cacher. Qu'est-ce que tu trafiques dans les marécages la nuit ?

– Ça te regarde pas, j'ai fait, en me dirigeant vers l'échelle.

Sa main a soudain agrippé mon épaule.

Une rage incontrôlée s'est emparée de moi.

Quelque part, une voix a hurlé : *Ne laisse pas ce minable te traiter comme ça !*

Je me suis retourné et mon poing a emporté sa mâchoire. J'ai entendu des dents craquer comme des bouts de bois.

Paul est tombé sur le pont, hébété, la bouche en sang

– *Il a eu ce qu'il méritait !* a dit la voix.

J'ai alors réalisé qu'elle provenait de l'intérieur de ma tête.

Paul me regardait avec incompréhension.

J'ai détourné les yeux.

– Excuse-moi, Paul.

J'ai dévalé l'échelle et j'ai couru jusque dans les broussailles. Là, j'ai relevé mon T-shirt.

Les écailles, elles étaient de nouveau là !

La Chose était revenue.

# 41

J'ai glissé dans mon sac un sachet d'herbe et le carnet rouge. J'allais sortir de ma chambre quand j'ai vu la feuille froissée sur la table de nuit. La chanson de Julee. J'ai hésité un instant et puis je l'ai balancée dans mon sac, mais je savais que jamais elle ne la chanterait pour moi.

À l'abri derrière une caravane qui tombait en ruines, j'ai regardé mon père pendant de longues minutes. Installé sur la terrasse, il gardait les yeux clos, le visage tout entier tendu vers le soleil, immobile sur son fauteuil. Rosalie est arrivée peu après. Elle avait à la main une barquette de boudins blancs épicés. Il ne se passait pas une semaine sans qu'elle nous amène un petit plat, qu'elle cuisinait spécialement pour nous. Je me suis dit que c'était peut-être la dernière fois que je goûtais la cuisine de Rosalie, et que c'était certainement la dernière fois que je les voyais tous les deux. J'aurais voulu leur expliquer, leur dire que je ne partais pas à cause d'eux, de Carrefour ou de tout ça, mais c'était maintenant inutile. Je ne faisais plus partie de ce monde.

J'ai levé la main comme pour dire au revoir, mais d'où j'étais ils ne pouvaient pas me voir. Et c'était mieux ainsi.

Ensuite, j'ai tracé dans les marécages. Sans réfléchir. À marche forcée. J'ignore combien de temps. À un moment, mon portable s'est mis à sonner. C'était Paul. À lui non plus, je ne pouvais rien dire. La sonnerie me vrillait les tympans, alors j'ai fini par jeter mon portable dans la flotte.

La Chose s'était cachée face à Lebreton, mais elle était revenue. Je l'entendais rire dans ma tête et elle s'étendait sous ma peau.

J'ai marché jusqu'au soir au hasard des méandres des bayous, sans me soucier du chemin du retour. Parce que, je le savais, il n'y aurait pas de retour.

Quand la lune a été haute dans le ciel, les écailles recouvraient mon corps.

J'avais quitté le monde des hommes pour celui des ombres.

J'étais devenu un monstre.

## 42

Je suis arrivé chez Dave's vers vingt et une heures.

Ils étaient tous sur la terrasse au-dessus de l'eau. Lebreton, Martin, Paul, Julee et pas mal de potes du lycée.

J'étais planqué dans un bosquet de bambous, près du parking.

J'avais passé la journée à traîner dans les marécages. Mes fringues étaient déchirées et les écailles avaient gagné mon visage et mes mains. Dès que je faisais le moindre mouvement, la Chose grondait dans ma tête.

– *Le carnet*, disait-elle. *Écris dans le carnet. Sers-toi de moi pour devenir celui que tu es vraiment !*

Durant quelques secondes, j'avais été tenté de le faire. Sortir le carnet du sac et décrire ma « guérison ». Si la Chose disait vrai, si ce que j'écrivais dans le carnet se réalisait, j'aurais ainsi pu retrouver mon corps et ma vie d'avant. Mais j'avais vite chassé cette idée. Ça ne pouvait être aussi simple. Je ne pouvais pas lui faire confiance.

Alors pour la faire taire, j'avais fumé joint sur joint avec l'herbe que Paul m'avait confiée. J'avais conscience que je me grillais le cerveau, mais je ne voyais pas quoi faire d'autre. Et puis ça semblait fonctionner. Jusque-là, la Chose s'était tenue tranquille, comme engourdie. Moi, je tenais à peine debout et mes pensées s'enlisaient dans un univers aussi épais que du pétrole brut.

Chez Dave's, le concert avait déjà commencé. Je me suis laissé bercer par la voix de Julee qui m'arrivait depuis la terrasse. Elle chantait « Nina in ecstasy » de PJ Harvey. Une chanson délicate comme un origami. Sa voix fragile qui s'élevait sous les étoiles m'a apaisé un instant. Paul, suivi d'un autre gars à la contrebasse, sont venus la rejoindre à la fin du morceau.

Je ne perdais pas des yeux Lebreton qui s'enfilait bière sur bière, mais il n'avait pas l'air de vouloir bouger de sa table. Dans l'après-midi, j'étais arrivé à la conclusion qu'il ne m'avait pas tout raconté. Et ce soir, je comptais bien le faire parler. Même s'il fallait user de la force pour cela.

Le son de la guitare de Paul m'a tiré de mes pensées. Je regrettais de lui avoir balancé tout ça cet après-midi. J'aurais tellement voulu être là-bas, avec eux. Je suis resté un moment à écouter des morceaux des Doors, de Dylan ou du Velvet Underground, attendant l'occasion de pouvoir coincer Lebreton.

Mais à la pause, c'est Julee et Martin qui ont passé la porte. Ils avaient des bières à la main. Je n'entendais pas clairement ce qu'ils se disaient, mais j'ai saisi les éclats d'une dispute. Les choses n'avaient pas l'air au beau fixe. Martin a finalement regagné la terrasse, les épaules crispées. Julee a passé une main fatiguée sur son visage. Je me suis demandé si elle avait pleuré. Elle a regardé la lune, puis elle a fait quelques pas dans ma direction. Je me suis recroquevillé. J'étais monstrueux. Je ne voulais pas qu'elle me voie comme ça. Mon cœur battait à tout rompre. La Chose s'est brusquement agitée au fond de moi. Je n'ai pas pu me retenir de pousser un cri. Julee a tourné la tête vers le bosquet de bambous, intriguée.

– Il y a quelqu'un ?

Alors la Chose s'est mise à rire et ce rire est sorti de ma bouche. C'était un rire rauque, un rire dément.

Sur le parking, Julee a empoigné sa bouteille de bière par le goulot, comme une arme, et s'est dirigée vers moi.

J'ai plaqué une main sur ma bouche. Une main qui n'avait plus rien d'humain.

Mais c'était trop tard. Julee a écarté les bambous, la bouteille brandie, prête à me fracasser le crâne.

J'ai levé les bras au-dessus de ma tête, mais le coup n'est jamais arrivé. Elle n'avait pas hurlé d'horreur non plus. Alors j'ai écarté les mains et j'ai dévoilé mon visage. Mon visage animal couvert d'écailles.

La bouteille a roulé au sol. Les yeux cotonneux de Julee se sont agrandis. Peut-être de peur ou d'incompréhension. Sa bouche s'est ouverte, hésitante.

– David… c'est toi ?

J'ai acquiescé en détournant les yeux, sur la défensive.

Julee s'est accroupie. Comme au ralenti, j'ai vu sa main se tendre et se poser délicatement sur ma joue. Elle a fait courir ses doigts sur mes écailles et c'était pour moi comme une brûlure.

Julee me fixait, entre fascination et répulsion.

Sa main est descendue dans mon cou, sur mon torse. Son visage s'est approché du mien. J'ai fermé les yeux et je me suis rempli de son parfum. Et puis j'ai senti ses lèvres se joindre aux miennes, sèches et crevassées. J'ai senti sa langue se glisser dans ma bouche. C'était comme si la vie entrait à nouveau en moi. Ses mains ont couru sous mon T-shirt et sur ma poitrine. Mes mains griffues se sont agrippées à sa peau. Le désir l'a poussée contre moi. Et notre étreinte aurait pu enflammer la nuit.

Elle a fini par se reculer. Ses yeux ont parcouru mon corps.

J'ai réussi à articuler quelques mots d'une voix gutturale :

« J'ai… écrit… une chanson. Pour toi. » J'ai tiré la feuille froissée de mon sac et je l'ai tendue à Julee.

Sa voix s'est élevée dans la pénombre. Douce, apaisante.

*De beaux garçons pâlissants*
*Languissaient le long de l'indienne rivière,*
*Les yeux scellés de mousse*
*Et la bouche maquillée d'or et de velours.*
*Au poignet d'albâtre du plus jeune*
*Se lamentait un serpent tout de cuivre paré :*
*J'ai déchiré cette nuit ta peau si douce*
*Mais qui donc avant moi*
*Avait de ton âme ravi la soie ?*

Je crois qu'une larme a coulé sur ma joue de reptile.

Dans un souffle, Julee a dit : « Je savais. Je savais que tu étais comme moi. » Et son corps est venu se plaquer contre le mien.

C'est à ce moment-là que la lumière aveuglante des phares est venue déchirer l'obscurité qui nous protégeait.

# 43

Julee s'est blottie contre moi.

La voiture s'est immobilisée sur le parking.

Enfin, les portières se sont ouvertes. Le moteur tournait toujours. J'ai vu deux hommes sortir de la bagnole. Ron et Patrick. Dans leurs mains, il y avait des objets noirs et mats. Des fusils à pompe.

– On va se le faire, ce bâtard de Martin, a balancé Ron avant d'abaisser sa cagoule.

– Et les autres ? Il est pas tout seul.

– On s'en branle. C'est que des tarés de Carrefour, alors tire dans le tas !

J'ai senti Julee frémir et tout s'est enchaîné dans un éclair : je n'ai pas eu le temps de comprendre ce qui se passait qu'elle courait déjà sur le parking vers la voiture en hurlant.

– Non !

Ron et Patrick se sont tournés vers elle, en même temps que la gueule de leurs fusils. Ron, surpris, l'a mise en joue. Julee s'est figée.

Alors, je me suis vu saisir mon carnet, l'ouvrir à la dernière page, saisir mon stylo et écrire :

*– Non !*

*Le cri de David, qui n'a plus rien d'humain, explose dans la nuit.*

À partir de là, le stylo m'a échappé des mains. Et le texte a défilé sans que je puisse rien y faire.

*Sous sa cagoule, Ron ouvre de grands yeux ronds.*

*– Merde, c'est quoi, ce truc ?!*

*En une poignée de secondes, le fusil de Ron change de cible, pointant maintenant sa gueule d'acier vers la chose apparue au fond du parking. Une créature informe et grotesque, issue d'un esprit dément.*

*Le temps stoppe sa course folle, l'espace d'un instant. Dans le projecteur blafard de la lune : les silhouettes des personnages de cette étrange scène, figées dans une posture théâtrale. Puis, infime mouvement, le doigt de l'homme encagoulé presse la détente. Le percuteur écrase l'amorce. Et puis la bouche du fusil à pompe vomit une gerbe de feu, réduisant à néant le silence de cette tiède nuit d'été.*

*Le nuage de plombs vient lécher les côtes de David, traçant à la surface des écailles primitives des hiéroglyphes de métal en fusion.*

*L'instant d'après, il est sur Ron, prêt à lui arracher le visage.*

*Puis, soudain, la nuit se poudre d'écarlate.*

*Sur le crâne de David, la crosse de l'arme de Patrick trace un éclair de sang et d'os. Sous le cuir chevelu, quelque chose craque. C'est un arbre qu'on déracine. Une porte qu'on fracture.*

*La fontanelle du nourrisson qui implose.*

*David s'effondre. Son cerveau se convulse comme un crapaud. Dans un brouillard rouge, il lui semble qu'une voiture redémarre. Sur le parking, il n'y a plus que les cris de Julee. Et la douleur, immense. Un vortex large comme l'univers qui se déploie quelque part dans sa tête.*

*À cheval entre le jour et la nuit, entre la vie et la mort, David sait déjà qu'il sera quelqu'un d'autre quand il se relèvera.*

Et il s'est déroulé exactement ce qui était écrit.

## 44

Au-dessus de moi, la nuit était trouée d'étoiles. Autant d'étoiles que de billes de plomb. Et les étoiles s'écoulaient lentement, fleuve tranquille. Dans un coin du ciel, la lune s'était maquillée de fumée. Je pouvais entendre le chant hypnotique des grillons, la caresse de l'eau sur la coque du bateau et le ronronnement du moteur plus avant. Les odeurs du bayou montaient jusqu'à moi : vase, cyprès, chèvrefeuille et aussi les dernières azalées de la saison. Une pulsation sourde a résonné au loin. Un tambour. Accordé sur le rythme lent de mon cœur. Très lent. Il m'a semblé entendre Saint-Pierre aboyer et aussitôt la voix rauque de Johnson qui le faisait taire. Le chien est venu se blottir contre moi et j'ai senti son poil rêche contre ma main. C'était la première fois que Saint-Pierre me touchait.

Plus tard, sur un lit de mousse espagnole, des bougies ont dissipé la nuit. Non loin de moi, Rosalie, drapée de soie blanche, aiguisait une grande lame à l'aide d'une pierre noire. Sa voix s'est faufilée jusqu'à mon oreille. Elle disait : « Une porte est faite pour être ouverte ou fermée. Rien ne peut exister entre les deux. Sans quoi, le froid s'insinue et la mort s'installe là où l'on croyait être chez soi. »

Il y a eu un tintement de bouteilles et du rhum est venu mordre mes lèvres. Le liquide brûlant a réveillé l'intérieur de ma bouche. Il a coulé dans ma gorge. Il a rallumé une flamme dans ma poitrine. C'était bon et chaud.

– Quand Mystère est là, la monture doit se laisser chevaucher, a continué Rosalie tout en aiguisant sa lame.

Un vol de plumes parfumées a balayé mon visage. Une fois. Puis deux. Puis trois. La poule blanche s'est mise à caqueter doucement.

– Dors, mon ange. Dors dans mes bras, a dit la voix de Rosalie. C'était comme une berceuse.

– Mais n'oublie pas, seul le cheval sait où il va.

J'ai entendu la lame glisser sur le cou de la poule blanche.

Le sang chaud a coulé sur mes lèvres.

Et j'ai ouvert les yeux sur la nuit.

Je me suis relevé péniblement. Mon corps était grotesque et difforme, couvert d'écailles.

La Chose est sortie du bayou. Les flammes des bougies traçaient sur son corps nu des ombres pareilles à des tatouages primitifs. La Chose ressemblait exactement à celui que j'avais été autrefois. Elle était devenue humaine. Elle s'est avancée vers moi et ses pas faisaient trembler le monde.

Elle a demandé : « *As-tu compris à présent ?* »

J'ai hoché la tête. Dans le même temps, elle s'est accroupie et, entre ses mains, j'ai vu le carnet rouge.

*– Il n'appartient qu'à nous d'écrire la suite.*

## 45

*Derrière ses paupières encore closes, David pense :*
***Je ne suis plus un personnage.***
*Non.*
***Maintenant, je suis l'auteur.***

# 46

J'ai ouvert les yeux.

D'abord, j'ai cru qu'il faisait encore nuit parce que l'obscurité recouvrait tout.

J'étais allongé par terre, sur une surface dure. Mes doigts ont exploré les alentours. Il n'y avait ni herbe ni mousse. Uniquement de la terre battue. Qu'est-ce qui s'était passé ? Et puis je me suis souvenu de la scène devant chez Dave's : le concert sur la terrasse, le corps de Julee dans la lumière des phares, le coup de feu de Ron et mon crâne qui explose sous la crosse de l'arme de Patrick. J'ai touché ma tête douloureuse et j'ai frémi au contact des écailles poisseuses de sang. Là-bas, sur le parking, j'avais donc échappé à la mort, tout comme le récit s'était inexplicablement échappé entre mes doigts. La Chose avait dit que tout ce qui serait écrit dans le carnet se réaliserait, mais ça ne s'était pas déroulé comme prévu. Les mots étaient apparus sans que je ne puisse rien y faire : Ron m'avait tiré dessus et Patrick m'avait frappé avec la crosse de son fusil. Après ça, quelque chose s'était rompu dans ma tête et tout s'était fondu dans un brouillard écarlate. La douleur pulsait encore au centre de mon cerveau comme un astre monstrueux dans le vide sidéral. Une seule certitude : je n'étais plus sur le parking. Et au peu de sons qui parvenaient à mes oreilles, je devais être à l'intérieur d'une maison, peut-être une cave. Qui avait bien pu m'amener ici ?

Je me suis recroquevillé en chien de fusil, en attendant que mes yeux s'habituent à l'obscurité. Peut-être une minute. Ou peut-être une heure. Enfin, j'ai pu distinguer ce qui m'entourait. À tâtons, j'ai commencé à explorer l'espace. C'était une petite pièce, environ de quatre mètres carrés, assez basse de plafond. Le tout était construit en terre battue. Sur un des murs, j'ai découvert une porte de bois, faite de planches grossièrement taillées et assemblées. Je pouvais sentir les interstices entre mes doigts, et pourtant aucun jour ne filtrait entre les planches. Il n'y avait pas de poignée. En me retournant, j'ai deviné sur le mur opposé une masse sombre. Je me suis approché. C'était une caisse de bois retournée sur laquelle on avait jeté pêle-mêle de nombreux objets. On aurait dit un genre d'autel. J'ai fait un inventaire rapide, en espérant qu'il y aurait une bougie. La première chose que j'ai rencontrée a été un cadre photo. J'ai essayé de voir ce que l'image représentait, mais je ne distinguais que de vagues silhouettes à cause du manque de lumière. Il y avait aussi des bouteilles, de nombreuses bouteilles. En les secouant, j'ai vu que certaines étaient pleines. J'en ai débouché une. J'ai reconnu l'odeur puissante du rhum. Mes doigts ont ensuite rencontré une masse étrange. Ça ressemblait à de la pierre. Une pierre irrégulière percée de cavités. Dans l'obscurité, elle formait une tache d'un blanc laiteux. Et puis j'ai soudain compris : ce n'était pas une pierre, c'était un crâne. Un crâne humain ! La peur s'est insinuée en moi comme un mauvais courant d'air. J'ai lâché le crâne et je me suis précipité vers la porte. J'ai tambouriné contre le bois, mais mes coups ne faisaient même pas trembler les planches.

C'est alors qu'une lumière intense est venue enflammer mes yeux et dissoudre la pénombre.

Les larmes ont immédiatement jailli sur mes joues. Instinctivement, j'ai enfoui ma tête entre mes bras. Les yeux clos, j'ai tenté de déterminer d'où provenait cette lumière. Elle ne venait pas de la porte, c'est certain, puisque j'y étais adossé. Peut-être une autre ouverture ? En tout cas, il n'y avait aucun son. Si une porte ou une fenêtre avait donné sur l'extérieur, j'aurais dû entendre des bruits familiers : des voix, des chants d'oiseaux... En me concentrant, j'ai pourtant réussi à capter un étrange grésillement électrique. Comme mes yeux s'étaient maintenant habitués, j'ai peu à peu relevé la tête. Et j'ai vu le poste de télé.

Dans l'angle opposé à l'endroit où j'avais trouvé le crâne, il trônait sur une caisse renversée, baignant la pièce d'une lumière froide et bleutée. Profitant de la clarté, j'ai jeté un coup d'œil autour de moi. Il n'y avait rien de plus que ce que j'avais déjà découvert. Je me suis approché de la télé. C'était un vieux modèle. La neige qui envahissait l'écran avait quelque chose d'hypnotique. J'ai appuyé sur les gros boutons qui permettaient de changer de chaîne, mais l'écran est resté désespérément vide. Le bouton d'arrêt ne fonctionnait pas lui non plus. Mais au moins, l'écran allumé me permettait d'y voir. J'allais retourner vers l'autel quand la télé a émis un son aigu. Une image était en train d'apparaître difficilement à l'écran, floue et vacillante comme quand la réception est très mauvaise.

Et puis, au bout d'un moment, l'image s'est stabilisée.

# 47

Ça ressemblait à un film amateur.

Les mouvements étaient saccadés, comme si quelqu'un filmait caméra à l'épaule.

C'était le petit matin. Le soleil se levait à peine sur les marécages. Le caméraman était sur la berge d'un bayou, un lieu que je ne connaissais pas. L'image a balayé l'eau, les cyprès et les bosquets de bambous. Une main est entrée dans le cadre. Sûrement la main de la personne qui filmait. La main a pivoté, lentement, comme si le cameraman cherchait à montrer le moindre détail de la forme des doigts, de la courbe du poignet, du grain de la peau. Puis une autre main est apparue, exécutant les mêmes mouvements. Les deux mains appartenaient à la même personne, c'était certain. Mais impossible de savoir comment le caméraman avait réussi à placer ses deux mains devant l'objectif et à tenir la caméra dans le même temps. La scène a duré un moment, puis la caméra a pivoté vers le bayou. Elle s'est avancée vers l'eau et s'est penchée au-dessus de la surface. On distinguait les traits d'un visage dans l'eau vaseuse. Je me suis rapproché de l'écran. Et à la surface de l'eau, j'ai vu mon visage. J'ai cru un instant que c'était mon reflet dans la télé, mais non, c'était bien mon visage sur l'écran. Peut-être un petit peu plus carré, peut-être un petit peu plus dur. Comment était-ce possible ? Et puis, dans le haut-parleur, une voix a dit : « *Tu n'as pas encore compris, David ? C'est pourtant simple. Réfléchis.* »

Je connaissais cette voix, j'en étais sûr. Mais où est-ce que je l'avais déjà entendue ?

Une faille s'est brusquement ouverte dans mon esprit.

– Cette voix... cette voix, c'est la mienne !

Je me suis laissé tomber devant le récepteur. Tout ça était impossible ! Ce que je voyais là, sur l'écran, c'était... mon propre corps ! Est-ce que je rêvais ? Est-ce que j'étais vraiment fou à lier ?

La Chose a gloussé : « *Ne dramatise pas toujours tout, David. Après tout, tu voulais partir d'ici. Tu voulais vivre d'autres choses. De nouvelles aventures. Je te donne aujourd'hui la possibilité de réaliser tes rêves. Ne dis pas le contraire, sans moi, tu n'y serais jamais arrivé. Tu aurais fini ta vie chez Miles, comme ce minable de Martin.* »

J'ai essayé de couper le son, mais j'avais beau tourner le bouton du volume, rien ne se passait.

« *Maintenant, je vais te donner ce que tu as toujours désiré. J'ai le pouvoir d'écrire. Je suis l'auteur. Et je vais écrire le monde à notre image.* »

Je me suis bouché les oreilles. Tout ça était démentiel.

La Chose a scruté les marécages. À la recherche de la direction de Carrefour, je le savais. Et quand ses jambes – mes jambes – ont commencé à marcher, j'ai su que rien ne pourrait l'arrêter.

## 48

Pendant un temps infini, je n'ai pu quitter l'écran des yeux.

Je voyais et entendais tout ce que la Chose voyait et entendait. Je pouvais presque sentir les odeurs qu'elle sentait. Je l'ai suivie à travers les bayous. À certains moments, il me semblait que des voix lointaines venaient se superposer à la bande-son de sa progression dans les marécages. Des voix brouillées et étouffées, comme si elles provenaient d'un autre canal. J'ai appuyé sur tous les boutons pour tenter de capter un autre signal, mais il n'y avait rien à faire : sur toutes les chaînes défilait ce film absurde.

La Chose a finalement atteint la route qui menait à Carrefour. Au sortir du marécage, elle a trébuché sur une racine et je l'ai vue chuter sur le bitume brûlant.

Je n'ai pas pu m'empêcher de rire comme un môme : « Bien fait ! »

L'image s'est alors penchée vers mon genou, dévoilant le jean troué et la chair ouverte.

*– Pour nous, David. Bien fait pour nous !*

J'ai soudainement réalisé que la Chose pouvait faire ce qu'elle voulait de mon corps. Qu'il était bien possible que je meure là-bas, même si moi, inexplicablement, j'étais enfermé ici. J'ai bondi sur l'écran.

– Tu as intérêt à...

Mais je n'ai pas eu l'occasion de finir ma phrase. L'écran avait basculé dans une tempête de neige électronique. J'ai donné des coups de poing sur le récepteur. Rien n'y a fait. L'image avait disparu.

# 49

*Bord de route, écrasé de soleil.*

*Entre les mains de David : le panneau « Carrefour », criblé de plombs.*

*Et sur la bouche du jeune homme, un sourire tordu.*

*Il repense à toutes ces années perdues à tourner en rond sur son vélo au milieu des caravanes minables. Comme un putain de rat de laboratoire dans une putain de cage. Une illusion. Du berceau jusqu'au tombeau, toujours courir, ne jamais trouver la sortie.*

*– Mais tout ça, c'est fini.*

*La plaque de métal tourbillonne un instant avant de s'écraser avec un bruit mou dans un fossé, au milieu d'un magma de sacs plastique, de canettes éventrées et de capotes usagées.*

*– Carrefour, va au diable !*

## 50

J'ai couru jusqu'à la porte et je me suis acharné contre le bois à coups de pied, de poing et d'épaule. Mais la porte n'a pas bougé d'un millimètre. J'ai hurlé. Personne n'a répondu à mon appel.

Le corps abîmé, en sueur, je me suis assis au centre de la pièce pour faire le point. J'étais en train de repasser dans ma tête le film de ces dernières heures, en essayant de saisir les éléments marquants quand la télé s'est ranimée.

À l'écran, la Chose se faufilait maintenant entre les mobil-homes et les caravanes de façon à éviter tous les regards. Elle est passée non loin de chez Rosalie. La voiture de Martin était garée juste devant. Le coffre ouvert débordait de sacs de voyage. Rosalie est apparue à la porte, soutenue par Martin. Elle paraissait très faible, malade. Je ne l'avais jamais vue comme ça. Elle avançait péniblement, pas à pas, en s'appuyant sur le bras de Martin. Sous la caravane de Johnson, Saint-Pierre s'est mis à aboyer. J'étais sûr qu'il avait dû flairer la présence de la Chose.

Elle s'est esquivée discrètement vers le chemin qui menait au Navire. Elle était rapide et silencieuse. J'ai pensé à Paul, en espérant qu'il ne serait pas dans le coin.

Quelques secondes plus tard, j'ai frémi en entendant sa voix résonner dans le haut-parleur de la télé.

Son visage apeuré est apparu sur l'écran. Sa lèvre était encore tuméfiée et il lui manquait une incisive. Je l'avais salement amoché.

– David ! Où est-ce que tu étais passé tout ce temps ?! On était tous inquiets ! Rosalie est dans un drôle d'état. Je crois qu'elle a de la fièvre et elle n'a pas arrêté de demander où tu étais !

Paul a pris la Chose dans ses bras. Je me suis agenouillé devant l'écran : « Paul, attention, ce n'est pas moi ! »

Mais évidemment, ma voix n'est pas arrivée jusqu'à lui. Et face à lui, c'était bien le visage de David, mon visage. La Chose s'est dégagée de son étreinte.

Paul portait un grand sac de sport à la main.

– Bon, il faut qu'on dégage d'ici. T'es au courant de ce qui s'est passé chez Dave's, non ?

La Chose a fait non de la tête. Paul a froncé les sourcils.

– Pourtant, j'ai retrouvé ton carnet rouge là-bas, sur le parking. J'ai cru que Ron et Patrick t'avaient enlevé, ou un truc comme ça.

– Tout va bien, a dit mon double. Rends-moi le carnet.

Le visage de Paul s'est crispé.

– On s'en fout, de ton carnet ! T'as pas compris, on est dans la merde ! Martin trafiquait des bagnoles pour Ron et Patrick. Ils ramenaient de la came du Mexique. Quand les flics ont déboulé chez Rosalie pour m'interroger sur Merline, ils sont tombés sur les voitures et ils ont compris qu'un truc clochait. Je sais pas comment, mais ils sont remontés jusqu'à ces deux tarés. Ces mecs-là croient que Martin les a balancés. Ils ont essayé de le buter chez Dave's hier soir, mais ça a foiré. Et tu peux être sûr qu'ils vont pas tarder à rappliquer par ici !

Paul a posé une main sur l'épaule de la Chose.

– On se barre. Juste quelques jours, dans le coin de Baton Rouge, le temps que ça se tasse. Rosalie n'est pas bien. Il faut qu'on la mette à l'abri. Et ces types sont barjos. Ils hésiteraient pas à tous nous flinguer. Va chercher ton père et venez avec nous.

Mon double a chassé la main de Paul.

– Rends-moi le carnet. J'ai quelque chose à faire ici. Et ces deux gars ne me font pas peur.

– Tu déraillES complètement, David. Tu vas avoir de gros soucis si tu restes là.

La main de la Chose est venue saisir Paul par le col. Sa voix vibrait d'une colère sourde.

– Et toi aussi, si tu ne me rends pas ce putain de carnet.

Le visage de Paul s'est décomposé. Il s'est dégagé et il a fouillé dans son sac.

– C'est bon, pas la peine de jouer au gros dur. Qu'est-ce qui t'arrive, hein ? Tu prends quoi ? Depuis hier, je te reconnais plus.

– Mon carnet, a ordonné la Chose.

– Tiens, je te le rends, ton putain de carnet.

Paul l'a balancé dans la poussière. Mon double s'est baissé calmement pour le ramasser.

Paul a fait quelques pas hésitants dans la direction de Carrefour.

– David, fais pas le con. Je t'en veux pas. On passe l'éponge. T'as pété les plombs, ça arrive. On se retrouve dans dix minutes à la voiture, d'accord ?

Le regard froid de la Chose s'est posé sur lui.

– T'es qu'un minable, Paul. T'as toujours été qu'un minable. Tout juste bon à dealer de la came à des pétasses. Et ça m'étonne pas. Quand on voit ta famille, tu pouvais pas faire mieux. Allez, bon vent !

La Chose a tourné les talons vers le Navire, laissant Paul les épaules tombantes et les yeux noyés de haine.

Moi, je me suis précipité derrière l'écran pour couper le courant et faire taire le téléviseur. J'ai cherché la prise, en vain : il n'y en avait pas.

# 51

– *C'était pas mal envoyé, hein ?* m'a demandé la Chose.

Je me suis bouché les oreilles pour ne pas entendre.

– *C'était pas mal envoyé, hein ?!* a rugi la télé avec la force d'un ouragan, emportant mes tympans comme si ça avait été des fétus de paille.

La Chose a ricané, puis a fait quelques pas vers le Navire, le carnet rouge à la main.

– *Il nous faut maintenant un peu de tranquillité si on veut écrire quelque chose digne de ce nom.*

J'ai protesté : « Je ne veux pas écrire ! Pas comme ça ! »

La Chose a secoué la tête.

– *Tu ne peux pas te mentir à toi-même. Puisque tu fais partie de moi maintenant. Nous ne sommes plus qu'une seule et même personne, David. Je sais bien qu'écrire est tout ce que tu veux. Alors je vais faire en sorte que tout se passe bien.*

Elle a ouvert la porte de la cabane en tôle de Johnson. Une nuée de mouches s'en est échappée.

– *Voyons voir. Ce dont il faut s'assurer quand on veut écrire, c'est de réunir les conditions idéales...*

Ses yeux se sont posés sur une machette suspendue à un crochet.

– *Créer un climat serein…*

Sa main a soupesé la machette.

– *… s'assurer qu'on ne sera pas dérangé.*

Son regard s'est fixé sur un lourd coffre de bois fermé d'un cadenas. La lame de la machette s'est abattue sur le métal avec une gerbe d'étincelles. Le coffre s'est ouvert sur une couverture. Et sous le tissu, il y avait la carabine semi-automatique de Johnson, celle dont il se servait pour achever les alligators.

– Et deux précautions valent mieux qu'une, a conclu la Chose

La Chose est ressortie de la cabane. Dans le ciel, le soleil se liquéfiait.

– *On va commencer par le prologue. J'adore les prologues, pas toi ?*

Ce n'était pas une question. La Chose m'avait cadenassé dans les tréfonds de sa conscience et je ne pouvais même pas lui répondre.

J'ai vu le carnet s'ouvrir entre ses mains. Et les mots ont défilé sur le papier.

# 52

*David scrute le ciel.*

*Sans savoir trop pourquoi, depuis le matin, quelque chose le dérange dans ce ciel uniformément bleu. Quelque chose qu'il ne parvient pas à saisir. Quelque chose à la limite de sa conscience. Une sorte de pressentiment. Oui, une sorte d'angoisse, la certitude un peu absurde que quelque chose de funeste va arriver. Si David avait été superstitieux, comme la plupart des habitants de Carrefour, il aurait couru se réfugier chez lui. Là, il se serait blotti dans le canapé devant la télé. À s'abrutir de jeux télévisés, de chips grasses et de sodas saturés de sucres. Tout ça jusqu'à ce que la nuit vienne et emporte peut-être cet étrange sentiment. Mais, sans savoir pourquoi, David reste planté là, non loin du Navire, à scruter le ciel. Il lui semble que ce beau temps n'a d'autre raison d'être que la tempête à venir. Bien sûr, un ouragan est chose commune en cette saison. Il y avait déjà plusieurs fois fait face. Il se souvient encore de ces scènes d'apocalypse : les chiens noyés, les caravanes éventrées, les arbres déracinés. Parfois même un mort ou deux, comme la vieille Sybil, deux ans plus tôt, qu'on avait étrangement retrouvée au sommet d'un arbre, le corps dénudé et brisé. Après ça, la vie reprenait toujours son cours monotone, malgré tout. C'était ainsi. À Carrefour, on avait appris à panser les blessures et à oublier.*

*Mais ce matin-là, le ciel lui apparaît comme une toile grossièrement tendue pour dissimuler la réalité du monde. David peut sentir la tension extrême des fils invisibles qui soutiennent et relient encore les artifices du quotidien entre eux. Et, il en est convaincu, tout ça va bientôt se rompre sous la pression de ce qui est depuis trop longtemps contenu de l'autre côté du voile. Oui, derrière cette couleur bleue si intense qu'elle en devenait écœurante, une machinerie énorme s'était mise en branle. Bientôt, ce rideau de théâtre se déchirerait et dévoilerait l'envers du monde. Un spectacle monstrueux et chaotique.*

*– Il ne reste que peu de temps, pense David. Peu de temps pour écrire.*

*Il sait que tout sera emporté. Avant ça, il tient à coucher sur le papier l'histoire de ces jours derniers. Il est passé à travers tant d'épreuves que lui-même doute que tout cela soit réellement arrivé. L'encre et le papier permettraient peut-être de fixer la réalité des choses. David pense ainsi parvenir à accepter ce qui apparaît comme un tourbillon mâtiné de rêves et de cauchemars. Et puis cela pourrait faire un bon roman. Un récit sauvage où il serait question d'écriture et de liberté.*

*David s'ébroue pour dissiper l'effet hypnotique du ciel bleu et il prend la direction du Navire. Là, le jeune homme s'installe dans le canapé vert défoncé. Sur la table basse devant lui, il place une pile de feuilles vierges et un stylo.*

*À l'extérieur, le ciel commence à se déchirer.*

## 53

– *Alors, ça t'a plu ?* a demandé la Chose, maintenant renversée dans le canapé vert.

J'ai frotté mes yeux, incrédule. À l'écran, elle avait effectué toutes ces actions telles qu'elles étaient décrites dans le carnet. On aurait dit que l'encre surgissait du papier. Qu'elle avait toujours été là. Et qu'elle ne demandait qu'à jaillir pour former les mots. La Chose avait bien pris soin de garder la page dans son champ de vision pour que je puisse lire. Ainsi, je l'avais vue scruter le ciel, la mine tourmentée, puis s'avancer vers le Navire et enfin s'asseoir dans le canapé, une pile de feuilles devant elle. Le moindre de ses gestes avait été dicté par le texte apparu sur la page quelques secondes plus tôt. Comme ça s'était passé avec moi sur le parking. Où était la fiction ? Où était la réalité ?

– *C'est une très bonne question*, a dit pensivement la Chose. *Es-tu le personnage décrit dans le carnet rouge ? Es-tu là où tu es en ce moment ? Es-tu moi ?... C'est vertigineux, non ?*

Oui, ça l'était, et il fallait que je combatte de toutes mes forces ce malaise si je ne voulais pas sombrer dans la folie.

– Rien de tout cela n'est réel ! Je sais bien que je suis ici, prisonnier de cet endroit !

Mais, dans le même temps où je disais ça, je réalisais que je n'étais sûr de rien.

La Chose a ricané.

*– Tu te fais l'avis que tu veux, David. Je ne cherche pas à t'influencer. Mais, tu sais, la fiction et la réalité se rejoignent souvent. C'est même là que réside la magie de l'écriture, non ? Souvent, le lecteur croit à ce qu'il lit. Est-ce qu'il y croit parce ça existe ? Ou est-ce que ça existe parce qu'il y croit ?*

La Chose est montée sur le pont.

*– Tiens, regarde à travers mes yeux.*

Et j'ai vu le ciel bleu dévoré par des nuages noirs.

*– Crois-tu que ce soit le hasard si un ouragan se prépare ? Bien sûr, c'est la période où ils frappent les côtes. Et ce pourrait être une simple coïncidence. Mais si l'ouragan s'était formé juste parce que le texte a été écrit ainsi ? Est-ce que la réalité rejoint la fiction ? Ou est-ce la fiction qui rejoint la réalité ? Grande question, hein ?*

Je ne comprenais plus rien. J'ai regardé la créature ressortir et aller chercher la carabine et la machette. Elle est revenue tranquillement dans la cale du Navire sous le ciel noir et plombé. Elle s'est laissée tomber dans le canapé vert et elle a un instant fait défiler les pages du carnet rouge.

*– Tu vois. À partir de maintenant, il nous suffira d'écrire sur les pages de ce carnet pour modifier notre destinée. Ma simple pensée fera que les mots apparaîtront. Ma volonté sera mon unique stylo. Fantastique, non ?*

– Mais tu avais dit que c'était moi qui deviendrais écrivain ! Alors pourquoi est-ce que je ne suis pas à ta place ?!

*– Mais tu es à ma place, David. Très exactement. Nous ne formons qu'une seule et même personne.*

– C'est faux ! C'est toi qui manipule ma vie !

*– Devenir écrivain demande de grands sacrifices. Je te l'ai dit, tu n'en es pas capable. Tu ne sortirais jamais de ce mauvais décor. Alors ces sacrifices, nous allons les faire tous les deux. En éliminant ce qui nous tire vers le bas.*

La Chose a fourré le carnet rouge dans son sac.

– Ça, ce n'est pas pour les yeux du public. C'est juste entre nous. Ça ne fait pas partie de la fiction, si tu préfères. Maintenant, nous allons écrire le roman le plus démentiel qui ait jamais été écrit !

Mon double s'est penché au-dessus de la pile de feuilles vierges et a débouché le stylo.

– Allons-y !

## 54

Sur l'écran, j'ai vu la Chose commencer à écrire son histoire.

Mon histoire.

Au fil des mots qui noircissaient les pages blanches, je me suis vu me lever tôt, enfourcher mon vélo et pédaler à travers Carrefour. Je me suis vu discuter avec Paul des disparitions, au milieu d'un nuage d'herbe. Je me suis vu rentrer tard avec Martin et me disputer avec mon père.

Toutes ces images se sont succédées sous la plume de la Chose et j'ai pensé que c'était un peu comme mourir et voir sa vie défiler en accéléré.

Au bout d'un moment, j'ai tourné l'écran vers le mur. Une étrange sensation de dégoût s'était emparée de moi. Le dégoût de moi-même. Du personnage que j'avais été. C'était comme avoir sous les yeux une photographie où l'objectif vous a saisi avec une expression grotesque sur le visage. Ce que j'avais lu sous le stylo de la Chose me montrait comme un personnage égoïste, incapable d'aimer les autres tels qu'ils étaient. Prêt à tout pour vivre ma passion et quitter Carrefour, quitte à blesser ceux qui m'entouraient. Est-ce que j'étais vraiment comme ça ou est-ce que la chose avait exagéré mes sentiments ?

L'œil vide du crâne qui gisait à terre m'a tiré de mes pensées. Sur l'os, quelqu'un avait tracé des arabesques d'un noir profond. Des entrelacs qui formaient un véritable labyrinthe. Un tatouage macabre et primitif.

La Chose ne me surveillait pas, je devais en profiter pour trouver un moyen de sortir de là.

J'ai inspecté la porte. Il n'y avait pas de poignée. Impossible de l'ouvrir. Pas de fenêtre non plus. Ce lieu avait quelque chose d'irréel. C'était comme une sorte de décor… comme la peinture que j'avais vue sur le cahier de Jason Merline. Oui, c'était ça. Une pièce obscure, coupée du monde. Jason était-il passé par là, lui aussi ?

En fait, ça ressemblait aussi à la pièce secrète que j'avais vue chez Rosalie, le jour de la descente des flics. Martin l'avait dit à Paul : Rosalie connaissait Jason. Est-ce qu'elle l'avait amené ici ? Et est-ce qu'elle m'avait ramené dans cette pièce la nuit dernière ?

Je suis revenu vers l'autel et j'ai dressé un inventaire complet de ce qui s'y trouvait. L'éclat d'une lame a accroché mon regard. C'était un poignard. J'ai soupesé l'arme. Du doigt, j'ai éprouvé son tranchant. Une lame brute et artisanale. Je le savais, c'était la même que celle que manipulait Rosalie dans ce rêve, après le coup de crosse de Patrick. Comme j'avais pu le voir tout à l'heure dans l'obscurité, il y avait également de nombreuses bouteilles. Et des pots de verre à la surface opaque. L'un contenait de la poudre blanche, épaisse, certainement de la farine. Un autre était rempli de morceaux irréguliers de charbon. J'ai réussi à dégoter un briquet au milieu de tout ce fatras. J'ai allumé les bougies qui ont jeté un éclat irréel sur les photos éparpillées çà et là.

J'ai frémi en apercevant celle qui représentait ma mère, allongée dans l'herbe verte. La seule photo que je possédais de ma mère. Comment était-elle arrivée jusqu'ici ? J'ai passé un doigt griffu sur le papier glacé. Rosetta. Elle aussi avait tout sacrifié pour quitter Carrefour. Elle nous avait abandonnés, mon père et moi. C'était il y a si longtemps. J'aurais dû lui en vouloir, mais je n'y arrivais pas. Peut-être parce que finalement j'étais un peu comme elle. Mais qu'est-ce que j'en savais vraiment ? À partir de cette photo, j'avais construit une mère idéale, ambitieuse, aventurière. Elle avait été la preuve vivante qu'on pouvait quitter Carrefour et vivre autrement. Longtemps, j'avais espéré qu'un jour elle reviendrait me chercher. Au fil des nuits sans sommeil, dans le petit théâtre de mon imaginaire, je m'étais maintes fois rejoué la scène. Une grande voiture rose stoppait devant le Navire. La vitre côté conducteur s'abaissait. Et derrière, je découvrais le sourire tendre de celle qui ne m'avait pas oublié. Il n'y avait pas besoin de mots. Je savais, tout simplement. Je venais m'asseoir sur le siège passager et… rien ne se passait. Jamais la voiture ne redémarrait parce que j'étais incapable d'imaginer ce qui aurait pu se passer ensuite. Parce que, que me restait-il de ma mère ? Juste une photo. Même pas des souvenirs. Une tenue rose, une chevelure blonde, un sourire étincelant. Trois fois rien. Tout juste assez pour tracer l'esquisse d'un rêve. Mais pas assez pour lui donner un quelconque semblant de réalité. Et pourtant, j'avais nourri ce rêve pendant si longtemps. Enfermé dans cette pièce aveugle, j'ai réalisé soudainement qu'elle ne reviendrait jamais vers moi. La seule réalité était implacable : elle m'avait abandonné.

Une autre photo montrait mon père en bleu de travail à la raffinerie. L'air fier, il posait assis à cheval sur un pipeline, le même que celui qui lui avait broyé les jambes. Cette photo appartenait à mon père. Il la conservait dans son portefeuille comme un trésor. Elle avait été prise par Jack, le père de Paul et de Martin, une ou deux semaines avant l'accident. Quelques minutes plus tôt, dans le récit de la créature, j'avais pu lire tout le mal que j'avais pensé de mon père après qu'il avait brûlé mes recueils de poésie : « Papa était parti battu. Battu à l'école. Battu avec Rosetta. Battu dans la vie. Il y a longtemps, il avait accepté l'idée qu'il était un perdant. » Et de relire ces mots acides m'avait planté des aiguilles dans le cœur. Il était certainement dur avec moi mais, avec le recul, je réalisais que j'avais été injuste envers lui. Qui étais-je pour le juger ? Il m'avait élevé seul et j'étais prêt à tout pour le quitter comme ma mère l'avait fait un jour elle aussi. Pourtant, en ce moment même, j'aurais tout donné pour être assis à côté de lui dans la canapé, sa main sur mon épaule, avec en fond la trompette de Chet Baker.

Tout dans cette pièce semblait me tirer vers mes souvenirs. Quelqu'un avait préparé tout ça pour moi. Et, instinctivement, j'ai su que ce ne pouvait être que Rosalie.

Le rire de la Chose a soudainement résonné dans les haut-parleurs du téléviseur. J'ai tourné l'écran vers moi. Les mains de la Chose venaient de poser le stylo.

## 55

La Chose a levé la tête vers la trappe qui menait à l'extérieur du Navire. Derrière le grondement de l'orage, on distinguait très nettement des pas lourds sur le pont.

– *Nous avons de la visite*, a murmuré la Chose, visiblement satisfaite.

Elle a tiré le carnet rouge de son sac.

– *Un peu d'action dans le récit, c'est indispensable pour maintenir la tension, bousculer le lecteur, révéler la vraie nature des personnages, pas vrai ?*

J'ai entendu la trappe s'ouvrir.

Sur une page vierge du carnet rouge, des lettres ont surgi, comme par enchantement.

*Patr*

Le regard de la Chose s'est détourné du carnet, comme pour m'empêcher de voir le texte qui apparaissait.

– *Maintenant, je vais te montrer comment, avec l'écriture, on peut contraindre la réalité. Comment, juste avec quelques phrases, on peut réaliser ce qu'on pensait impossible. Mais on va faire en sorte que ce soit amusant, hein ? Alors, disons que ce sera une surprise.*

Brusquement, l'écran a été envahi par la neige. J'ai tourné frénétiquement les boutons mais sans résultat. La Chose ne voulait pas que je sache ce qu'elle préparait. J'ai attendu, les yeux rivés sur l'écran, tendu à l'extrême, en espérant que les pas entendus plus tôt ne soient pas ceux de Paul ou de Julee.

Au bout d'une ou deux minutes, quand l'image est revenue, le carnet rouge était posé sur la table, fermé. Et une paire de pieds est apparue en haut des marches. Des santiags. J'ai compris tout de suite : elles appartenaient à Patrick.

J'ai entendu la voix étouffée de Ron :

– Bon, t'avances ou quoi ? Tu vas pas flipper à cause de Martin ? C'est qu'un putain de nègre !

- Il est à moitié Indien, Ron. Et tout le monde sait ça : ça porte malheur de buter un Indien.

- Tu te fous de ma gueule ? Avec tous les sauvages qu'on a massacré dans ce pays, on serait maudits depuis longtemps. Nègre ou indien, ce mec, c'est qu'un branleur. Et on va lui faire la peau. Avance.

Patrick a descendu les marches. Il était encore déguisé façon cow-boy, dégoulinant de pluie, et le canon de son fusil à pompe était pointé dans la direction de la Chose. Il s'est détendu en l'apercevant.

– Tiens, mais c'est David ! Comment tu vas ? il a demandé avec un sourire étincelant.

Ron est apparu, lui aussi, faisant rouler ses muscles sous son T-shirt.

– C'est bon, on est pas là pour prendre le thé. Occupe-toi de lui. Je vais voir si ce crétin est dans sa piaule.

Pendant que Ron inspectait les chambres, Patrick s'est avancé vers la Chose.

Ses yeux ont scanné les feuilles et le carnet sur la table.

– T'as repensé à mon histoire ? Tu sais, celle que je t'ai filée : le pilote automobile, saint Georges et tout ça. T'as commencé à écrire ?

La Chose a hoché la tête. Elle a montré le carnet rouge.

Patrick jubilait. Il en avait oublié qu'il tenait un fusil à pompe entre les mains.

– Putain, c'est vrai ? T'as vraiment écrit un truc ?! Fais-moi voir !

Il est venu s'asseoir dans le canapé vert et s'est mis à lire ce que la Chose avait écrit.

La Chose a lu par-dessus son épaule, pour que j'ai tout le loisir d'en profiter.

## 56

*Patrick referme sèchement le carnet.*

*– C'est quoi, ces conneries ?! Ça a rien à voir avec…*

*L'instant d'après, David plonge sous la table et en ressort la carabine de Johnson. La gueule de l'arme n'est qu'à quelques centimètres du visage de Patrick. Un trou béant, d'une noirceur aussi absolue que celle qui baigne les astres froids aux confins de l'univers. Dans la pièce : un silence de plomb. On peut très nettement entendre le vent rugir à l'extérieur, et le fracas de la pluie sur la coque du Navire. Sous l'œil gauche de Patrick, une veine palpite. « C'est étrange, tout ce qui peut se passer sous la surface de la peau et qu'on ne voit pas, se dit David. Et comment ces moments de tension extrême nous font ressentir que nous ne sommes que sang, muscles et chair. Des cellules infimes, un jour appelées à se flétrir et à se décomposer et à disparaître à jamais. Nous ne sommes guère plus qu'une fragile dentelle d'atomes, tissée par une vieille femme maladroite à partir des fils invisibles du néant. Il suffit d'un accroc pour que l'ouvrage se défasse, révélant aux yeux de tous l'artifice grossier. Et la vie porte en elle-même toutes les lames où nous viendrons nous blesser. Si beau, si grand ou si complexe que soit le motif de la dentelle : homme, animal, pierre ou fleur, aucun ne peut résister. Nous sommes tous appelés à nous déliter. Nous sommes tous éphémères. Aussi éphémères que les étoiles. Et seul l'art permet de graver notre existence dans l'éternité ! »*

*David sourit à cette pensée : « C'est ça. C'est exactement ça ! L'art est la pierre philosophale ! Le secret de l'éternité ! »*

*Sur l'œil de Patrick, la veine se gonfle encore. Une fois. Deux fois.*

*Ron apparaît à côté du canapé. Son visage se décompose en apercevant l'arme. Un masque de terreur et d'incompréhension*

*– Qu'est-ce que…*

*La veine se gonfle une troisième fois et puis la gueule de l'arme crache une boule de feu qui emporte le visage de Patrick. La balle, après avoir traversé la chair et les os, ricoche sur la paroi métallique de la coque du Navire.*

*Pendant un instant, le corps s'agite de façon ridicule, auréolé d'un nuage écarlate, pour finalement s'affaisser mollement.*

*Décontenancé, Ron réagit avec quelques secondes de trop. Il arme son fusil à pompe dans un claquement sec. Mais déjà David pointe vers lui la semi-automatique. La balle pénètre dans le genou de l'homme, lui arrachant la jambe à la sortie. Un geyser de sang arrose l'affiche d'Orange mécanique. Dans un spasme, le doigt de Ron se contracte sur la détente et un essaim de plombs vient s'écraser au-dessus de David, réduisant en confettis les affiches des disparus. Dix centimètres plus bas et la décharge emportait sa tête.*

*Ron s'effondre en gémissant. Une mare de sang inonde le sol. Et le sang continue à couler jusqu'à ce que le cœur de Ron cesse de battre.*

*David regarde le carnage autour de lui. Il sourit. C'est la première fois qu'il tue un être humain. Et finalement, ce n'est pas si difficile que ça.*

Sa lecture achevée, Patrick a refermé sèchement le carnet.

– C'est quoi ces conneries ?! Ça a rien à voir avec…

Et il s'est déroulé ce que la chose avait écrit. Mot pour mot.

## 57

Le corps cassé en deux, j'ai vomi tout ce que mon estomac pouvait encore contenir. Je n'avais pas réussi à détourner le regard de l'écran pendant le massacre. Et pourtant, pour l'avoir lu quelques secondes avant, je savais ce qui allait arriver. Mais ça avait été plus fort que moi et j'étais resté planté devant la télé, chancelant. C'était comme au cinéma devant un film d'horreur. On sait que l'image va être insoutenable, alors on cache ses yeux derrière sa main, mais on ne peut s'empêcher de regarder à travers ses doigts. Sauf qu'ici ce n'était pas un film. Ce que je voyais à l'écran était bien réel. Je m'étais vu abattre froidement ces deux gars.

La Chose avait fait rouler le corps de Patrick sur le sol et s'était enfoncée dans le canapé.

– *Excuse-moi, David, notre carnet est tout sale maintenant.*

Sur la couverture, sa main a chassé ce qui ressemblait à des cheveux poisseux de cervelle.

J'ai abattu mon poing sur la télé.

– Tu es un monstre !

*– Allons, David. Ne te traite pas si durement. N'oublie pas à qui tu parles : je ne suis personne d'autre que toi ! Et puis tu sais bien que sans l'écriture on serait mort à l'heure actuelle.*

Le regard de la Chose a balayé la pièce. C'était une véritable boucherie.

*– Ces deux types n'étaient que des personnages secondaires. C'est nous qui écrivons l'histoire maintenant. C'est nous qui décidons qui doit vivre et qui doit mourir.*

La Chose s'est redressée et, en évitant les flaques de sang, elle est allée verrouiller la trappe qui menait à la cale.

*– Tu as compris ce que tu as lu dans le carnet rouge, David ? L'art est la seule manière de traverser l'espace et le temps. L'écriture est une porte vers l'immortalité ! Il n'appartient qu'à nous de trouver cette porte et de l'ouvrir ! Et c'est exactement ce que va raconter notre roman !*

La Chose s'est laissée tomber dans le canapé.

*– Nous sommes comme des alchimistes. Le papier est notre alambic. L'encre est notre feu primordial. Et ce roman sera notre Grand Œuvre !*

Tandis qu'elle se remettait à écrire, j'ai tenté de retrouver mon calme.

Il fallait que je trouve un moyen de sortir d'ici où la Chose allait faire de ma vie un champ de ruines !

Je me suis remémoré la scène du parking. Tout avait basculé au moment où j'avais commencé à écrire, impulsivement, pour sauver Julee, Paul et tous les autres. Les mots avaient jailli sous la pointe de mon stylo. Ça avait été plus fort que moi. Et puis brusquement, le récit m'avait échappé. Le texte était apparu tout seul sur le papier, comme par magie, déterminant ce qui allait se passer ensuite. Les quelques lignes que j'avais écrites avaient été une porte ouverte pour la Chose. En posant mon stylo sur la page, j'avais accepté la réalité de son existence, de son pouvoir. J'avais « scellé » une sorte de pacte. La dernière phrase disait : ***« David sait déjà qu'il sera quelqu'un d'autre quand il se relèvera »***. Et j'ai compris qu'elle s'était ainsi emparée de mon destin. La Chose m'avait trompé, c'était elle qui avait écrit la suite du texte et c'était elle qui dirigeait maintenant ma vie.

Les contours flous du rêve sont ensuite remontés jusqu'à moi. Les aboiements de Saint-Pierre. La voix étouffée de Johnson. Le bruit de la lame de Rosalie. Eux aussi étaient intervenus, d'une façon que je ne comprenais pas. Tout ça ressemblait à un rituel.

« Une porte est faite pour être ouverte ou fermée. Cela ne peut être entre les deux », avait dit Rosalie. Elle faisait sûrement référence à la Chose qui m'avait envahi mais contre laquelle je luttais. « Autrement, le froid s'insinue et la mort peu à peu s'installe là où on croyait être chez soi. » Il n'y avait donc pas d'autre alternative que de me confronter à elle. Inconsciemment, j'avais peut-être désiré cette chose ? C'est vrai, j'étais prêt à tout sacrifier pour devenir écrivain. Et après tout, c'est ce que la Chose voulait faire de moi. Sauf qu'elle détruisait tout sur son passage. Comme si elle avait été nourrie de ma haine pour Carrefour. Et je ne pouvais faire autrement que de l'affronter. Il fallait donc maintenant que j'aille jusqu'au bout.

Entre le moment où j'avais perdu connaissance et celui où j'avais rouvert les yeux, Rosalie avait tenté de m'aider à travers ce rêve. J'en étais certain, tout dans cette pièce avait un sens. Et s'il y avait une porte, c'est qu'on pouvait en sortir. Avec cette télé, cet autel et ces objets, ce lieu ressemblait véritablement à un espace entre le passé et le futur. Les photos me permettaient de me souvenir de qui j'avais été. La télé me donnait à voir ce que je devenais, là-bas, à l'extérieur. Dans le rêve, elle avait dit : « Dors, mon ange, dors entre mes bras ». Elle avait donc pris soin de me protéger. Oui, ce lieu était une sorte de sanctuaire. Ça paraissait incroyable, mais c'était la seule solution plausible, en dehors de celle de la folie. La pièce où j'étais enfermé n'était pas une vraie pièce. C'était un… endroit, quelque part à l'intérieur de mon crâne. Un sanctuaire dans mon propre esprit. Un endroit certainement similaire à celui où la créature avait été prisonnière jusqu'à ce que je la libère en posant mon stylo sur le carnet rouge. Et j'avais aujourd'hui pris sa place. Et elle la mienne. Elle pouvait m'entendre. Me parler. Comme je l'avais fait avec elle. Mais j'étais définitivement enfermé dans le corps que je voyais évoluer sur l'écran. J'étais devenu un véritable passager clandestin, comme prisonnier d'un navire à la dérive, avec pour seule vue sur l'extérieur le hublot de cette télé. Mes propres yeux.

C'est alors que la voix de Julee a résonné dans la télé.

## 58

La Chose était penchée sur le manuscrit. Elle écrivait fébrilement. Son stylo courait si vite sur la feuille que le texte était presque illisible. Comme des signes cabalistiques.

La voix de Julee a retenti une fois de plus, tirant la Chose de sa concentration.

Elle était là-haut, à l'extérieur, sur le pont, et ses poings tambourinaient contre la trappe verrouillée.

– David, ouvre-moi ! Je sais que tu m'entends !

La Chose a grommelé et j'ai frissonné en voyant qu'elle posait son regard sur le carnet rouge. Elle n'allait quand même pas la tuer !

J'ai senti la Chose hésiter un instant, puis sa voix forte a tonné :

– Silence, j'écris !

– David, il y a un ouragan qui arrive droit sur nous, on doit partir !

La Chose a ricané. Elle s'est adressée à moi.

*– Peu importe l'ouragan ou toutes les catastrophes du monde. Nous avons une mission bien plus importante à réaliser. Écrire l'histoire de notre vie.*

À l'extérieur, le vent se déchaînait. La voix de Julee était pratiquement inaudible.

– Je sais ce qui t'arrive, David ! Écoute-moi, je peux t'aider !

Je me suis précipité sur l'écran. Et dans un flash, j'ai retrouvé les mots qu'elle avait prononcés l'autre soir sur le parking : « Je savais que tu étais comme moi. »

Julee savait ce qu'il m'arrivait. Elle pouvait m'aider.

La Chose s'est levée, exaspérée.

Je l'ai vue monter les marches, le carnet rouge dans la main.

La trappe s'est ouverte sur la nuit avec un grincement sinistre. Julee se tenait au-dessus, sur le pont, le corps fouetté par les rafales et la pluie. Son visage était pâle comme un bout de lune et ses yeux brillaient d'un éclat froid. Elle a fait un pas vers mon double.

– David. Est-ce que c'est toi ?

La Chose a joué la comédie.

– Qu'est-ce que… qu'est-ce tu veux dire ? Bien sûr que c'est moi !

Le regard de Julee a vacillé. J'ai prié pour qu'elle ne tombe pas dans le panneau.

– Alors, donne-moi le carnet.

– Le carnet ?

– Le carnet rouge, celui que tu caches derrière ton dos.

Mon double s'est mis à rire.

– T'es une petite futée, pas vrai ? Tu me plais beaucoup, je t'inviterais bien à descendre à l'intérieur, mais je n'ai pas eu le temps de faire le ménage. Alors…

– David. Je sais que tu es là. Je sais que tu peux m'entendre.

La Chose a tendu un doigt et l'a posé sur les lèvres de Julee. J'ai serré les poings.

– Chut, ma jolie. Bien sûr que tu sais. Bien sûr. Mais le moment n'est pas venu.

La Chose a ouvert délicatement le carnet rouge.

J'ai pu lire :

***David ouvre délicatement le carnet rouge.***

– Tu vois, a dit la Chose, je suis le maître ici. Le seul maître à bord de ce navire.

***– Le seul maître à bord de ce navire***, a répété le carnet, l'encre se diluant sous la pluie au fur et à mesure que l'eau imbibait le papier.

La main de la Chose s'est promenée sur la joue de Julee, lentement. Elle a glissé dans son cou, effleuré sa poitrine. Julee ne bougeait pas, le regard dur.

– David.

– Chut. Je suis l'auteur. L'écrivain. J'ai le pouvoir des mots. Et j'ai décidé que ton personnage sortait du récit. Maintenant.

***Julee, muette et droite sous le pont du Navire. Fière et sauvage comme une figure de proue fendant les flots rageurs d'une tempête écumante. Belle et crépusculaire comme une sirène antique au chant tissé de mélodies vénéneuses. Sur sa bouche, à peine un frisson. Sûrement de la colère. Car elle sait qu'elle ne peut rien contre David. Le pouvoir des mots est trop fort. Alors, finalement, elle baisse la tête, vaincue. Et, sans une parole, fait demi-tour, abandonnant l'écrivain à son œuvre titanesque. Car il est des voyages que seul un héros peut entreprendre. Et David est de ceux-là.***

L'instant d'après, j'ai entendu le moteur de la moto. Julee s'en allait.

Quand la Chose est redescendue, je savais qu'elle jubilait.

Elle s'est dirigée vers l'ordinateur et a lancé un morceau sur le lecteur, haut-parleurs à fond. « Seven words » de Deftones a explosé dans la pièce, déversant ses sons brutaux et ses guitares saturées tel un tapis de bombes. La Chose s'est mise à danser en sautant dans tous les sens, pataugeant dans le sang et la chair de Ron et Patrick, comme au milieu d'un immense pogo.

« You don't know me, shut up you don't know me !» hurlait la chanson.

– Putain, ça fait du bien !!!!

Elle a crié en direction de la trappe :

– Ne t'inquiète pas, ma jolie Julee. Ton tour va venir ! Mais pour l'instant, il faut que je finisse mon récit.

J'ai juré entre mes dents. La Chose ricanait, les mains sur les hanches, un peu essoufflée.

*– Elle te plaît, hein ? Peut-être même que tu es amoureux d'elle ? Mais t'as loupé ton coup, David. Tu aurais dû en profiter quand tu le pouvais. Mais même ça, tu n'en étais pas capable. Et pourtant, les filles adorent les écrivains !*

La Chose a fermé les yeux un instant. La musique de Deftones faisait vibrer les haut-parleurs : « Suck ! Suck ! Suck ! »

*– Mmmm, je me rappelle quand elle s'est assise sur toi. Ouais ! Là, c'était vraiment chaud ! Elle portait juste un maillot. Quelques centimètres de coton. Presque rien.*

J'ai abattu mon poing sur le téléviseur. Je ne voulais pas entendre tout ça. C'étaient mes souvenirs. Elle n'avait pas à y toucher. Elle allait tout salir.

– Tais-toi !

*– Ah, ah ! J'ai marqué un point, pas vrai ? Je te le dis : à ce moment-là, tu aurais pu faire tout ce que tu voulais avec Julee. Elle*

*en avait envie, elle aussi, tu ne l'as pas senti ? Mais toi, tu ne pensais qu'à cette loque d'écrivain et à tes disparus !*

La Chose s'est tournée vers les articles au-dessus du canapé vert. Le coup de fusil de Ron avait déchiqueté les mots et les visages. Il ne restait que la phrase que j'avais écrite : « *Ils ne peuvent trouver leur voie, parce que dès le début, ils sont perdus.* »

*– Les disparus ! Si tu avais un peu d'imagination, tu saurais ce qu'il leur est arrivé. Tu n'as même pas pensé à demander à la jolie Julee, hein ? Et pourtant, à part son corps de rêve, il y a bien d'autres mystères qu'elle t'a dissimulés. Tu crois qu'elle s'intéressait à toi ? Non, David, c'est sur moi qu'elle a flashé !*

La Chose s'est plantée face à l'affiche de Jim Morrison, les bras en croix, avant de l'arracher sauvagement.

*– Quel personnage insignifiant tu faisais ! Un imitateur pathétique ! Alors que regarde-moi maintenant ! Regarde le nouveau David ! Rien ne peut m'arrêter ! Allez, ne t'en fais pas, grâce à l'écriture, on va arranger tout ça ! Et Julee tombera entre nos bras. Mais pas tout de suite. On va se donner le temps… Faire durer le suspens.*

La Chose s'est rassise dans le canapé et s'est replongée dans son manuscrit :

*– Bon, assez causé, maintenant, reprenons les choses sérieuses.*

Le fracas de Deftones m'empêchait de penser. J'ai ramassé le crâne et je me suis assis dans un angle de la pièce, déboussolé. J'ai passé ma main griffue sur l'os poli et blanchi par le temps. J'ai suivi les arabesques noires qui traçaient de sombres chemins incertains à sa surface. J'ai repensé à Paul et à toute sa théorie sur la fontanelle des nourrissons, reliés au cosmos. Mon index s'est égaré dans les méandres filant entre les différentes plaques du crâne tatoué.

J'ai demandé : « Qui es-tu ? »

Mais, bien entendu, le crâne n'a pas répondu. Il s'est contenté de me fixer avec ses orbites noires sans fond. Sur l'os, les spirales se sont mises à danser.

J'ai fermé les yeux avec dans le ventre la sensation d'être aspiré au cœur d'un vortex.

Et j'ai eu l'impression qu'une porte s'ouvrait au plus profond de moi.

## 59

La pièce était plongée dans une obscurité épaisse. La télé gisait sur la caisse renversée, aveugle et silencieuse. J'étais debout, hébété. Qu'est-ce qu'il s'était passé ? Soudain, j'ai vu que la porte de bois était entrouverte. Je me suis approché, lentement, sans trop y croire.

Et pourtant, une lumière crépusculaire filtrait bien dans l'interstice.

J'ai hésité un instant avant de poser ma main sur le bois. Je me suis demandé ce que j'allais trouver de l'autre côté, à l'extérieur. Si, comme je le croyais, cette pièce n'existait que dans mon esprit, sur quoi pouvait donc bien donner cette porte ? Sur la réalité ? Sur un autre monde ? J'ai pensé : « De toute manière, c'est ma seule chance de m'enfuir de ce lieu. Je n'ai pas le choix. »

Alors j'ai ouvert la porte.

Au-delà, le monde était baigné d'une lueur diffuse, un peu grise, à cheval entre la clarté franche du jour et l'épaisseur de la nuit. À perte de vue s'étendait une infinité plane et glacée.

La banquise ! Ça ressemblait au décor de la chambre de Jason Merline. C'était un monde vierge et immaculé. Un espace que le pied de l'homme n'avait jamais foulé. Un lieu primitif, aussi sauvage qu'aux débuts du monde. Un peu à l'image de la face cachée de la Lune comme nous l'avions imaginée, Julee et moi. Si ce n'est qu'ici il faisait vraiment froid. Très froid.

Une forme a soudainement bougé à quelques mètres de moi. Ça avait été rapide, mais quelque chose, l'espace d'un bref instant, avait accroché la lumière et renvoyé un éclat jaune. En cherchant bien, j'ai fini par distinguer un oiseau blanc, qui se confondait presque avec la glace. Seuls ses deux yeux d'un jaune soleil m'avaient permis de le repérer. C'était un oiseau des neiges. Le même que celui qui figurait sur la carte postale que j'avais trouvée sous le lit de Jason. Un harfang des neiges ! Il s'est avancé vers moi en sautillant. De près, j'ai pu voir que ces ailes étaient mouchetées de noir. Ses deux yeux jaunes me fixaient avec curiosité. Il s'est approché à moins d'un mètre. Puis il s'est éloigné en émettant un cri bas et sourd, à la manière d'un hibou. Je ne sais pas pourquoi, mais j'ai repensé à l'oiseau des marécages qui m'avait effrayé quelques semaines plus tôt. Ce soir-là, j'avais cru que c'était une aigrette, mais j'étais maintenant intimement persuadé que c'était lui que j'avais vu. Et pourtant c'était un oiseau du Grand Nord. Il était scientifiquement impossible qu'un harfang vive à Carrefour. À moins que… à moins que l'oiseau n'ait un rapport avec Jason Merline. Comme si ce soir-là, Jason avait voulu me prévenir du danger à venir. Peut-être même que Jason était là, perdu au milieu de cette immensité glacée ?

J'ai appelé : « Est-ce qu'il y a quelqu'un ? Est-ce que quelqu'un m'entend ? »

Ma voix s'est perdue au-dessus de la banquise.

La tête du harfang a alors pivoté dans ma direction. Ses yeux toujours aussi fixes m'ont transpercé. Il a hululé doucement, comme pour m'appeler. J'ai eu l'impression qu'il voulait que je le suive.

Un grondement sourd s'est alors élevé derrière moi. Je me suis retourné.

Là-bas, au fond de la pièce, il y a eu le mouvement furtif d'une chose couverte d'écailles, accompagné d'un grincement métallique.

Il m'a fallu quelques secondes pour comprendre que ce que j'avais vu, ce n'était que mon reflet sur l'écran noir du téléviseur. Et que le grincement provenait des haut-parleurs. J'ai reconnu ce son. C'était la trappe du Navire.

Là-bas, mon autre moi se mettait en mouvement.

## 60

Je me suis précipité vers la télé. Je ne savais plus si ce que j'étais en train de vivre était réel ou pas. Derrière moi, la porte de bois était fermée. On aurait dit qu'elle ne s'était jamais ouverte. J'avais l'impression de sauter de monde en monde comme on saute de case en case à la marelle. Sauf que je ne parvenais plus à distinguer où se trouvaient la terre, l'enfer et le ciel.

À l'écran, la pluie et le vent sont venus gifler la Chose dès qu'elle a émergé de la cale.

Le ciel était d'un noir goudronneux, l'air vibrant d'électricité, les arbres torturés par les bourrasques. Il m'a semblé que la terre tout entière hurlait. Au pied du Navire, le pare-brise de la voiture de Ron et Patrick avait été éventré par une branche énorme. J'ai été soulagé en voyant que la moto de Julee n'était pas dans le coin.

Venue de la mer et poussée par la tempête, l'eau salée envahissait les terres et noyait les marécages. C'était une ambiance de fin du monde.

La Chose s'est engagée sur le chemin qui menait à Carrefour. Au bout de son bras pendait un petit sac de sport rouge qui devait appartenir à Martin.

Un couple de ratons laveurs et une biche sont venus couper sa route. Les animaux fuyaient le déluge. Mais la Chose n'en avait apparemment rien à faire.

– *Bien, maintenant direction Houma. On va poster notre roman !*

Je l'avais vue commencer son récit au début de la nuit. Comment pouvait-elle avoir déjà fini ?

– Le roman ? Mais il est terminé ?

– *Bien sûr, David. Tu vois, c'est ça qui te manque. La volonté. Avec la volonté, on peut tout faire en un temps record. Il y a bien eu la diversion de ces deux idiots et l'interlude de Julee. Mais j'ai quand même fini par mettre un point final au récit. Tu verras, c'est assez fidèle au début. Bien sûr, pour la suite, je t'ai réservé quelques surprises.*

Trop occupé à trouver un moyen de m'échapper, je n'avais pas pensé à regarder ce qu'écrivait la Chose.

– Mais, si ce roman est censé raconter mon histoire, comment as-tu fait pour écrire ce qui ne s'est pas encore passé ?!

Tout en escaladant un saule déraciné par la tempête, la Chose a ricané.

– *L'anticipation, c'est le maître mot ! Mais tu ne seras pas déçu. Dans ce roman, je nous ai prévu un futur radieux ! Et grâce au carnet rouge et à ce que nous écrirons dedans, il ne tient qu'à nous de faire que la réalité rejoigne la fiction !*

La Chose est arrivée à Carrefour. Les portes et les fenêtres de nombreuses habitations avaient été protégées par des planches et des panneaux de contreplaqué. Protections bien dérisoires face à l'ouragan qui arrivait. Certains des caravanes ou des mobil-homes avaient été désertés. Mais la plupart des habitants de Carrefour n'avaient pas d'autre endroit où aller, ou tout simplement pas de véhicule, et se terraient chez eux. J'ai été soulagé en voyant que toutes les lumières étaient éteintes dans la maison de Rosalie. *Idem* chez Johnson. Ils avaient dû partir depuis longtemps, sans m'attendre. C'était mieux pour eux.

La Chose a embrassé Carrefour du regard.

– *Regarde ce spectacle, David. Imagine tous ces gens tapis chez eux, en train de prier, à genoux dans leur salon alors que les vents secouent leurs maisons aux murs épais comme du carton. Ils sont pitoyables. Et finalement, ils n'auront que ce qu'ils méritent. Ils ont toujours été de misérables fétus de paille ballottés par la vie. Des personnages insignifiants. Ils vont mourir comme ils ont vécu : en simples spectateurs. Et personne ne se souviendra d'eux. Plus tard, on bâtira ici une raffinerie, ou un centre commercial. Et la vie continuera. Pas vrai ? C'est ça, le rêve américain !*

J'ai serré les dents sans rien dire.

La Chose a continué sa route. J'ai sursauté en voyant qu'elle se dirigeait vers chez moi. Les lumières étaient allumées. À l'intérieur du mobil-home, mon père, le visage défait et les vêtements trempés, tentait tant bien que mal d'obstruer les fenêtres avec de mauvaises planches, sans grand succès.

Son regard s'est animé quand la Chose est entrée dans le salon.

– David ! Où est-ce que tu étais passé tout ce temps ?! Je me suis fait un sang d'encre !

J'aurais voulu le rassurer, mais il était inutile de parler : il ne m'entendrait pas.

– Paul est parti avec Martin et Rosalie vers Baton Rouge. Il était inquiet pour toi. Tu es sûr que tu vas bien ?

La Chose a hoché la tête. Elle a parlé tout bas, à mon intention.

– *Je comprends. Je comprends maintenant pourquoi tu voulais tout quitter ici. Ton père n'est qu'un homme usé. Amputé de tout avenir.*

*Regarde-le, avec ses jambes manquantes, il ne parviendrait pas à survivre à l'ouragan. Un rien pourrait le balayer. Je comprends que tu n'aies jamais eu d'affection pour lui.*

J'ai fait voler la télé d'un coup de pied. Elle est venue s'écraser sur la terre battue. L'écran grésillait.

– Ça suffit ! j'ai hurlé. Ce n'est pas moi ! Je ne pense rien de tout ça !

La voix de la Chose a rugi dans le haut-parleur, déformée.

– *C'est bien ça, ton problème ! Tu ne te donnes pas les moyens de réussir ! Tu crois qu'un grand écrivain serait fier d'un père comme ça ?! D'un ami comme Paul ? D'un lieu comme Carrefour ? Non, rends-toi à l'évidence ! Je le sais, tu l'as compris depuis longtemps, mais tu refuses de l'admettre. Si tu veux devenir quelqu'un, tout ça doit être balayé !*

La voix de mon père a couvert celle de la Chose. J'ai redressé le poste de télé pour voir ce qui se passait. Dans ma chambre, elle fouillait dans un tiroir de l'armoire.

Elle en a tiré une grande enveloppe brune de papier kraft.

Derrière elle, mon père a répété :

– L'ouragan sera bientôt là. Donne-moi un coup de main pour protéger les portes et les fenêtres.

– Je me fiche de l'ouragan. Je dois aller en ville, a répondu mon double en saisissant un livre sur les étagères. Je l'ai reconnu : c'était *Les Fils de Saturne*. Elle a recopié l'adresse de l'éditeur sur l'enveloppe brune.

– Qu'est-ce qui s'est passé ? a demandé mon père. Tu es devenu fou ? Tu vas aller à Houma et me laisser ici, tout seul ?!

La Chose a haussé les épaules.

– Je t'ai supporté ces dernières années. Supporté ta mauvaise humeur. Supporté tes pleurnicheries. Supporté tes leçons de morale. À cause de toi, j'ai suivi ces études de mécanique, j'ai enterré mes rêves d'écriture, j'ai failli travailler chez ce gros porc de Miles. Et tout ça pour quoi ? Pour dans trente ans finir comme toi ? Rosetta a eu raison, le jour où elle t'a quitté. Je comprends maintenant pourquoi !

À l'écran, le visage de mon père s'est décomposé. Des larmes se sont mises à rouler sur ses joues. Et, dans cette pièce, elles coulaient également sur les miennes. Des larmes de rage et d'impuissance.

La chose a glissé la liasse de feuilles blanches de son manuscrit dans l'enveloppe. Elle s'est ensuite penchée vers mon père.

– Alors oui, tu vas rester ici tout seul. Je continue ma route. J'ai la vie devant moi. Et tu ne seras plus jamais un poids pour moi.

Laissant mon père effondré dans la chambre, la Chose est allée chercher des timbres dans le salon, puis elle est ressortie sur la terrasse. Derrière elle, l'électricité a cessé de battre au cœur des ampoules, plongeant notre mobil-home et tout Carrefour dans une nuit lacérée d'éclairs.

La Chose a enfourché mon vélo.

*– Oui, je sais ce que tu penses, David : la route jusqu'à Houma va être rude. Mais qu'est-ce qui ne l'est pas ?*

## 61

Plus la Chose avançait et plus ma vie partait en lambeaux. Paul, Rosalie, Martin, Julee, mon père : la Chose avaient tranché toutes mes attaches. Peu à peu, elle effaçait tout ce qui m'avait un jour relié au monde. Elle faisait de moi un homme sans passé, sans racines. Mais il était impossible de vivre ainsi ! Le David que je voyais à l'écran était une créature inhumaine. J'avais l'impression de me réveiller d'une opération de chirurgie esthétique durant laquelle on aurait complètement modifié mon visage. On se regarde dans la glace et on ne se reconnaît plus. Tout ce qui était familier s'est évanoui. Ne reste qu'un sourire figé, étranger. Non, je ne ressemblais pas au personnage qui vivait de l'autre côté du téléviseur. Je ne ressemblerais jamais à ça.

Sur l'écran, la chose tentait de pédaler en résistant aux bourrasques de vent. Malgré l'ouragan, elle voulait rejoindre Houma pour poster un manuscrit. C'était totalement absurde.

Je me suis laissé glisser contre le mur. À mes côtés, le crâne tatoué me fixait de son regard vide. Est-ce que j'allais finir comme lui, solitaire et anonyme ? La pièce dans laquelle j'étais enfermé avait beau être carrée, j'avais l'impression de me trouver dans un labyrinthe sans fin. Un labyrinthe dont mon esprit ne parvenait pas à trouver la sortie.

J'ai pris le crâne entre mes mains griffues.

J'étais condamné à vivre dans cette pièce jusqu'à ce que la mort m'emporte. Mais même de ça, je n'étais pas sûr. Depuis que j'étais ici, je n'avais ni faim ni soif. Je n'avais aucun besoin. J'étais comme un fantôme. Un simple spectateur de la vie qui se déroulait au-delà du poste de télé. La vie que la Chose écrivait pour moi.

Oui, j'étais piégé dans un labyrinthe aussi complexe que les spirales qui se déroulaient sur l'os blanchi, là entre mes mains.

J'ai fermé les yeux et j'ai demandé : « Où est la sortie ? »

Dans le noir, une lumière s'est mise à danser, à la manière d'une luciole. Sous mes paupières, la luciole a envahi tout l'espace, jusqu'à ce qu'il ne reste plus une parcelle d'obscurité.

Bientôt, j'ai senti un courant d'air froid glisser dans mon dos. Quand je me suis retourné, la porte était à nouveau ouverte. Au-delà s'étendait l'immensité gelée. Le harfang aux yeux fixes et jaunes comme le soleil se tenait sur le seuil. Le reste de la pièce avait brusquement basculé dans l'obscurité et la télé était maintenant éteinte. À mes pieds, le crâne émettait une faible lueur laiteuse. Est-ce que je rêvais encore ?! Je me suis frotté les yeux, mais non, rien n'avait changé. À la porte, le harfang s'est ébroué pour chasser le givre de son plumage.

Je me suis approché de lui, lentement, pour ne pas l'effrayer. Il s'est mis à hululer. Nous sommes restés face à face un instant, à quelques centimètres à peine. Et puis il m'a tourné le dos et il s'est avancé sur la glace. J'ai regardé autour de moi. Je n'avais plus rien à perdre. L'oiseau était venu me chercher. C'était peut-être là le seul moyen de m'en sortir. C'était décidé, j'allais le suivre.

Il s'était arrêté quelques mètres plus loin. Sa tête a pivoté dans ma direction. J'ai posé un pied sur la glace. Même si les écailles qui me recouvraient me protégeaient un peu, le froid a immédiatement planté des épines douloureuses dans tout mon corps. J'ai inspiré un grand coup et j'ai franchi le seuil. J'ai fait quelques pas pour rejoindre l'oiseau. Quand je me suis retourné, comme je l'avais deviné, la porte avait disparu. La banquise s'étendait à perte de vue sous un soleil laiteux. J'étais perdu au milieu d'un désert de glace. J'ai serré les poings pour faire refluer la panique qui montait en moi. L'oiseau a sautillé un peu plus loin. Je n'avais pas d'autre solution à présent. Il fallait que je le suive. En espérant qu'il me mènerait quelque part.

## 62

Je ne sais pas combien de temps a duré notre marche. Le froid avait engourdi mon esprit et mon corps. À chaque fois que je me rapprochais de lui, l'oiseau faisait quelques mètres de plus. Il tournait régulièrement la tête pour vérifier que je n'étais pas à la traîne. Le froid était atroce. L'air lui-même était aussi vif et tranchant que la glace. Ma peau et mes poumons étaient criblés d'aiguilles de givre. Au fil des minutes, ou des heures, l'oiseau a commencé à me distancer. À moins que ce ne soit moi qui aie ralenti ? J'étais épuisé, engourdi, mais je savais que je ne devais pas m'arrêter de marcher. À la moindre pause, mon corps se changerait instantanément en statue de glace. Peu à peu, je me suis mis à douter de mon choix. Est-ce que je n'aurais pas dû rester dans cette pièce ? Au moins, là-bas, je n'étais pas directement en danger. Et je pouvais surveiller ce que faisait la Chose. Mais ici, j'étais vraiment coupé de tout. Qu'est-ce que je pouvais faire s'il m'arrivait quelque chose ? J'étais parti sur un coup de tête, en espérant que Jason Merline se trouverait au bout du chemin, mais je n'étais sûr de rien. Pourquoi serait-il venu à mon secours ?

Pour occuper mon esprit, j'ai repensé à la virée que nous avions faite, Paul et moi, chez la famille Merline. Je me suis demandé si la mère de Jason avait commencé à dérailler après la disparition de Jason ou si c'était cette disparition qui l'avait amenée à ça. Non, la grand-mère avait dit : « Tu es jalouse parce que Jason ne veut plus te parler. Fallait pas le battre ! » J'imagine que la vie de Jason avait été un enfer. Au milieu du quartier pourri où il habitait, Jason avait rêvé de paysages aux horizons infinis. Dans cette maison sombre et défraîchie, il s'était construit un sanctuaire à l'image des territoires vierges qu'il voulait arpenter. Jason ne vivait que pour peindre l'immensité. Comme je n'avais toujours vécu que pour l'écriture.

C'est à ce moment-là qu'un détail m'est revenu en tête. Dans le dossier bleu caché dans la chambre de la grand-mère, Jason avait souligné certains passages des articles de presse. Paul et moi, nous avions essayé de nous en rappeler, sans succès. Mais ils m'apparaissaient maintenant très clairement : « Mark Reeding, un passionné d'escalade, a disparu… », « …pas permis de retrouver Pete Jackson, fan de cinéma… », « Brenda Castillo, comme tous les week-ends, était partie sculpter dans la forêt de… ». Oui, le lien était là ! Toutes les disparitions avaient pour point commun de concerner des jeunes qui ne vivaient que pour leur passion. Une passion exclusive, souvent bien éloignée de leurs études ou de leur niveau social. Une passion qui les avait éloignés des autres. Une passion qui les avait rendus transparents aux yeux du monde. Jason avait mené son enquête et il avait fait ce lien. Il était même remonté plus loin dans le temps. Jusqu'à Polly Jean, j'avais vu sa photo sur un des articles. Est-ce que, comme moi, ils avaient rencontré leur « double » ?

Soudain, j'ai senti quelque chose sur ma joue. Quand j'ai ouvert les yeux, le harfang me fixait de son regard jaune. Il m'a à nouveau donné un léger coup de bec. J'ai réalisé que j'étais étendu sur la glace. Depuis combien de temps est-ce que j'étais allongé là ? Pris dans le tourbillon de mes pensées, je ne m'étais même pas aperçu que je m'étais écroulé. Heureusement, l'oiseau m'avait réveillé, sinon la mort m'aurait emporté durant mon sommeil. Je me suis relevé difficilement. Le harfang s'est envolé. Durant quelques secondes, il a plané sans bruit et son plumage se confondait avec le blanc laiteux du ciel. Il est allé se poser un peu plus loin, sur ce qui ressemblait à un monticule. Comme tout le paysage alentour, il était recouvert de glace, et j'aurais pu passer à côté sans l'apercevoir. Je me suis rapproché, intrigué. Un trou s'ouvrait à sa base. À l'intérieur brillaient les flammes d'un feu. Oui, à bien y regarder, un maigre filet de fumée blanche s'échappait même du sommet du monticule. C'était une habitation. Je n'étais donc pas le seul être humain ici ! Et puis je me suis souvenu que je n'avais plus rien d'humain. J'ai regardé mon corps, recouvert d'écailles. Les griffes au bout de mes doigts. La queue qui fouettait l'air derrière moi. Il y avait de fortes chances pour que la personne à l'intérieur prenne peur. J'ai chassé cette idée en me rappelant que l'oiseau était venu me chercher. J'étais là pour une raison particulière. C'était comme un appel. Et puis, de toute manière, je n'avais aucune autre solution. Il fallait que j'avance, alors je me suis précipité vers l'entrée. J'ai baissé la tête et j'ai pénétré dans le monticule.

C'était une simple pièce circulaire, au centre de laquelle brûlait un maigre feu de tourbe. Le plancher et les murs du bas étaient formés de dalles de roche. Le toit était soutenu par des ossements énormes recouverts de peaux. C'était un abri archaïque, primitif, mais qui assurait un minimum de protection contre le froid mordant. La pièce était enfumée à cause de la tourbe et le feu peinait à dissiper l'obscurité. J'ai scruté les ténèbres quelques secondes et je l'ai vu. Jason Merline. Il se tenait immobile contre la paroi qui me faisait face. Seul son visage émergeait de plusieurs épaisseurs de peaux et de cuir, à la manière des Inuits. Ses yeux brillaient intensément. On aurait dit un homme préhistorique. Nous nous sommes dévisagés pendant une longue minute. Et puis il m'a fait signe d'avancer. Je me suis approché du feu et j'ai tendu mes mains griffues pour les réchauffer. Même si les flammes étaient maigres, j'avais l'impression de retrouver là un peu de vie. Les peaux tendues pour former les murs étaient recouvertes de dessins : là des personnages étranges, mi-hommes mi-animaux, traversaient des paysages lunaires, ailleurs ils livraient bataille à des créatures titanesques, aux gueules béantes hérissées de crocs.

J'ai demandé à voix basse : « Est-ce que tu sais qui je suis ? »

Jason a hoché la tête. Il a ôté un de ses gants avant d'attraper un bol de bois posé à côté de lui. Il contenait de la glace. Sans me quitter du regard, il l'a placé à côté du feu. La glace a fondu, lentement. Quand il n'y a plus eu que de l'eau, Jason a retiré un morceau de charbon du foyer. Il l'a écrasé lentement entre ses doigts, au-dessus du bol. Il a mélangé le charbon et l'eau. Et, sur une peau tannée, il a tracé la forme d'un lézard à l'aide du liquide sombre. Oui, ça me ressemblait.

– Pourquoi… pourquoi suis-je ici ?

Jason a jeté une poignée d'herbes sèches dans le feu. Une fumée âcre a envahi la pièce. Puis il a rajouté du charbon dans le bol. À côté du lézard, il a dessiné un visage. Un visage joufflu et souriant. Le visage de Rosalie !

Si elle m'avait guidé jusqu'à Jason, c'était qu'il détenait certainement le moyen de me libérer. Mon cœur cognait dans ma poitrine comme un tambour. La fumée engourdissait mon esprit.

J'ai bafouillé : « Mais comment, comment est-ce que je peux sortir de là ? »

Pour la première fois, la voix de Jason s'est élevée dans la pièce. Elle était douce et chaude comme un souffle de printemps.

– Je trace ma vie sur la toile des terres gelées, certains la déroulent au fil de la voix, d'autres la gravent dans le cœur du bois. Depuis des millénaires, l'homme repousse ce qui habite les ténèbres avec la seule force de son imagination. Tu dois te servir des armes dont tu disposes.

Je ne sais pas si c'était la fumée ou la marche forcée sur la banquise, mais je me suis soudain senti très las. Je me suis couché près du feu. Je me sentais apaisé, en sécurité. J'ai fermé les yeux et les phrases de Jason ont tourbillonné dans ma tête jusqu'à ce que leur réponde l'écho des mots de Rosalie : « Toi, David, tu as l'écriture. Et, je te l'ai dit, c'est une arme que personne ne pourra t'ôter. Car tu la portes en toi. » Ce jour-là, Rosalie m'avait adressé un message : pour me libérer, je devais écrire. C'était ça. Il me fallait écrire dans le carnet rouge. Il fallait que je reprenne le récit en main. Que je reprenne le pouvoir à la Chose. Mais comment faire ? Je n'avais ni papier ni stylo. Et le carnet rouge était en sa possession. Les seules choses dont je disposais, c'étaient tous ces objets sur l'autel…

Dans mon demi-sommeil, je crois que j'ai marmonné :

– Le charbon, la lame, la farine…

Mes yeux ont papillonné un instant. De l'autre côté du foyer, sur un os plat et blanc, le doigt de Jason traçait un carré noir.

J'ai réalisé que la solution avait peut-être été devant moi depuis le début. Du moins, je l'espérais. Car si ça ne marchait pas, j'étais condamné, à tout jamais.

## 63

Quand j'ai rouvert les yeux, j'étais à nouveau dans la pièce de terre battue, allongé sur le sol. J'avais l'impression de sortir d'un profond sommeil. À côté de moi, la porte de bois était refermée. Pourtant, je pouvais encore ressentir la morsure du froid au bout de mes griffes et une odeur de fumée âcre flottait dans la pièce. Non, ce qui s'était passé n'avait rien à voir avec un rêve. J'avais vraiment été là-bas, dans le refuge de Jason, au milieu de ce pays de glace. Et en traçant ce carré noir, Jason avait rouvert la porte. Il m'avait renvoyé ici, comme s'il avait eu le pouvoir de me faire voyager à travers sa peinture.

Sur l'écran, la Chose bravait l'ouragan sur son vélo. Les violentes rafales de vent faisaient vibrer les haut-parleurs de la télé.

Inspiré par les paroles de Jason, je me suis dirigé vers l'autel. J'allais me battre. Jusqu'à la mort s'il le fallait. Et l'écriture serait mon épée. Je n'avais peut-être pas d'encre ni de papier, mais, comme Jason, tout comme les premiers hommes qui peignaient avec des pigments sur les parois des grottes, j'allais me servir de ce qui m'entourait pour affronter la Chose.

À la lumière des bougies, j'ai tiré un morceau de charbon d'un des pots de verre. Je l'ai placé dans un bocal vide et je l'ai pilé longuement avec le pommeau du poignard, jusqu'à obtenir une poudre fine. J'ai recommencé. Une fois, dix fois, cent fois. Quand j'ai eu fini, j'avais deux bocaux remplis de poussière de charbon. J'ai ensuite mélangé cette poudre à du rhum tiré d'une des bouteilles pour former une pâte liquide et homogène.

Avec la lame, j'ai tracé sur le sol, à même la terre battue, un grand rectangle. J'ai répandu de la farine sur l'espace ainsi délimité. Je suis repassé plusieurs fois, de manière à avoir un rectangle complètement vierge, immaculé. J'ai finalement placé tout autour les bougies afin de pouvoir m'éclairer par la suite.

Je me suis reculé. J'avais maintenant devant moi une page blanche. Et ce qui me servirait d'encre dans un pot de verre.

J'étais en sueur, mon corps reptilien était couvert de charbon et de farine, mais j'avais vraiment l'espoir que ça marche. Oui, ça ne pouvait que marcher. À condition que la Chose ne devine pas mes intentions et ne m'interdise pas de voir ce qui se déroulait à l'écran, le seul accès à la réalité que je possédais encore. Il me faudrait attendre le moment propice où elle serait trop absorbée par ce qui se passerait là-bas. Le moment propice pour s'introduire dans l'histoire. Dans mon histoire. Tenter d'en changer le cours.

## 64

La Chose avait failli chuter à plusieurs reprises. Elle avait du mal à avancer sur mon vélo, assaillie par des vents de plus en violents. Un arbre s'était même abattu tout près d'elle quelques minutes auparavant. Et Houma était encore loin.

– Bon, a soufflé la Chose, je crois qu'un peu d'aide ne nous ferait pas de mal.

Elle a ouvert le sac de sport. J'ai deviné l'éclat d'une lame à l'intérieur. Certainement la machette. La Chose a sorti le carnet rouge et le texte a défilé.

***L'éclat d'une paire de phares troue le rideau de pluie et de nuit.***

***Au milieu de la route : David, debout, les bras en croix.***

***– C'est dangereux, mais c'est ma dernière chance d'arriver à Houma.***

***Hurlements des freins. La voiture, un gros pick-up rouge aux vitres fumées, chasse un instant. Ses phares tracent dans la nuit des signes étranges et, enfin, le véhicule s'immobilise complètement.***

*La portière du conducteur s'ouvre et David connaît bien le visage furieux de l'homme qui apparaît...*

La pluie effaçait déjà les phrases sur le carnet quand le pick-up a surgi de la nuit et que tout s'est enchaîné ainsi que le texte l'avait décrit.

J'ai frissonné en voyant sortir le conducteur. C'était Miles.

## 65

La portière s'est refermée. La Chose, après avoir balancé le vélo à l'arrière, s'est installée confortablement sur le siège passager. Tout à l'heure, Miles s'était radouci en reconnaissant mon visage.

– David ?! T'es pas un peu fou de te planter au milieu de la route ?

La Chose a haussé les épaules en prenant un air penaud.

– Mon père m'a dit d'aller à Houma, à cause de l'ouragan. C'est trop dangereux de rester à Carrefour.

Miles a avalé le mensonge d'un trait.

– OK, je t'amène.

J'ai senti la Chose exulter.

*– Alors, qu'est-ce que t'en penses du gros Miles ? Coïncidence ou pas ? En tout cas, je sens que ça va un peu pimenter notre voyage…*

Le violon du groupe Beausoleil emplissait maintenant l'habitacle. C'était presque incongru d'entendre une musique aussi joyeuse dans cette ambiance de fin du monde.

– Beau temps, pas vrai ? a plaisanté Miles.

La Chose lui a adressé un sourire qui ressemblait à une grimace.

Le garagiste, qui conduisait le nez collé au pare-brise, a gigoté sur son siège.

– Et ton père, il va rester à Carrefour ?

– Il en a vu d'autres.

– C'est vrai. T'as sûrement raison. Mais je crois que ce coup-ci, c'est l'ouragan du siècle !

Justement, à la radio, la chanson a été interrompue pour laisser place à une alerte météo qui conseillait à tous les habitants d'évacuer les zones inondables.

Miles a coupé la radio en pestant.

– Ils font chier avec leurs bulletins ! Évacuer, évacuer. Ils font que répéter ça. Ils sont marrants. Où est-ce qu'ils veulent qu'on aille ? Et puis, ils ont qu'à construire des digues efficaces ! C'est chez nous ici, pas vrai ?

La Chose a acquiescé silencieusement.

Elle a regardé ses vêtements trempés et l'eau qui s'égouttait sur le sol du pick-up pour former une flaque.

– Remarque, a continué Miles, nous, on serait pas contre qu'ils nous offrent un petit voyage, hein ? Au Mexique ou en France, pourquoi pas ? Ouais, ça pourrait être sympa. Qu'est-ce que t'en dis, David ?

Mon double n'a pas répondu. On n'entendait plus que le va-et-vient des essuie-glaces, incapables de dissiper le rideau de pluie.

– T'es pas causant, petit. C'est à cause de…

Miles n'a pas fini sa phrase. On le sentait gêné. Et je voyais très bien de quoi il voulait parler.

– Ben, tu sais… la fois de la réserve.

Avec délectation, la Chose l'a laissé s'empêtrer dans ses mots.

Elle a finalement tourné vers lui un regard interrogateur.

– La réserve ?

Le visage du gros Miles s'est empourpré. Hors de son garage, il ressemblait plus à un gros nounours qu'à un tyran.

– La vie, c'est pas si simple, des fois. Et quand tu deviens adulte, ça ne s'arrange pas. J'ai… j'ai toujours aimé les garçons. Et tu vois, dans le coin, ce n'est pas évident de…

La Chose l'a coupé brusquement.

– C'est vous qui les avez tués ?

– Quoi ?! s'est étranglé Miles.

Le pick-up est brutalement sorti de la route, dérapant sur l'herbe détrempée, juste à quelques centimètres du fossé. Miles a redressé le volant au dernier moment.

Revenu sur le bitume, le garagiste a respiré profondément.

La Chose a coulé vers lui un regard froid.

– Vous devez le savoir, non ? Tous ces gars qui ont disparu depuis six mois. Ils étaient plutôt pas mal. Jeunes. Beaux. À votre goût, non ?

Les yeux de Miles se sont emplis de colère. Il aurait volontiers étranglé mon double, mais conduire demandait tellement de concentration qu'il a dû ravaler ses envies.

– Petit con ! Tu crois que je vais te laisser raconter tes saloperies sur moi comme ça ?! Je vais arrêter cette voiture et tu vas…

La fermeture éclair du sac de sport a glissé et la main de la Chose a saisi le carnet rouge. Je savais très bien ce qu'elle s'apprêtait à faire : faire défiler le texte tel qu'elle l'avait imaginé : le trajet jusqu'à Houma et ensuite le massacre du garagiste. Elle prenait un malin plaisir à me démontrer que son fantastique pouvoir d'écriture était capable de donner vie au plus vicieux des fantasmes.

Et, justement, c'était là ma chance.

J'ai repensé aux paroles de Jason : « Depuis des millénaires, l'homme repousse ce qui habite les ténèbres avec la seule force de son imagination. Tu dois te servir des armes dont tu disposes. »

J'ai hurlé : « David, non ! »

L'écran s'est figé sur une page vierge du carnet entre ses mains.

– *Tiens, tu m'appelles David, maintenant ?* elle a demandé intérieurement, avec une pointe de plaisir dans la voix. *Tu as compris alors ?*

– Oui, je sais qu'on n'est qu'une seule et même personne. Et, je ne veux pas le tuer, il ne mérite pas ça.

J'ai couru jusqu'à l'autel. J'ai pris le couteau et j'ai commencé à graver le texte dans la terre recouverte de farine. C'était dur. L'écriture était brutale, approximative. Mais je disposais de peu de temps. Heureusement, la chose a réagi comme je l'espérais.

– *Vraiment ? Et pourtant tu le détestais au garage ? Tu aurais tout donné pour ne pas travailler là-bas. Voilà une bonne occasion de régler ça une fois pour toutes. Et tu avoueras qu'il ressemble parfaitement à notre meurtrier, non ? Imagine-le au fond des marécages, à poil avec Jason. Avec Martin. Ou même avec toi. Il a la carrure pour ça. Crois-moi, ce gros porc mérite la mort.*

Pendant que la Chose parlait, j'avais fini de graver mon texte. Mes mains étaient en sang.

– Qu'est-ce que tu trafiques ? a grommelé Miles dans le haut-parleur.

Mon double fixait la page blanche en fredonnant « Riders on the storm » des Doors : « *There's a killer on the road, his brain is squirming like a toad. If you give this man a ride, sweet family will die…* »

– Oh, je prends juste quelques notes.

Et avant que les phrases de la Chose n'apparaissent sur le papier, j'ai versé le mélange de rhum et de charbon au fond de mes lettres.

Sur l'écran, la page vierge du carnet s'est brusquement couverte de signes torturés. C'était difficilement lisible, mais pas de doute possible : c'était mon texte.

## 66

*– Putain ! hurle Miles.*

*Au beau milieu de la route, deux yeux jaunes viennent de renvoyer la lumière des phares. Les deux yeux jaunes d'un alligator, énorme.*

*Le choc est atroce.*

*La tête de David heurte le pare-brise.*

*Le monde se dissout dans une nuit d'encre.*

## 67

Une douleur lancinante me vrillait les tempes, me traversant le crâne de part en part. Mon cerveau était à vif. Mais si j'avais mal, c'était la preuve que j'étais encore vivant. Et c'était là l'essentiel.

Une voix est arrivée jusqu'à moi.

– David, tu m'entends ?

Difficilement, j'ai ouvert les yeux. La lumière était aveuglante. Au-dessus de moi se découpait la silhouette d'un homme habillé de blanc. Un médecin. Le monde se ranimait maintenant autour de moi. Les odeurs de détergent et de soupe chaude, le bruit des chariots dans le couloir, les annonces des haut-parleurs : j'étais dans un hôpital. J'avais réussi à sortir de la pièce !

– Tu peux te lever ? a demandé le médecin, un gars au visage sombre, sûrement d'origine mexicaine.

J'ai hoché la tête. Le médecin m'a aidé à m'asseoir sur le chariot. J'ai regardé autour de moi, j'étais dans une grande salle, partagée par de simples rideaux de plastique. Certainement une salle de réveil où on plaçait les patients en attendant qu'ils reprennent conscience. J'étais simplement vêtu d'une blouse blanche. Alors que je me demandais où avaient bien pu passer mes vêtements, j'ai réalisé que mon corps était normal. Les écailles avaient disparu. J'ai promené ma main sous mes yeux, incrédule, et je me suis mis à rire et à pleurer de joie.

– Ça a marché ! Ça a marché ! Je suis libre !

– Tu es sûr que ça va ?

J'ai levé la tête. Le médecin me regardait avec des yeux inquiets.

Je lui ai adressé un sourire rassurant.

– Oui, oui, j'ai simplement l'esprit… un peu confus.

– Ce n'est rien, c'est un effet des analgésiques qu'on t'a donnés. Ça va s'estomper.

Le médecin a consulté un dossier à mon nom.

– Tu t'en es bien tiré. Pas de traumatisme crânien. On a juste fait trois jolis points sur ton front.

Je me suis souvenu des deux yeux jaunes au milieu de la route. Et de l'impact contre le pare-brise. J'ai passé les doigts sur les points de suture. La chair était boursouflée. Mais c'était beaucoup mieux que des écailles.

– Future blessure de guerre, les filles aiment bien ça, a plaisanté le médecin. En tout cas, tu peux remercier la personne qui t'accompagnait. Sans son coup de volant, vous finissiez à l'eau.

C'est vrai, Miles m'avait sauvé la vie. Et indirectement, il m'avait aussi permis de me libérer. Mais tout ça n'était rien par rapport à Jason et Rosalie qui avaient guidé ma main et mon esprit.

Le médecin est subitement redevenu sérieux.

– Dis-moi, David. Est-ce que tu as souvent des maux de tête ? Des troubles de la vision ? Des perceptions déformées ?

Je l'ai regardé avec des yeux ronds.

– Quoi ?!

– Est-ce qu'il t'arrive de voir des choses qui n'existent pas vraiment ? Ou d'entendre des sons étranges ?

Je me suis tortillé sur le chariot, mal à l'aise. De quoi est-ce qu'il voulait parler ?

À ce moment-là, une jeune infirmière a fait irruption dans la pièce. Sous ses yeux s'étalaient de larges cernes noirs.

– Docteur Ramirez, une urgence au bloc deux !

– J'arrive !

Le médecin m'a adressé un demi-sourire.

– Il faut que j'y aille. On a beaucoup d'interventions à cause de l'ouragan. Écoute, j'aimerais bien te revoir, quand tout ça se sera calmé. Passe à l'accueil remplir les papiers et prends un rendez-vous assez rapidement. Précise bien que c'est le docteur Ramirez qui l'a demandé. D'accord ?

J'ai acquiescé sans trop savoir de quoi il parlait.

– Docteur ! Vite ! a crié l'infirmière depuis l'autre bout de la salle

– La personne qui t'a amené t'attend en bas. Elle te ramènera chez toi. Si tu habites trop loin, essaie de trouver un lieu où passer la nuit sur Houma. C'est plus prudent.

Il a désigné un sac blanc posé sur une chaise.

– Je t'ai fait préparer quelques vêtements. Les tiens étaient en piteux état.

Je l'ai remercié et Ramirez s'est précipité en dehors de la pièce. La porte s'est refermée avec un claquement sec. Je me suis retrouvé seul.

Prendre un rendez-vous avec lui ? Mais pourquoi ?

C'est là que j'ai remarqué le dossier médical, posé à côté de moi sur le chariot. Dans la précipitation, Ramirez l'avait oublié. Est-ce qu'il y avait là-dedans quelque chose qui avait inquiété le médecin ? J'ai tendu la main pour l'ouvrir. Et je suis tombé sur une radio. Une radio de mon crâne. J'ai placé l'image entre mes yeux et le néon. Et la masse de mon cerveau est apparue. Une tache sombre s'étalait en plein milieu, cernée de feutre rouge. À côté était tracé un point d'interrogation.

## 68

Je me suis changé en vitesse et je me suis précipité dans le couloir. L'hôpital était en pleine effervescence. Des téléphones sonnaient à tout-va. Les haut-parleurs crépitaient d'appels d'urgence. Des infirmiers au visage affolé poussaient des brancards au pas de course. Un homme au crâne ensanglanté est passé devant moi, l'air hagard. La nuit allait être longue.

Toutes mes pensées se mélangeaient : la tache sombre sur la radio, les questions du médecin, la Chose qui avait disparu, Miles, mon père resté à Carrefour... Il fallait que j'arrive à clarifier la situation. J'ai fermé les yeux et j'ai sondé mon esprit à la recherche de la Chose, mais elle ne s'est pas manifestée. Je l'imaginais prisonnière de la pièce de terre battue, comme je l'avais été juste quelques heures auparavant. D'une manière ou d'une autre, j'avais repris le dessus. Et pour l'instant, elle se tenait tranquille. Mais c'était peut-être simplement un effet des analgésiques. Quand ils auraient cessé d'agir, elle tenterait de revenir, j'en étais persuadé. Il fallait absolument que je trouve un moyen de la contenir. J'ai erré dans les couloirs jusqu'à ce que je tombe sur ce que je cherchais. Après un bref coup d'œil pour m'assurer que personne ne faisait attention à moi, je suis entré dans une pièce qui servait de pharmacie. Avec le désordre qui régnait dans l'hôpital, on avait oublié de fermer la porte de l'armoire qui renfermait les médicaments. J'ai parcouru les rayonnages des yeux, à la recherche des analgésiques. J'ai enfin trouvé ce qu'il me fallait. J'ai avalé trois comprimés et je me suis glissé dehors en emportant le tube. Au même moment, une infirmière s'est engouffrée dans la pharmacie, manquant de me renverser. Elle m'a jeté un regard soupçonneux. Je n'ai pas demandé mon reste et j'ai filé dans le couloir.

Il fallait maintenant que je téléphone à mon père. Il était seul à Carrefour, en danger de mort. J'ai quémandé des pièces dans une salle d'attente où un bébé hurlait à pleins poumons. J'ai trouvé un téléphone dans une alcôve au bout d'un long couloir. Tout à l'heure, à travers les yeux de la Chose, j'avais vu que l'électricité avait été coupée à Carrefour. J'espérais que le téléphone fonctionnait encore. Chaque sonnerie dans le vide enfonçait des pointes d'angoisse dans le creux de mon ventre. J'ai été soulagé quand mon père a fini par répondre.

– Oui ?

– Papa, c'est moi !

– David, où es-tu ? a demandé mon père, la voix chargée d'inquiétude.

Dans le couloir, un infirmier est passé avec un brancard. Un homme était couché dessus, hurlant. Son bras était plié selon un angle impossible. Je me suis bouché l'oreille pour entendre.

– Écoute-moi, je vais bien. Je voulais te dire, pour tout à l'heure, je ne pensais rien de tout ce que j'ai dit. Tout était faux. Entièrement faux.

La voix de mon père s'est brisée.

– Qu'est-ce qui t'arrive, David ? Qu'est-ce qui ne va pas ? Je ne te reconnais plus.

J'ai dégluti difficilement. Les lumières du couloir ont vacillé.

– Ce n'était pas moi, papa. Tout à l'heure, ce n'était pas moi.

Il y a eu un sifflement assourdissant sur la ligne.

– Papa, tu m'entends ? Je vais venir te chercher ! Je ne sais pas encore comment, mais…

Toutes les lumières de l'hôpital se sont soudain éteintes. Des gens se sont mis à hurler. Dans l'obscurité, j'ai entendu un médecin annoncer : « Pas de panique ! Le générateur va se mettre en marche ! »

L'électricité est revenue lentement.

– Allô, papa ? j'ai demandé. Mais ma voix s'est perdue dans le vide.

La communication avait été coupée.

# 69

J'ai couru dans les couloirs jusqu'à l'accueil de l'hôpital.

Là aussi, c'était l'apocalypse. Des gens, certainement blessés par des chutes d'arbres, victimes d'accidents de la circulation ou tout simplement paniqués, encombraient le hall. Des infirmières aux yeux fatigués tentaient de canaliser le flot des patients. J'ai essayé de repérer Miles, sans succès. Le docteur Ramirez avait pourtant dit qu'il m'attendait. Peut-être était-il dehors.

Je suis allé me renseigner à l'accueil. Au bout de dix minutes d'attente, je me suis retrouvé face à une secrétaire assaillie par les sonneries de trois téléphones. J'ai décliné mon identité. Elle a fouillé dans une pile de documents en vrac et elle a fini par mettre la main sur ma fiche.

– Le docteur Ramirez m'a demandé de prendre rendez-vous.

La secrétaire m'a regardé comme si je débarquais de la lune.

– Un rendez-vous ? Je ne crois pas que ce soit possible actuellement, elle a dit avec un ton sec.

J'ai regardé derrière moi la longue file des gens qui attendaient. Certains étaient blessés. Bon, tant pis, l'urgence n'était pas là. Je devais d'abord trouver un moyen de rejoindre Carrefour.

– Et la personne qui m'accompagnait ? Miles ? Elle n'est pas là ?

L'infirmière a jeté un œil à ma fiche.

– Il est parti. Il y a une heure environ en laissant les coordonnées de ta famille. Normalement, on aurait dû téléphoner pour que quelqu'un vienne te récupérer et régler la facture, mais je n'ai pas eu le temps. Si tu peux te débrouiller tout seul, c'est mieux.

L'infirmière a jeté ma fiche dans un panier.

– Au suivant !

Je me suis dirigé vers la sortie, décontenancé. Miles était reparti. Mon seul espoir de rejoindre Carrefour s'était envolé.

Les portes automatiques se sont ouvertes devant moi et j'ai plongé au milieu des bourrasques. Les éclairages du parking clignotaient comme en écho aux gyrophares des ambulances qui traçaient leur route dans la nuit. On aurait dit un tableau abstrait et démentiel. En surimpression, j'ai revu la tache sombre sur la radiographie de mon crâne. « Troubles de la vision », « perceptions déformées », avait dit le médecin. Est-ce que tout ce que j'avais vécu n'était finalement qu'un symptôme du mal qui s'était enraciné dans ma chair ? Est-ce que tout ça n'avait existé que dans mon cerveau, un organe à la dérive, rongé peu à peu par un parasite sournois et silencieux ? Et pourtant, j'avais bien vu toutes ces choses se dérouler à l'écran, j'avais abîmé mes poings sur cette porte, j'avais gravé mon texte dans la terre battue.

Une ambulance a stoppé à une dizaine de mètres du porche où j'avais trouvé refuge. Les portes arrière se sont ouvertes violemment. Un vieil homme hirsute en a jailli en hurlant.

– Personne ne sortira d'ici vivant ! Personne ne sortira d'ici vivant !

Des infirmiers ont accouru pour le ceinturer. Le vieil homme s'est débattu un instant avant de s'effondrer mollement. Les infirmiers l'ont emporté vers l'accueil, les bras bloqués derrière le dos. Quand il est passé à côté de moi, sa chemise déchirée s'est ouverte sur un torse maigre où était tatoué le visage du Christ. Il m'a semblé que des larmes ruisselaient sur les joues du tatouage.

Les analgésiques brouillaient mes réflexions. Je n'étais plus vraiment certain des frontières séparant le rêve de la réalité. Je me suis laissé aller à penser que rien de ce qui m'entourait n'était vraiment réel. Oui, peut-être étais-je ailleurs, et ce que je voyais en ce moment n'était qu'une production de mon esprit. Je me suis imaginé allongé sur le parking de Dave's, baignant dans mon sang, le ventre déchiré par les plombs, vivant les dernières secondes d'un rêve. Ou sur le lit d'une chambre d'hôpital, délirant, fou à lier, sanglé et lardé de perfusions, emporté par la tumeur qui me rongeait le cerveau.

Quelque chose est venu se frotter contre ma jambe. Un chien. Il me fixait avec des yeux amicaux et sa queue frétillait. Je l'ai reconnu immédiatement : c'était Saint-Pierre.

– Alors, petit, on est perdu ? a demandé une voix derrière moi.

Quand je me suis retourné, Johnson m'a adressé un sourire édenté. Il était habillé d'un complet veston marron qui devait dater des années 50. On aurait dit un de ces représentants qui viennent parfois vous vendre des encyclopédies à crédit. Le voir ici, sur ce parking, loin de Carrefour, était surréaliste. Je me serais presque pincé pour être certain qu'il ne s'agissait pas d'une hallucination.

– Qu'est-ce que vous faites là ?

– Je suis venu voir une vieille amie, a répondu Johnson en tirant une flasque d'argent de la poche intérieure de son veston.

Une lumière s'est allumée dans mon esprit.

– Vous êtes venu en voiture ?

Johnson a avalé une gorgée avant de partir d'un rire gras.

– Évidemment, comment tu veux que je vienne jusqu'ici, petit con ? En barque ?!

Je me suis agrippé à lui.

– Mon père est seul à Carrefour. Il faut aller le chercher ! Amenez-moi là-bas.

Johnson a grimacé.

– Pas question, petit.

Je l'ai secoué sans ménagement, froissant le tissu de son veston.

– Mais mon père est en danger ! Vous ne pouvez pas me laisser tomber !

La gifle, violente, m'a cueilli par surprise. Je ne m'y attendais tellement pas que je suis resté sans voix. J'ai frotté ma joue avec un air stupide. Johnson a arrangé ses vêtements avec minutie, puis ses yeux sont venus se planter dans les miens.

– Tu sais qui je suis, David ?

J'ai balbutié : « Quoi ? »

– J'ai demandé : est-ce que tu sais qui je suis ?!

Johnson ne m'a pas laissé le temps de répondre.

– Non, tu n'en as aucune idée. Alors évite de me donner des ordres, petit con.

– Mais… mon père ?

– Écoute bien ce que je te dis. C'est ton histoire. Pas la mienne. Et même si je le voulais, je ne pourrais rien pour toi.

Johnson a sifflé Saint-Pierre. Il l'a attaché à un pilier de béton à l'aide d'une corde.

– Je dois y aller. Bon vent.

Et il s'est dirigé vers l'accueil. J'ai foncé derrière lui. Il était mon seul espoir. Il ne pouvait s'esquiver comme ça.

Je pénétrais dans le hall quand je suis tombé nez à nez avec Paul.

## 70

On est resté un moment à se dévisager sans rien dire. Au milieu du chaos qui nous entourait, on ressemblait à deux chiens de glace. Notre dispute pour la dope et les mots que la Chose avait prononcés résonnaient encore dans mon esprit : « T'es qu'un minable, Paul. T'as toujours été qu'un minable. Tout juste bon à dealer de la came à des pétasses. Et ça m'étonne pas. Quand on voit ta famille, tu pouvais pas faire mieux. » La rancœur pouvait se lire dans ses yeux.

Quelqu'un m'a bousculé et le monde s'est ranimé. Paul et moi, on s'est écartés de l'entrée.

Il a eu un sourire froid.

– Pourquoi t'es ici ?

J'ai touché mon front. Les trois points de suture.

– J'ai eu… un accident de voiture. Et toi ?

Paul a hoché la tête avant de m'abandonner pour se diriger vers la sortie, une cigarette à la main. Il m'en voulait encore. Il n'avait fallu à la Chose que quelques secondes pour balayer l'amitié qu'on croyait éternelle. Je l'ai rattrapé d'une main sur l'épaule devant les portes automatiques.

– Écoute, Paul, je m'excuse pour… pour ce que j'ai dit.

Il a froncé les sourcils.

– C'est bon, te fatigue pas. J'ai bien compris qu'on n'était pas assez bien pour toi. Un écrivain peut pas se traîner des amis comme nous, pas vrai ? T'aurais trop peur qu'on salisse la moquette dans les cocktails et les remises de prix ?

J'ai pris un air implorant.

– C'est compliqué. Il faudra que je t'explique. Mais, je te le jure, je n'ai jamais pensé des trucs comme ça !

Derrière lui, les portes n'en finissaient pas de s'ouvrir et de se refermer, à cause du détecteur automatique.

– Je te le jure.

Le regard dur de Paul a soudainement fondu comme de la glace au soleil. Il paraissait abattu.

– Laisse tomber. Ça n'a plus vraiment d'importance. J'ai cru un moment que tu étais venu pour elle.

Je ne comprenais pas.

– Pour elle ? j'ai demandé.

– Oui. Pour Rosalie.

On a couru jusqu'à l'ascenseur. En montant au cinquième étage, Paul m'a expliqué ce qui s'était passé depuis « notre rencontre ». La fièvre de Rosalie avait empiré. Malgré la menace de représailles de Ron et Patrick, elle ne voulait pas quitter Carrefour pour partir à Baton Rouge. Un coup de fil d'un des gars de l'atelier avait averti Martin que Ron et Patrick étaient passés chez Miles. Ils n'allaient certainement pas tarder à débarquer à Carrefour. Martin avait donc embarqué Rosalie de force. Mais au cours du trajet, son état s'était aggravé et leur fuite s'était donc arrêtée à l'hôpital. Pour l'instant, les médecins ne savaient pas vraiment de quel mal elle souffrait et ils réservaient leur diagnostic. Rosalie était entre la vie et la mort.

Mon cœur s'est serré en entrant dans la chambre.

Le visage de Rosalie disparaissait derrière un masque relié à un respirateur artificiel.

Martin était à son chevet. Il m'a salué d'un geste de la main. Dos à nous, planté devant la fenêtre, Johnson regardait la ville aux prises avec l'ouragan.

J'ai pris la grosse main de Rosalie entre les miennes, comme elle l'avait si souvent fait avec moi. Mais, aujourd'hui, c'était sa main qui ressemblait à un oiseau minuscule entre mes doigts. Sa peau était douce et chaude. Ses yeux clos paraissaient paisibles. Elle avait l'air d'être plongée dans les profondeurs d'un rêve. La fièvre était survenue en même temps que la Chose avait pris possession de moi. Il y avait un lien évident. Rosalie avait su ce qui brûlait en moi, depuis le premier jour. Elle avait voulu me protéger. Elle avait fabriqué pour moi ce sanctuaire, elle y avait réuni les objets qui me permettraient de me libérer. Et elle m'avait guidé vers les terres glacées de Jason Merline. Pendant des années, je n'avais vu en Rosalie que la grand-mère de Paul et Martin, et, d'une certaine façon, une mère de substitution, mais elle était en fait bien plus que cela. Elle avait un pouvoir. Le don de voir au-delà du voile des apparences. Et de marcher sur les chemins secrets de l'âme. Elle était comme ces sages antiques qui savaient lire les présages dans les nuages ou les vols d'oiseaux. Ou comme les prêtresses vaudoues dont l'âme peut voyager hors du corps. Et grâce à l'amour profond qui nous reliait, son esprit était connecté au mien. J'en avais l'intuition, elle s'était sacrifiée pour que je puisse affronter la Chose. Comme une vraie mère protégerait son enfant. Sa maladie n'avait rien de naturel. Non, tant que la Chose serait là, Rosalie ne reviendrait pas parmi nous. Comme si elle aussi était prisonnière entre deux mondes. À cheval entre la vie et la mort. Si je parvenais à « dompter » la Chose, Rosalie recouvrerait la santé. Je ne savais pas encore comment faire. Et j'ignorais aussi combien de temps il me restait avant que l'état de Rosalie ne s'aggrave, peut-être simplement quelques heures, il fallait donc faire vite, très vite. Mais je devais d'abord récupérer mon père à Carrefour, car il ne résisterait pas à l'ouragan qui se déchaînait au-dehors. Pour une raison qui m'échappait, Johnson ne voulait pas m'emmener là-bas. Il ne me restait donc plus qu'à demander l'aide de Martin.

Je me suis tourné vers lui.

– Mon père est resté à Carrefour. Je dois aller le chercher. Est-ce que tu veux bien m'amener là-bas ?

Martin a secoué la tête en fronçant les sourcils

– Tu délires ? T'as vu le temps qu'il fait ?! C'est bien trop dangereux de s'aventurer sur les routes.

– Martin, c'est mon père !

Il a eu un sourire désolé.

– Tu ferais mieux d'appeler la police, David. Ils sont équipés pour...

Je me suis emporté.

– Mais tu sais très bien qu'ils ne se déplaceront jamais à Carrefour ! Pour eux, c'est comme si Carrefour n'existait pas !

Martin a passé une main dans les cheveux de Rosalie.

– Vraiment, je suis désolé. Mais même si je voulais, on serait pas sûr d'arriver jusque là-bas. C'est trop risqué. Et je ne veux pas quitter Rosalie. Tu comprends ?

J'ai regardé le visage calme de Rosalie. Je comprenais parfaitement. Je n'ai pas insisté.

Je me suis levé, la mort dans l'âme. Paul a baissé les yeux.

– Oui, tu as raison, je vais essayer de téléphoner aux secours. On sait jamais.

Mais je savais parfaitement que c'était la panique en ville. La police et les pompiers étaient débordés et Carrefour était loin d'ici. On s'occuperait certainement des habitants des quartiers les plus proches avant de porter secours aux gens qui vivaient dans des mobil-homes pourris au milieu des marécages. Les Noirs, les Indiens et les pauvres passaient après. Ça avait toujours été ainsi.

Je suis sorti dans le couloir. Déboussolé, j'ai regardé un moment le va-et-vient des brancards et des infirmiers. Je me suis dirigé vers le téléphone le plus proche, sans trop d'espoir. Après tout ce que j'avais traversé, je m'étais cru tiré d'affaire. Et voilà qu'à présent, je risquais de perdre et Rosalie et mon père. Cette nuit ne finirait donc jamais ?

J'ai décroché le combiné. J'ai composé le numéro de la police, mais la ligne était saturée. Pendant un instant, je me suis dit que je pouvais appeler Julee. Elle avait une moto. Elle pourrait peut-être m'aider. Mais je ne connaissais même pas son numéro de téléphone.

Une main s'est posée sur mon épaule. C'était celle de Paul. Il m'a souri faiblement.

– On y va ?

Dans l'autre main, il tenait les clés de la voiture de Martin.

## 71

La clé a pivoté dans le contact et le moteur de la Mitsubishi a poussé un rugissement de fauve.

– T'as piqué les clés à Martin ?

Paul a hoché la tête avec un demi-sourire. Il a actionné les phares et les essuie-glaces. Devant nous, la pluie faisait fondre les contours de la ville.

– Tu es sûr, tu veux pas que je conduise ?

Paul n'a pas répondu. Il a enclenché la marche arrière et la voiture a décrit une courbe parfaite sur le parking.

Il nous était déjà arrivé de conduire des voitures, que ce soit en cours de mécanique ou lors des stages. Mais c'étaient de courts trajets, destinés à tester l'efficacité de nos réparations. Et Paul avait toujours évité autant que possible de se retrouver derrière un volant, tout ça à cause de l'accident de ses parents. Je savais que l'idée de faire des kilomètres le terrifiait.

J'ai demandé :

– Pourquoi tu fais ça ?

Paul a planté ses yeux dans les miens.

– Parce qu'une bougie brûle déjà dans la cuisine de Rosalie. Je n'ai pas envie qu'il y en ait une deuxième.

La voiture est sortie du parking de l'hôpital. Nous sommes restés silencieux pendant de longues minutes, tendus et vigilants, à l'affût de ce que l'ouragan pouvait jeter en travers de notre route. De nombreux arbres avaient déjà été déracinés. Çà et là des lignes électriques étaient tombées à terre. Il devait maintenant y avoir une dizaine de centimètres d'eau dans les rues et on distinguait à peine la chaussée. Si les digues autour de Houma venaient à céder, ce serait la fin.

La voiture s'est dirigée vers le centre pour rejoindre la route de Carrefour, de l'autre côté de la ville.

J'ai tenté de résumer à Paul ce qui s'était passé depuis ma rencontre avec Lebreton. J'ai passé sous silence le meurtre de Ron et Patrick ainsi que la tache sombre qui se dessinait sur la radiographie de mon crâne. Les choses étaient déjà bien assez compliquées ainsi. Mes explications confuses formaient certainement un récit absurde, mais Paul m'a écouté sans broncher. Quand j'ai eu fini, il a hoché la tête. Il me croyait.

– Tu penses vraiment que si tu te débarrasses de cette « chose », tu sauveras Rosalie ?

J'ai acquiescé.

– Et comment est-ce que tu comptes en venir à bout ?

– Je ne sais pas vraiment, j'ai avoué, impuissant.

Paul a réfléchi.

– Le carnet rouge, David. Le carnet rouge, c'est ton lien avec la Chose. Julee l'avait compris. Si tu arrives à le détruire, je suis sûr que le lien sera rompu.

Oui, c'était une théorie qui tenait debout. Et puis, je me suis soudainement rappelé que le carnet était dans le sac qu'avait emporté la Chose. Et ce sac, où était-il à présent ? La secrétaire de l'hôpital me l'aurait rendu s'il avait été là-bas. Non, le sac et le carnet étaient certainement dans la voiture de Miles.

– Le garage est sur la route. Peut-être que Miles est retourné là-bas. On va s'y arrêter avant d'aller chercher ton père, a décidé Paul. Si on arrive à mettre la main dessus, tout ce cauchemar prendra peut-être fin.

En ville, notre attention a été attirée par un attroupement devant le centre commercial où nous avions été avec Jess et Gina. Les puissants projecteurs de deux voitures de police jetaient sur la scène une lumière crue, hachée par la mitraille de la pluie. Plusieurs agents menottaient un groupe de cinq ou six personnes étendues au sol. Derrière eux, la devanture métallique éventrée d'une boutique de vêtements. L'enseigne qui annonçait « U.S. Dreams » pendait lamentablement. Quelqu'un avait tagué « Suck » en lettres rouges par-dessus le mot « Dreams ». Dans l'obscurité du magasin, j'ai deviné un homme en uniforme qui frappait quelqu'un à terre, avec une violence extrême. Nous avons ralenti. Un policier, visiblement tendu, a braqué vers nous un fusil à pompe équipé d'une torche et a hurlé quelque chose, mais sa voix a été engloutie par une bourrasque. Pas besoin d'entendre pour savoir ce qui se passait, Paul a accéléré.

Un peu partout se déroulaient des scènes de pillage. Malgré la tempête, des grappes de personnes, certainement venues des quartiers pauvres, sillonnaient la ville. Elles profitaient de la nuit, de la panique et des services de police débordés pour prendre d'assaut les magasins désertés.

Un peu plus loin, nous avons dépassé une boutique d'électroménager dont la vitrine avait été brisée. Malgré la tempête, une dizaine de gars s'activaient à l'intérieur, pillant les fours à micro-ondes, les aspirateurs et autres lave-linge. Il m'a semblé entendre un coup de feu et j'ai vu un homme s'effondrer sur le trottoir, à moitié écrasé par un lave-vaisselle. Une giclée de sang zébrait le blanc immaculé de l'appareil. Des tirs ont suivi. Apparemment échangés entre le groupe de pillards et un homme posté à une fenêtre.

Soudain, le pare-brise de la voiture a volé en éclats, nous criblant d'échardes de verre.

– Merde ! a hurlé Paul.

La Mitsubishi a zigzagué quelques secondes avant de venir s'encastrer dans une bouche d'incendie qui a vomi un geyser d'eau. Derrière nous, les coups de feu crépitaient.

– Paul, ça va ?!

Il a levé vers moi son visage strié de coupures écarlates.

– Je crois. Ces enfoirés nous ont tiré dessus !

– Faut qu'on parte d'ici. Vite !

Paul a essayé de redémarrer, sans succès. Une fumée blanchâtre s'élevait de sous le capot.

– Elle est morte !

Nous sommes sortis de la voiture de Martin en titubant. Le moteur avait été compressé par le choc.

Un peu plus loin, sur le trottoir, les pillards s'enfuyaient sous le tir nourri de l'homme à la fenêtre. J'ai reconnu le crépitement d'une arme de guerre. Le tireur poussait des cris de joie. Les sirènes d'une voiture de police ont éclaté au bout de la rue. Instinctivement, nous nous sommes mis à courir.

– Le garage n'est plus très loin. On va aller se réfugier là-bas !

Nous avons pataugé une dizaine de minutes dans un flot huileux gorgé de boue et d'ordures. Partout, les égouts régurgitaient les entrailles de la ville, ramenant à la surface un magma ignoble et bouillonnant. Je ne pouvais m'empêcher de penser à mon père, seul à Carrefour. Et aussi à tous les gens qui étaient bloqués là-bas, et que personne ne viendrait sûrement secourir. J'espérais seulement qu'il ne serait pas trop tard, que Miles serait encore au garage et qu'il voudrait bien nous aider. Soudainement, il m'a semblé entendre le rire de la Chose éclater au fond de ma conscience. Elle revenait, je le sentais. J'ai cherché dans ma poche le tube d'analgésiques, mais il n'était plus là. J'avais dû le faire tomber dans l'accident ! Il était trop tard pour faire demi-tour. J'ai serré les dents en pestant contre ma bêtise.

Quand nous sommes arrivés devant le garage, l'enseigne était éteinte et aucune lumière ne filtrait sous la devanture. Les tôles du bâtiment gémissaient sous les assauts du vent. Nous avons tambouriné contre le portail métallique, mais personne n'a répondu.

– Viens, on va voir si c'est ouvert derrière !

On a contourné le bâtiment pour atteindre la porte de la réserve. L'énorme pick-up rouge de Miles, un 4x4 Ford F-150, était garé le long du mur. C'était bon signe, le garagiste était donc encore là. J'ai jeté un œil à l'intérieur du véhicule, mais le sac de sport n'y était plus. J'ai couru à la porte.

– Miles, c'est David ! Ouvrez-nous !

J'ai eu beau m'époumoner, la tempête emportait ma voix et nos poings sur le métal restaient sans réponse.

Paul m'a attrapé par l'épaule.

– Écoute, on reviendra plus tard pour le carnet. Si on attend trop, on ne pourra jamais arriver à Carrefour. On n'a qu'à emprunter le pick-up de Miles.

Je me suis tourné vers le Ford.

– Alors, qu'est-ce que tu en penses ? On essaie de l'ouvrir ou quoi ?

C'était un véhicule massif, parfois utilisé par les patrouilles à la frontière mexicaine. Un gros gabarit capable de résister aux éléments : j'avais eu l'occasion de le voir à travers les yeux de la Chose. À l'intérieur, sur le pare-brise, s'étalait encore une tache de sang. Un souvenir de l'accident.

– OK, allons-y !

L'alarme du 4x4 s'est déclenchée immédiatement. Mais il n'y avait personne dans le coin pour donner l'alerte et, de toute façon, la police était bien trop occupée à mater les pillards dans le centre-ville. Et entre le rugissement du vent et le fracas des tôles du bâtiment, Miles n'entendrait certainement pas grand-chose.

Au bout de cinq minutes, les serrures du Ford ont fini par rendre l'âme. Comme quoi j'avais bien appris mes leçons de mécanique.

– Laisse-moi faire, a dit Paul.

Il s'apprêtait à monter dans le pick-up pour le faire démarrer quand soudain une barre de fer est venue s'écraser sur son crâne. Le corps de Paul s'est effondré sur le siège passager.

Je me suis retourné, prêt à bondir.

Devant moi, la barre de métal brandie au-dessus de la tête pour frapper à nouveau, Miles ouvrait de grands yeux surpris.

– David ?!

Le garagiste avait dû entendre l'alarme. Dans l'obscurité, il nous avait pris pour des voleurs.

J'ai levé les mains en signe d'apaisement. Il allait falloir convaincre Miles de nous aider.

– Laissez-moi vous expliquer…

Je n'ai pas eu le temps de finir ma phrase. Un large sourire s'est dessiné sur son visage. Dans le même temps, la barre de fer est venue s'abattre sur ma tempe gauche. Il y a juste eu un grand éclair blanc. Et le monde s'est évanoui.

## 72

La morsure de l'eau glacée m'a ramené à la vie.

J'ai ouvert les yeux en geignant, le soufflé coupé. Devant moi, Miles tenait un seau à la main et venait de m'infliger une douche froide.

– Alors, ça réveille, hein ?

Je me suis débattu, mais j'étais solidement ligoté sur une chaise, dans le bureau du garagiste. À côté de moi, Paul était attaché lui aussi. Un large hématome bleu s'étalait sur sa tempe. Il était dans les vapes.

– Qu'est-ce qui se passe ? j'ai demandé en grelottant.

Le visage de Miles s'est durci.

– C'est bien la foutue question que je me pose moi aussi. Tu vas m'expliquer ça, petit.

Une migraine atroce me transperçait le crâne et la douleur irradiait dans tout mon corps.

J'ai bafouillé.

– Je ne comprends rien à ce que vous racontez.

Miles a désigné son bureau.

– Je te parle de ça.

La paperasse qui encombrait habituellement l'espace de travail avait été répandue sur le sol. Sur le bureau, quatre objets étaient alignés. La machette. Le manuscrit de la Chose. Un stylo. Et le carnet rouge.

Miles a tiré une chaise sur laquelle il a posé en équilibre son corps énorme.

– Tu sais, les bouquins, c'est pas trop mon truc généralement. Par contre, en rentrant de l'hosto, j'ai dévoré le tien.

Il a attrapé le manuscrit de la Chose et s'est mis à feuilleter les pages.

– Oui, vraiment. C'est bien écrit. On accroche aux personnages et à l'histoire.

Il a fait claquer sa langue.

– Par contre, le personnage du garagiste, t'aurais pu mieux faire. Un peu caricatural, ce type dégueulasse qui cache une âme sensible, non ? Attends, qu'est-ce que tu as écrit ? Ah, oui : « ce gros porc » ! C'est comme ça que tu vois les pédés ?

– Miles, mon père est seul à Carrefour. Le temps presse et…

Une claque puissante est venue mettre fin à ma phrase, faisant exploser la douleur dans mon crâne.

Miles s'est rassis. J'ai pensé un instant lui demander comment finissait l'histoire qu'avait écrite la Chose, mais j'ai préféré me taire pour ne pas attiser sa colère.

– Tu vois, faut pas le prendre pour un con, le personnage du garagiste. Les homos, ça sait cogner aussi bien que les autres.

Miles a jeté le manuscrit sur la pile de paperasses et sa grosse main s'est emparée du carnet rouge.

– Mais venons-en maintenant à ce qui m'intéresse.

Il a ouvert le carnet et me l'a planté sous les yeux. J'ai immédiatement reconnu le texte. C'était celui que j'avais écrit : le passage où l'alligator surgissait sur la route.

– Explique-moi comment tu fais ça.

Je me suis mordu la lèvre.

– S'il vous plaît, mon père...

Miles a tiré un cigare de sa poche. Il l'a allumé et a recraché la fumée sur mon visage. Je me suis mis à tousser.

– J'ai tout mon temps, petit. Qui que tu sois, David ou cette... « chose », je veux entendre ton histoire.

À côté de moi, un gémissement s'est échappé de la bouche de Paul.

– Vous avez lu le manuscrit, non ? Tout est écrit là-dedans. Comment cette Chose s'est glissée en moi. Comment elle m'a contrôlé. Et comment le carnet rouge permet de modifier la réalité. Moi non plus, je ne comprends pas tout. Je ne peux rien expliquer de plus.

La braise du cigare a rougeoyé. Miles s'est dandiné sur la chaise.

– Et pourquoi ça ne marche pas quand moi j'écris ?

Le garagiste a planté devant mes yeux une page du carnet. Ce n'était pas mon écriture. C'était la sienne. J'ai commencé à lire, mais Miles a vivement refermé le carnet.

– Pas besoin que tu saches ce que j'ai écrit. Alors, pourquoi ça ne marche pas quand c'est moi qui tiens le stylo ?

J'ai haussé les épaules.

– Je n'en sais vraiment rien.

Miles a pris un air dépité.

– C'est dommage. Vraiment dommage.

Il s'est levé, il a posé le carnet sur le bureau. Puis il a pris la machette et il s'est approché de moi.

Son visage n'était plus qu'à quelques centimètres du mien. Je ne sais pas si c'était la peur ou l'eau glacée, mais je ne pouvais retenir mes dents de s'entrechoquer.

Miles a souri.

– Alors, voilà ce qu'on va faire, petit...

Il a fait glisser ma chaise vers le bureau. Je me suis retrouvé face au carnet rouge.

J'ai senti les liens se défaire dans mon dos.

– Tu vas écrire pour moi.

J'ai secoué la tête. Je savais bien qu'au moment où je poserais la pointe de mon stylo sur une page, la Chose reprendrait le contrôle. Pour l'instant, elle s'était tenue tranquille, ligotée par la camisole chimique des analgésiques. Mais l'effet des médicaments s'estompait peu à peu. Je l'imaginais tapie dans la pièce où j'avais été enfermé, prête à bondir à la moindre occasion. Elle pouvait bien hurler dans mon crâne, je m'en fichais, car ça voulait dire qu'elle était encore prisonnière. Par contre, les pages du carnet étaient pour elle une porte de sortie grande ouverte.

– Vous ne savez pas ce que vous faites ! Je ne toucherai plus ce carnet !

Miles a fait glisser la chaise de Paul de l'autre côté du bureau. Il a gémi doucement. Du sang avait coulé de son nez. Sa lèvre était tuméfiée et son visage labouré d'éclats de verre. Il était vraiment dans un sale état.

– On va arranger tout ce qui cloche dans ma vie. Alors tu vas écrire ce que je vais te dicter.

J'ai senti la Chose bouger à l'intérieur de ma tête. Le garagiste a posé la machette sur l'épaule de Paul.

– Et tu vas écrire maintenant.

J'avais à peine posé la pointe du stylo sur le papier que la Chose s'est emparée de ma main, de mon corps et de la réalité tout entière.

## 73

*Tout s'enchaîne très vite.*

*David sourit au gros Miles.*

*Un craquement atroce se fait entendre au-dessus d'eux. On dirait qu'un géant à la mâchoire de fer mord à pleines dents dans le bâtiment pour le faire exploser, comme une vulgaire coquille de noix.*

*Le garagiste décontenancé lève les yeux vers le plafond : il découvre la masse noire et insondable de la nuit, encombrée de nuages lourds, roulant sur eux-mêmes et déployant leurs tentacules vénéneux. Dans les yeux du garagiste, ce ne sont pas simplement des nuages, non, mais des créatures venues d'un autre monde pour un rituel sinistre, leur ventre énorme pulsant d'une énergie mauvaise, dans l'attente de se faire éventrer par les cornes rageuses de la tempête. La pluie et les bourrasques qui s'engouffrent par le toit viennent le gifler violemment et le ramènent à la réalité.*
*Il réalise alors que la toiture vient d'être arrachée par les vents.*

*Un temps qui suffit à David pour passer à l'attaque. Le stylo transperce la main grasse du garagiste, de part en part. Miles hurle sauvagement, laisse tomber l'arme à terre.*

*David se saisit de la machette.*

*La nuit vibre d'électricité, de sirènes hurlantes, de coups de feu et de l'odeur du sang.*

*David respire à pleins poumons.*

*Il est à nouveau vivant !*

## 74

J'étais au sol, recroquevillé. Sous ma joue, je pouvais sentir la texture si particulière de la terre battue. Inutile de vérifier, je le savais, mon corps était à nouveau recouvert d'écailles. J'étais revenu dans la pièce. J'avais échoué.

Du poste de télé me parvenait le grondement d'une voix menaçante. Celle de la Chose. Ma voix.

Je me suis relevé péniblement.

Autour de moi, rien n'avait changé. À l'écran, mon double obligeait Miles à fouiller dans le tas de papiers répandus sur le sol. Paul était toujours dans les vapes. Un véritable déluge s'abattait maintenant dans la pièce.

– Tu vas me retrouver l'enveloppe. Rapidement.

J'ai eu du mal à reconnaître le visage de Miles tant la peur le défigurait. J'avais pourtant essayé de le prévenir, mais rien n'y avait fait. Il avait vu dans le carnet la possibilité de se construire un avenir meilleur. Sauf que la Chose ne s'intéressait qu'à moi.

Miles a fini par extirper du fatras l'enveloppe kraft. Sa main saignait abondamment.

– Remets le manuscrit dedans. Et ne salope pas tout !

Le garagiste s'est exécuté tandis que la Chose glissait le carnet rouge dans le petit sac de sport pour le protéger de la pluie.

– Bien, maintenant, en route.

– En route ? a bafouillé Miles.

Mon double a ricané.

– Qu'est-ce que tu crois, gros lard ? Regarde-toi. Tu crois que ça serait un beau finale ? Le héros qui massacre un garagiste obèse dans un garage minable, ça manque sérieusement de classe. Non, l'histoire ne s'arrête pas là. J'ai d'autres ambitions. Et tu vas m'aider.

Faisant rouler la machette entre ses mains, la Chose s'est approchée de Paul.

Intérieurement, elle s'est adressée à moi. Une voix off a jailli des haut-parleurs.

– *Quelle aventure ! Pas vrai, David ? Ce coup-ci, je dois avouer que tu m'as bien eu. Un alligator qui traverse la route, devant le pick-up de Miles ! Il fallait y penser ! Je te félicite, vraiment. Je ne sais pas bien comment tu t'es débrouillé pour intervenir dans le récit, mais on dirait que tu commences à apprendre ce que c'est que l'écriture. Tu vois, ce n'est pas si compliqué de manipuler le réel. Après tout, c'est bien ce que font les hommes à longueur de temps, non ? À travers les films, les livres, la télé, la politique. Tout est dans l'art de contraindre la réalité selon nos volontés pour repousser les frontières de la mort. Tu n'es pas d'accord ?*

La Chose a fait glisser la lame sur la nuque de Paul. Miles s'est recroquevillé dans un angle de la pièce.

– *Trêve de philosophie. Même si tu t'en es bien sorti, l'élève ne dépasse pas encore le maître. Tu as encore beaucoup de choses à apprendre.*

La lame de la machette a ouvert un sillon sanglant sur la nuque de Paul qui a poussé un gémissement.

Mon corps s'est raidi. J'ai plaqué une main devant ma bouche pour éviter de hurler.

*– Bien sûr, je pourrais achever ton copain Paul... Mais je ne suis pas un monstre.*

La Chose a souri.

*– Et ça ne servirait pas à grand-chose dans l'histoire. Non, laissons-le retourner vers les siens quand il se réveillera. « Happy end » pour ton copain le camé ! Nous, nous allons plutôt nous recentrer sur l'essentiel. À savoir : poster notre manuscrit à l'éditeur.*

Elle s'est approchée de Miles, dont la couleur du visage évoquait la chair des poulets de Johnson.

– Allons-y !

J'ai suivi d'un œil rageur ce qui se passait sur l'écran pendant que je réunissais à nouveau tous les ingrédients pour « écrire » une nouvelle page sur le sol de la pièce. Mais à présent, la Chose savait ce que j'étais capable de faire et elle ne se laisserait pas avoir facilement. Tout à l'heure, je l'avais troublée en l'appelant « David » et ça m'avait laissé le temps de m'immiscer dans l'histoire qui se déroulait dans le carnet rouge. Maintenant, elle réfléchirait à deux fois avant de me permettre d'interrompre le récit. Mon regard a glissé du crâne tatoué jusqu'à la porte de bois. Jason Merline m'avait dit tout ce qu'il y avait à dire. Je n'avais plus rien à attendre de ce côté-là. Je me suis démené pour piler le charbon, nettoyer le sol, retracer un rectangle blanc, et surtout pour éviter de penser qu'il était fort possible que je ne ressorte plus jamais de ce lieu.

Quand j'ai eu fini, je me suis installé devant la télé, prêt à saisir la moindre occasion d'écrire ma propre histoire.

Le Ford a stoppé sur le trottoir en face de la poste centrale. La Chose a fait descendre le garagiste. Elle tenait dans une main la machette et, dans l'autre, l'enveloppe kraft contenant le manuscrit.

– Avance et ne t'avise pas d'essayer de t'enfuir. Avec les jambons qui te servent de jambes, tu cours aussi vite que je marche.

Miles a hoché la tête en se tenant la main.

Mon double a plaqué l'enveloppe contre elle pour la protéger de la pluie.

– Faudrait pas que la pluie abîme le manuscrit. Aujourd'hui, les éditeurs sont si tatillons sur les apparences. Je suis sûr que Steinbeck aurait écrit *Des souris et des hommes* sur une nappe en papier, ça n'aurait pas posé problème. Mais de nos jours, on accorde plus d'importance à la forme qu'au fond. De la création jusqu'au lecteur, le livre doit être aseptisé. Un vrai produit de supermarché. C'est pas triste, ça ?

Comme Miles ne répondait pas, la Chose lui a planté la machette entre les deux omoplates. Le garagiste s'est mis à geindre.

– C'est pas triste, ça ?!

– Oui, oui, c'est d'accord, il a dit d'une voix plaintive.

Mon double a grommelé.

– D'accord ? Évidemment que tout le monde est d'accord. Et rien ne change pour autant.

Miles et la Chose sont arrivés face à la boîte aux lettres.

– Allez, maintenant silence ! Le moment est historique.

Elle a glissé l'enveloppe dans la fente. Le manuscrit est resté un moment en suspens, puis il a disparu dans les entrailles de la boîte aux lettres, de l'autre côté du mur de béton de la poste centrale.

La Chose a frissonné. Moi aussi en imaginant ce qu'elle avait pu écrire pour la suite.

*– J'adore ce moment où on sait que les dés sont jetés et que rien ne pourra arrêter leur course. J'ai joué ma partie. Je me suis défoncé pour mettre toutes les chances de mon côté. J'ai donné le meilleur de moi-même. La balle est maintenant dans le camp de l'éditeur. On verra s'il a le courage de rentrer dans le match avec nous, pas vrai, David ?*

Une sirène de police a retenti non loin de là. Miles et la Chose sont repartis vers la voiture, luttant contre les bourrasques de vent et les assauts de la pluie.

Une fois dans l'habitacle, la Chose a insisté pour que Miles mette un CD de Beausoleil.

– Ça nous donnera du courage pour la suite !

– La suite ? a demandé Miles

Mon double a ricané.

– Décidément, tu es un peu long à la détente. Tu voulais vraiment que je travaille pour toi au garage ? C'est n'importe quoi : tu n'es même pas fichu de voir quand un boulot est fini ou pas. Non, vraiment, t'es qu'une merde…

Le son joyeux du violon était en complet décalage avec le décor cauchemardesque. Miles a passé une main sur son visage fatigué, se barbouillant de sang sans même s'en rendre compte.

– Bon, c'est quoi, la suite ?

– Tu ne devines pas ?

Le garagiste a secoué négativement la tête. Ça a fait trembloter son double menton.

– Et pourtant tu as lu le manuscrit, tu devrais savoir !

La Chose est venue planter la pointe de la machette dans le gras du cou de Miles. Une goutte de sang a perlé.

Dans un sourire, mon double a annoncé :

– Cher lecteur, la suite, c'est Lebreton, bien sûr !

# 75

Le pick-up de Miles est arrivé péniblement jusque chez l'écrivain. Dans ce coin-là, la route disparaissait à présent sous plus de quinze centimètres d'eau. Les digues de terre ne retiendraient pas longtemps les flots qui remontaient de la mer, poussés par la tempête. Des arbres déracinés encombraient la chaussée et, au cours du trajet, Miles avait dû descendre à plusieurs reprises sous la menace de la Chose pour dégager de grosses branches qui gênaient leur progression. À d'autres moments, la voiture avait dérapé et il s'en était fallu de peu pour qu'elle ne bascule dans les marécages. Je me suis surpris à souhaiter que le véhicule disparaisse pour de vrai dans l'eau et qu'on en finisse une bonne fois pour toutes. Si je devais rester prisonnier ici, autant que la Chose meure. C'était peut-être là ma seule délivrance possible. D'un autre côté, je ne pouvais m'empêcher de penser à mon père, à Paul et à Rosalie. Ils étaient en danger par ma faute. Je devais les sauver. Je me suis concentré là-dessus. Sur la rage et l'espoir qui battaient encore en moi. Mon unique lien avec le monde des vivants. J'ai tenté de me persuader que tout n'était pas perdu. J'avais autrefois baissé les bras face au monde qui m'entourait et c'est à ce moment-là que la Chose était apparue. Si j'entretenais l'espoir de sauver ceux que j'aimais, il était peut-être possible de reprendre le dessus sur elle. Le moment arriverait, forcément. La Chose avait parfois des pulsions soudaines, incontrôlées. Elle n'était portée que par l'envie d'écrire son propre récit dans lequel je n'étais plus qu'un personnage. Mais l'auteur commettrait tôt ou tard des fautes sur son chemin. Je devais être prêt à reprendre le fil de mon histoire.

Sur l'écran, Miles a stoppé le Ford devant la maison de Lebreton. On avait barricadé les portes et les fenêtres à l'aide de planches. Aucune lumière ne filtrait : soit il n'y avait plus d'électricité, soit le travail avait été sacrément bien fait.

La Chose a ouvert la portière et elle est descendue de la voiture, emportant avec elle le sac de sport qui contenait le carnet rouge. Son corps s'est arqué pour lutter contre les bourrasques

– Allez, merci pour tout. Ne t'en fais pas, je dormirai là ce soir.

Miles a ouvert des yeux larges comme des soucoupes. Il s'attendait certainement à mourir dépecé et voilà qu'elle lui disait au revoir comme si de rien n'était.

La Chose s'est dirigée tant bien que mal vers la maison. Alors qu'elle traversait le pont, une détonation a retenti, étouffée par les hurlements du vent. À quelques centimètres seulement, la balustrade de bois a volé en éclats. La Chose s'est retournée. Miles, dans le pick-up, tenait une carabine encore fumante.

La Chose a secoué la tête d'un air réprobateur.

– Décidément, t'es pas un personnage de confiance.

Et elle a fait demi-tour en direction de la bagnole, en brandissant la machette.

Quand il a vu ça, les yeux de Miles se sont remplis de terreur. Il a jeté la carabine sur le siège passager. Il a claqué la portière et le Ford a filé dans une gerbe d'eau.

Mon double a craché par terre.

– Pfff… petit joueur.

Arrivée devant la porte d'entrée, la Chose a entrepris de démonter les planches qui la barricadaient. La tâche était ardue. Lebreton, ou peut-être Julee, n'avait pas lésiné sur l'épaisseur des planches ni sur le nombre de clous. Est-ce que c'était seulement pour l'ouragan ou est-ce que « nous » étions attendus ? La Chose s'est abîmé les doigts une dizaine de minutes sans parvenir à rien. Après avoir repris son souffle, elle a décidé d'attaquer le bois à coups de machette. La lame s'est abattue dix fois, vingt fois, cent fois, projetant des esquilles dans tous les sens. C'était une entreprise titanesque, à chaque fois le bois ne s'entamait que sur quelques millimètres. Mais je savais qu'au besoin elle y passerait la nuit et qu'elle finirait par y arriver.

J'espérais seulement que Lebreton et Julee avaient trouvé refuge ailleurs.

Pendant que la Chose s'activait, je me suis demandé quel était le lien exact qui l'unissait à Lebreton et pourquoi elle voulait à tout prix retrouver l'écrivain. Quelque chose m'échappait encore. Et Julee dans tout ça ? Un truc était certain : elle en savait beaucoup plus que ce qu'elle avait bien voulu me dire.

Un grand craquement m'a ramené vers l'écran. La Chose avait trouvé une planche plus faible que les autres et elle avait réussi à la déclouer. Elle se servait maintenant de la machette glissée dans l'interstice pour faire levier. Et une à une, les planches sont tombées.

Quand le passage a été libre, la Chose a ouvert la porte d'entrée. Elle s'est engouffrée dans la maison en même temps que le vent et la pluie.

## 76

À l'intérieur de la maison, toutes les lumières étaient allumées. L'éclairage vacillait au gré de la tempête. Une porte, sur la gauche du hall, était ouverte. C'était une chambre. Et sur le lit reposait un corps. Celui de Lebreton. La Chose s'est approchée lentement. L'écrivain avait le regard flou de la fièvre ou de l'alcool.

Mon double a jeté son sac à l'entrée de la chambre, s'est étiré en respirant profondément et j'ai entendu ses cervicales craquer une à une. La machette bien en main, la Chose s'est avancée vers le lit. Rien qu'à voir le lieu et le visage amaigri de Lebreton, j'ai deviné que la pièce devait sentir le rance, l'alcool, le tabac froid et la maladie.

L'écrivain a levé vers la Chose un œil vitreux.

– Tu es enfin venu.

Mon double a souri en écartant les bras.

– Regarde ce que tu as raté. Tu as devant toi l'écrivain le plus prometteur du siècle !

Lebreton a pris un air dédaigneux.

– Tout ça, ce ne sont que des conneries.

– Ah oui ? Je crois plutôt que c'est de la jalousie, pas vrai ? Tu ne supportes pas d'être dépassé par un lycéen ! Tu regrettes le bon temps où tu étais encore capable d'aligner trois phrases !

– Regarde-moi et dis-moi à quoi ça m'a servi de te suivre dans cette folie ? Tout ça pour quoi ? Oui, j'ai eu ma photo sur la couverture des magazines, j'ai connu la gloire d'un jour, je me suis cru plus grand que les autres. Et au final, je vais crever. Comme tout le monde. Un sac d'os qu'on jettera au fond d'un trou et qu'on oubliera. Je vais te dire, finalement, c'est ça qui me rassure.

La Chose s'est approchée du lit. La lame de la machette renvoyait le reflet déformé du visage de l'écrivain.

– C'était ton choix, Lebreton. Tu m'as laissé carte blanche pour te mener jusqu'au succès. Au début, tu étais prêt à tout. Et bien sûr quand il a fallu faire des sacrifices, tu t'es mis à traîner des pieds comme un vieillard.

– Tu as tué Polly Jean ! a hurlé Lebreton.

– Non ! a rugi la Chose. Tu as tué cette fille !

– Tu me manipulais ! C'est toi qui as écrit tout ça ! J'étais devenu fou. Heureusement que je t'ai arrêté, sinon tu aurais éliminé tout le monde autour de moi. Même ma fille !

La Chose a craché par terre.

– Ce que tu peux être sentimental. C'est à vomir ! Tu crois qu'on obtient le succès en restant chez soi, les pieds dans les pantoufles ? La littérature, c'est se mettre en danger ! Tout le temps ! Tu as fait le choix de m'enfermer dans un coin de ton esprit, enseveli sous les drogues et l'alcool, et de ne plus écrire.

Lebreton a protesté.

– Ce que tu as fait de ma vie n'a rien à voir avec l'écriture. J'aurais continué à travailler sur mes textes si seulement j'avais pu t'enchaîner comme un chien.

– Tu n'avais pas le cran, tu le sais très bien. Au début, tu m'as laissé guider ta main pour écrire *Les Fils de Saturne*. Mais tu as pris peur quand il a fallu attaquer le roman suivant. Et c'est Polly Jean qui s'est mise à l'écrire, à ta place. Tu ne l'as pas supporté. Tu as été jaloux. Tu ne maîtrisais plus rien. Et tu l'as tuée. Toi et toi seul. Parce que contrairement à toi, elle était prête à tout pour réussir !

La Chose a ricané.

– Peu importe. Aujourd'hui, j'ai trouvé quelqu'un qui va prendre sa relève. *Pas vrai, David ?!*

Je n'ai pas pu m'empêcher de balancer un coup de poing dans l'écran. Moi non plus, je n'avais rien choisi. Tout ça était faux. J'étais prisonnier de la Chose.

L'écrivain s'est enfoncé dans son oreiller.

– Tu l'as trompé lui aussi, tout comme comme tu m'as trompé autrefois. L'écriture est une flamme où on se réchauffe, toi tu es un brasier. Dépourvu d'humanité.

– Tu as une bien haute opinion de toi, Lebreton. Tu parles d'humanité, mais pourquoi est-ce que tu n'as pas prévenu David quand il est venu te trouver ? À quoi ça rimait ton discours sur l'écriture, sur cette « chose » qui doit habiter l'écrivain ? Si tu avais voulu le protéger, pourquoi est-ce que tu ne l'as pas fait à ce moment-là ?

Lebreton a allumé une cigarette en toussant. Son visage a disparu derrière les volutes de fumée.

– Depuis le début, je voulais lui éviter tout ça. Je savais qu'il serait une proie pour toi. J'ai voulu le convaincre de renoncer à l'écriture. Je voulais le mettre au pied d'un mur si haut qu'il n'entreprendrait jamais cette ascension. Mais tu étais déjà là, en lui, depuis toujours. Comme tu as toujours été en moi et dans l'esprit de ceux qui ont un jour voulu créer. Alors j'ai essayé de lui faire comprendre le danger qu'il y avait à ouvrir cette porte. Je me suis montré tel que tu m'as fait au cours des ans. Abject, torturé, haineux, rongé de doutes et de contradictions. Mais apparemment, tu as su le convaincre. Le hasard a joué en ta faveur sur ce parking. Tu as profité de ses sentiments pour l'amener où tu voulais. Je le sais, Julee m'a tout raconté.

Mon estomac s'est contracté en entendant son nom.

– Oh, notre jolie Julee. J'avais failli l'oublier. Je m'occuperai d'elle tout à l'heure, ne t'en fais pas.

– Laisse Julee en dehors de tout ça. Elle a choisi un autre chemin. Elle ne t'appartient pas. Moi, tu peux me tuer, je n'attends plus rien. Et si ce n'est pas toi qui le fait, ce sera bientôt cette saloperie de cancer qui me ronge les poumons et le foie.

La Chose a secoué la tête.

– Tu oublies un petit détail. C'est moi l'écrivain. Et sous ma plume, je vais bien sûr faire attention à ce que ta mort soit douloureuse. Mais avant ça, j'ai bien envie d'écrire un chapitre sur notre belle héroïne…

La Chose s'est retournée vers l'entrée pour attraper le sac qui contenait le carnet.

Mais le carnet n'était plus dans le sac. Il était maintenant entre les mains de Julee.

## 77

Julee se tenait sur le seuil, le visage fermé.

La Chose s'est avancée vers elle, jouant avec la machette.

– Tiens, comme c'est amusant, a dit mon double d'un air narquois. Un rebondissement de dernière minute. Un peu classique, mais ça fait toujours son petit effet.

Julee a serré entre ses bras le carnet rouge.

– Tu sais, je peux très bien me passer du carnet pour contraindre le récit. Il suffit que je le veuille pour que la fiction devienne réalité. C'est moi l'auteur !

Julee a ignoré ses remarques.

– David, si tu m'entends, je veux que tu saches que tu peux y arriver !

J'ai crié : « Julee ! »

– Pour retrouver ton chemin, souviens-toi de la face cachée de la Lune !

La Chose s'est approchée d'elle, son ton devenait menaçant.

– Comme c'est mignon ! Cendrillon qui vient au secours du Petit Poucet. Vraiment, c'est une belle histoire. Une belle histoire pour enfants…

J'ai senti que la Chose hésitait à me repousser dans le néant, mais elle avait trop envie que j'assiste à ce qui allait se passer.

Julee a fait un pas en arrière.

– Sauf qu'on a tous passé l'âge de ces histoires.

À ce moment-là, elle s'est précipitée vers Julee en rugissant, la machette brandie.

J'ai hurlé : « Non ! », mais d'où j'étais, personne ne pouvait m'entendre.

Julee a violemment rabattu la porte de la chambre. J'ai entendu les os du nez de la Chose – mon nez – exploser sous l'impact.

Mon double a rugi.

– Julee !

Mais dans le hall, Julee avait déjà disparu. La Chose s'est engagée dans un couloir qui menait vers une autre partie de la maison. Les éclairages vacillaient à cause de l'ouragan. J'espérais que Julee avait eu le temps de s'enfuir.

– Allez, reviens ici ! On dirait un mauvais film d'horreur ! C'est nul ! a hurlé la Chose.

Mon esprit s'est emballé. « Souviens-toi de la face cachée de la Lune. » Qu'est-ce que Julee avait voulu me dire ? J'ai repensé à notre première rencontre, dans la cale du Navire. Nous avions ensuite regardé la lune en nous demandant ce qu'il y avait de l'autre côté. Et elle m'avait dit que c'était comme une page blanche. J'avais beau tourner ça dans tous les sens, ça ne menait à rien !

Il fallait quand même tenter quelque chose. J'ai donc gravé mon texte sur le sol.

Il disait simplement :

***David ouvre les yeux. Tout est fini.***

J'espérais que ça suffirait à tout arrêter. J'ai répandu le mélange de rhum et de charbon au fond des lettres, mais à l'écran rien ne s'est produit. Découragé, je me suis effondré devant la télé.

La Chose arpentait maintenant la cuisine.

– Jolie Julee, viens par ici, fredonnait la chose. Allez, quoi ! Je suis le vrai David ! Un putain d'écrivain ! Prêt à bouffer le monde ! Tu ne regrettes quand même pas l'ancien ?! Moi, je peux te donner tout ce que tu veux !

Une voix s'est alors fait entendre derrière mon double.

– Désolé, David. Je le fais pour Polly Jean et pour nous tous !

La Chose s'est retournée. C'était Lebreton, un couteau de cuisine à la main.

En un éclair, la lame a tracé sa route vers la poitrine de la Chose. Mais elle était rapide. Elle a fait un pas de côté et le couteau est venu se ficher dans son bras, profondément.

Mon double a contenu un hurlement et sa tête s'est écrasée contre celle de Lebreton. La bouche de l'écrivain a explosé. Il est parti à la renverse et son corps maigre s'est affaissé sur le sol de la cuisine comme un pantin de bois désarticulé.

La Chose s'est agenouillée près de lui. Lebreton était inanimé, le visage en sang.

– Un peu chevaleresque comme attitude, mais je ne t'en veux pas, ça met un peu de piquant ! Et puis ça va nous aider à mettre un point final à cette histoire.

La Chose a passé une main sur sa blessure. Ses doigts étaient poisseux de sang.

– Heureusement, c'est le bras droit. Je pourrai continuer à écrire. *Parce que l'écriture, c'est notre vie. Pas vrai, David ?*

J'ai frissonné en pensant que c'était mon propre bras que je voyais là.

Et, en voyant le sang perler, un déclic s'est produit. Je me suis rappelé des mots de Julee ce soir-là, sous la lune. J'avais dit : « C'est comme une feuille de papier où tout reste à écrire. » Elle avait hoché la tête : « En lettres de sang. Oui, c'est exactement ça. »

J'ai attrapé le poignard à côté de moi et le bocal qui me servait d'encrier.

À l'écran, la Chose hurlait :

– Julee, viens voir ton petit papa ! Je crois qu'il a besoin de ton aide !

La lame a glissé sur les écailles de mon bras. J'ai dû forcer un peu, mais la surface rugueuse s'est ouverte.

– Julee, viens voir papa !

Sous les écailles, il y avait comme une seconde peau, à la couleur rosée.

Julee est apparue sur le seuil de la cuisine. Elle toisait mon double d'un regard méprisant.

– David, j'espère que tu as compris !

Elle a jeté le carnet rouge aux pieds de la Chose.

J'ai serré les dents. La lame a incisé le derme et le sang, rouge et sombre, a ruisselé.

Je l'ai recueilli dans le bocal qui contenait déjà le charbon et le rhum.

– Bien, je vois que tu es raisonnable, a dit la Chose comme si elle s'adressait à une toute petite enfant.

Je me suis approché de la page blanche que j'avais tracée. J'ai mélangé le liquide dans le bocal.

La Chose s'est avancée vers Julee, la machette brandie. Et Julee s'est mise à chanter. Notre chanson.

*De beaux garçons pâlissants*
*Languissaient le long de l'indienne rivière,*
*Les yeux scellés de mousse*
*Et la bouche maquillée d'or et de velours.*
*Au poignet d'albâtre du plus jeune*
*Se lamentait un serpent tout de cuivre paré :*
*J'ai déchiré cette nuit ta peau si douce*
*Mais qui donc avant moi*
*Avait de ton âme ravi la soie ?*

Sa voix était profonde, envoûtante.

La Chose paraissait hésiter, comme engourdie ou hypnotisée par la voix de Julee. Est-ce que c'était une sorte de pouvoir ? En tout cas, son chant avait parasité le récit. Et je devais en profiter.

J'ai versé mon mélange dans les lettres gravées dans le sol.

La Chose a hurlé d'une voix inhumaine.

La réalité de ce qui m'entourait s'est brusquement diluée.

Il ne restait plus que les lettres de sang.

Les lettres de sang qui disaient :

***David ouvre les yeux. Tout est fini.***

## 78

D'abord, j'ai senti l'odeur. La fumée âcre du papier brûlé. Il m'a fallu du temps pour ouvrir les yeux. Comme s'ils n'avaient jamais été ouverts auparavant. J'ai deviné une chaise, un tapis, une table. En face de moi, la porte de la maison bâillait sur un univers d'apocalypse. J'étais chez Lebreton, assis sur une chaise, au beau milieu du hall. Assis et ligoté. Tout près de moi, de la fumée noire s'échappait d'une poubelle métallique. À l'intérieur, il m'a semblé voir la couverture rouge du carnet, rongée par le feu. Je me suis ébroué. Pas de doute possible, j'étais revenu dans la réalité ! J'avais pu écrire mon histoire. J'avais repris le dessus sur la Chose. Et tout ça grâce à Julee. Où était-elle ? J'ai appelé : « Julee ! ».

Je l'ai entendue s'approcher. Elle est venue se planter face à moi. Elle me fixait d'un regard dur. Entre ses mains, la lame de la machette lançait des éclats menaçants.

– Julee, pourquoi est-ce que je suis attaché ?

– Parce que ça sera plus facile pour te tuer, a répondu Julee d'une voix glaciale.

La fumée âcre, portée par le vent qui s'engouffrait dans la maison, m'a enveloppé. Je me suis mis à tousser.

– Qu'est-ce que tu racontes ?!

– Tu es revenu ici. J'ai détruit le carnet rouge. Mais la Chose brûle encore en toi. Soit tu la domines maintenant, soit elle détruira tout autour de toi. J'ai vu ce qu'elle a fait à mon père. J'ai vu ce qu'elle a fait à Polly Jean. Ça ne recommencera pas.

– Tu savais ?! Tu savais depuis le début que ton père m'avait contaminé avec cette Chose ! Pourquoi est-ce que tu ne m'as rien dit ?

Julee a jeté un œil derrière moi, certainement vers la chambre où était son père.

– La Chose est depuis toujours en toi, David. Je l'ai sentie dès que je t'ai vu. Mon père n'a été qu'un révélateur.

– Mais, qu'est-ce que c'est ?

– La Chose, c'est ton envie d'ailleurs, ton désir de liberté, ton rêve d'adulte. La Chose, c'est tes peurs d'enfant, tes frustrations du quotidien, tes craintes du lendemain. La Chose, c'est ce qui fait de toi un être unique. Et c'est aussi ton visage perdu au milieu de la foule, anodin, semblable à tous les autres. La Chose n'a pas de formes, pas de frontières. Toujours elle te parlera dans la langue que tu parles. Et elle prendra l'apparence de tes fantasmes. Elle sera tantôt un lézard, une chauve-souris, un harfang. Chez certains, elle sommeillera toute leur vie. Elle en guidera d'autres vers la liberté, la passion, le génie ou la folie. Comme mon père. Comme toi. Et maintenant tu as un choix à faire. David, la Chose, c'est toi. Uniquement toi.

J'ai mis un temps à digérer.

– Mais comment tu sais tout ça ?

Un sourire s'est peint sur la bouche de Julee

– Parce qu'une Chose vit en moi aussi, David. Sauf que j'ai aujourd'hui réussi à la maîtriser. Je te l'ai dit sur le parking : je suis comme toi. Et nous sommes nombreux à être ainsi.

– Jason ?

Elle a hoché la tête.

– Jason aussi, oui. On s'était rencontrés par hasard, dans la galerie du centre commercial. Jason avait le pouvoir de rendre sa peinture vivante : ses tableaux étaient comme des portes, il pouvait voyager à travers eux, et en ramener ce qu'il voulait. Il avait le don de faire naître la plus belle des images. Et aussi celui de donner vie aux plus horribles des cauchemars. Je lui ai dit ce qui se passerait s'il ne se contrôlait pas. Je lui ai raconté pour mon père, pour Polly Jean. Jason ne savait plus où il en était. Il prenait beaucoup de came pour calmer sa « Chose ». Un jour, je l'ai suivi en douce jusqu'à la Poule Blanche.

– C'est Paul qui le fournissait ?

– Non, c'était Martin. C'est là que Jason a rencontré Rosalie. Elle aussi, elle avait vu clair en lui. Elle l'a entraîné dans les cuisines. Je ne sais pas ce qu'elle lui a dit, mais elle l'a convaincu de prendre le bon chemin. Quand il est rentré chez lui, il a commencé à peindre sa chambre... et il est devenu celui qu'il était vraiment. C'est aussi la première fois que je t'ai vu. Avec tes carnets à la main, sur la terrasse. Toi, tu n'as rien remarqué. Même pas Martin qui venait me brancher sur ma moto, juste de l'autre côté de la route. C'est ce jour-là que je me suis dit que je devais te sauver. Te sauver ou te tuer.

– Tu es sortie avec Martin juste pour... t'occuper de moi ?

Le visage de Julee s'est approché à quelques centimètres du mien. Sa peau était livide. J'ai sombré dans ses yeux noirs et veloutés.

– Au début, oui. Ensuite...

Elle a laissé la fin de sa phrase se dissoudre dans l'espace qui séparait nos lèvres.

– Et les autres ? Tous les autres ? C'est toi aussi ?

– Peu importe.

– Où sont-ils à présent ?

Sa bouche s'est entrouverte et, l'espace d'un instant, j'ai cru deviner l'éclat de deux crocs. Je me suis demandé si elle était capable d'avoir éliminé ceux qui s'étaient laissé dominer par la Chose.

– Ils sont là où est leur place. Je m'en suis assurée. Tu n'as plus à t'occuper d'eux. Et toi, David ? Est-ce que tu es capable de maîtriser ce qui brûle en toi ? De t'en servir pour créer et non pour détruire ? Réponds-moi.

J'ai dégluti. Ma vie se jouait ici et maintenant.

– Je crois. Je crois que je peux.

Julee a disparu derrière moi. Avec un choc sourd, la machette est venue sectionner mes liens. J'ai dégagé mes bras.

La voix rauque de Julee a dit : « Alors, prouve-le moi ».

J'ai fermé les yeux. Je savais maintenant où aller. Peu à peu, le rugissement du vent s'est atténué. Il n'est resté que le silence des lieux oubliés. Quand j'ai ouvert les yeux, j'étais revenu dans la pièce de terre battue. Sur l'écran de la télé, la neige électronique tombait sans discontinuer. De mes pieds, j'ai balayé le sol. À l'aide du couteau, j'ai tracé dans la terre brune un sillon large et profond pour former un cercle qui résisterait au temps. J'ai blanchi cet espace à l'aide de la farine. Au centre du cercle immaculé, mon couteau a gravé la gueule, les pattes, les écailles et la queue de la Chose. C'était brut, naïf. Ça ressemblait à une peinture rupestre comme en traçaient déjà les premiers hommes à l'aube des temps, dans la lueur pâle des premiers feux. Je suis sorti du cercle. J'ai pilé le charbon noir. J'ai versé le rhum. J'ai mêlé mon sang. Et j'ai fait couler le liquide à la couleur d'encre dans les sillons de mon dessin.

Le temps d'un battement de cils, je me suis retrouvé au seuil de la maison de Lebreton. La Chose était là, de l'autre côté de la porte, indifférente aux bourrasques qui la fouettaient. Ses écailles luisaient de pluie, ses yeux jaunes étaient deux pierres taillées dans un fragment d'étoile, et sous son poitrail, je pouvais entendre son cœur palpiter au rythme lent d'un tambour primitif. Un tambour qui résonnait depuis la nuit des temps. La Chose frémissait de rage. Ses griffes crissaient sur les écailles de son flanc. Sa queue puissante décrivait des arabesques. J'ai respiré profondément pour surmonter ma peur. Je me suis souvenu de tout ce qu'elle avait brisé dans ma vie. J'ai dissipé la rage qui couvait dans mon ventre. J'ai pris une nouvelle inspiration avant de tendre la main vers elle. Un arc invisible nous reliait. La Chose s'est avancée vers moi. Pas à pas. Écumante. Je l'ai contrainte. Dominée. J'ai réduit sa volonté. Son désir. Sa rage. Sa soif. Sa faim. Plus elle s'approchait de moi et plus elle rapetissait. Elle a fini par venir poser sa tête sur ma paume. Une tête froide et rugueuse. Une tête minuscule. Et maintenant la Chose entière tenait dans ma main. C'était un lézard. Un serpent. Une chose sans âge, préhistorique. J'ai refermé la main. Et la Chose a disparu. Là-bas. Dans cette pièce de terre battue, tout à l'intérieur.

## 79

Cette nuit-là, le break de Lebreton s'est aventuré sur les chemins incertains qui serpentaient entre les marécages dévorés par la mer. À plusieurs reprises, nous avons cru que la mort était au bout du chemin. Mais à chaque fois, la mort s'est écartée pour nous laisser passer.

Cette nuit-là, j'ai su que je voyais Carrefour, l'endroit où j'étais né, pour la dernière fois. Au matin, il n'y aurait ici que des cadavres. Par chance, nombreux étaient ceux qui avaient fini par fuir.

Cette nuit-là, j'ai compris que le Navire disparaîtrait à jamais, englouti par les eaux, emportant définitivement mon enfance et les corps de Ron et Patrick, cadavres anonymes parmi ceux que l'on repêcherait bientôt.

Cette nuit-là, j'ai porté mon père dans mes bras, comme un enfant, avant de le charger à l'arrière du break.

Cette nuit-là, j'ai senti tout au fond de moi que Rosalie était enfin délivrée de sa maladie. Que Paul, Martin et Johnson seraient là, avec elle, en sécurité.

Cette nuit-là, nous avons roulé, encore et encore. Au nord, toujours au nord. Jusqu'à apercevoir l'éclat blafard du soleil réveiller des terres que nous ne connaissions pas.

Cette nuit-là, je n'avais jamais été aussi vivant de toute ma vie.

## 80

Nous avons sillonné le pays durant des jours, des semaines, des mois. Nous roulions toute la journée. Nous dormions dans des motels miteux rencontrés sur le bord des routes. Nous ne nous arrêtions que pour faire le plein du réservoir. Nous avancions, hébétés, à la recherche d'un autre ailleurs. Mais nous ne pouvions nous empêcher de penser à ce qui s'était passé là-bas. La radio nous rappelait sans cesse l'étendue du désastre que nous avions laissé derrière nous. Les quartiers rasés, les cadavres que l'on retrouvait à la dérive, gonflés comme des outres, les milliers de sans-abri, les familles déchirées. C'était une litanie macabre. En vain, les survivants ont attendu les secours de l'État, mais les militaires qui auraient pu nous aider étaient bien loin, enlisés dans les sables et les réserves de pétrole de l'Irak. Le décor en carton-pâte du rêve américain s'était écroulé sous les assauts de l'ouragan, dévoilant les corps et la misère de ceux qui en étaient exclus.

Et puis, petit à petit, la radio s'est mise à parler de terrorisme, d'un nouveau massacre dans une université, des prochaines élections. La violence de l'ouragan est retombée. Les victimes ont été englouties par l'actualité.

Lebreton est mort durant l'hiver. Nous avons enterré son corps entre deux cyprès, en pleine campagne. Julee a gardé les yeux sombres durant des mois. Son sourire est revenu au premier jour de printemps.

J'ai recommencé à écrire. Des chansons pour Julee. Le soir, dans les bars, je l'accompagnais tant bien que mal avec une guitare que j'avais achetée pour quelques billets à un vieux qu'on avait pris en stop. On se faisait un peu d'argent, ce qui nous permettait de tenir. Plusieurs fois, des gars sont venus nous féliciter. On nous a encouragés à continuer. Julee avait retrouvé son assurance. Avec sa voix rauque et chaude, elle pouvait envoûter n'importe quel public.

En travaillant mes morceaux de guitare, je repensais souvent à Paul, Martin et Rosalie. Même si je les savais plus ou moins en sécurité quand nous avions quitté Houma, mon cœur s'était serré en imaginant que je ne les reverrais peut-être plus. J'avais fini par retrouver un numéro de téléphone au nom de Rosalie sur Baton Rouge. Un soir, au bord d'une autoroute, j'avais glissé une pièce dans un téléphone, mais, au bout de deux sonneries, j'avais raccroché. Je n'étais pas prêt à reparler de tout ça. Et, en même temps, j'aurais voulu leur dire qu'ils me manquaient. J'avais grandi à leurs côtés. Paul et Martin avaient été des frères. Rosalie représentait plus qu'une mère. Finalement, même le vieux Johnson et son sale chien faisaient partie de ma vie. Leur absence était douloureuse, mais avant de les revoir, j'avais besoin de temps pour guérir de la blessure de la Chose.

À plusieurs reprises, j'ai rêvé de Jason Merline. En silence, je le regardais peindre des formes étranges sur les parois de son sanctuaire. Puis les rêves se sont espacés pour finalement disparaître. Je le savais en paix, là-bas, dans les terres gelées, aux confins du monde.

À la fin du printemps, mon père nous a annoncé qu'il voulait retourner à Houma. Julee et moi avons fait le nécessaire pour qu'il obtienne une aide à domicile et un logement social dans le centre. Sans rien en dire à mon père ou à Julee, j'ai profité de ce retour pour demander un rendez-vous avec le docteur Ramirez. J'ai fait toutes sortes d'examen. Il n'y avait plus de tache noire sur les radios. Le médecin n'a pas compris ce qui s'était passé. Il a dit que c'était un miracle. Je n'étais pas sûr de comprendre moi-même. Pour fêter ça, j'ai emmené Julee manger des écrevisses dans une gargote perdue dans les marécages, près de là où elle avait vécu avec son père. Beaucoup de maisons n'avaient pas été reconstruites. Celle de Lebreton s'était effondrée. Les larmes ont coulé sur les joues de Julee. Je l'ai serrée dans mes bras et nous nous sommes embrassés longuement pour chasser la peine. Plus loin, le lieu où se trouvait autrefois Carrefour était méconnaissable. La nature avait repris ses droits. Toute trace de l'homme avait été effacée. Le Navire, lui aussi, avait disparu. Peut-être avait-il enfin regagné la mer ? Dans une station-service de Houma, j'ai appris qu'une société avait pour projet d'installer une raffinerie à Carrefour. J'ai souri en repensant à tous mes tours de vélo sur les pistes poussiéreuses. C'était il y a si longtemps. J'ai aussi appris que Miles était mort au début du printemps, lynché par deux gars à la sortie d'une boîte gay d'une ville du nord.

Julee et moi, nous avons passé près d'un an à sillonner le pays. Nous rencontrions parfois des jeunes comme nous, habités par une « chose ». Julee leur donnait des conseils pour la dominer. Aux quelques-uns qui refusaient, elle faisait comprendre qu'ils n'avaient pas le choix. Et Julee savait se montrer très convaincante.

L'hiver suivant, nous sommes revenus à Houma pour passer les fêtes avec mon père. L'aide à domicile qui s'occupait de lui était acariâtre. Un vrai sergent-major. Mon père était pire. Je crois qu'ils s'entendaient bien.

J'ai profité de ce séjour pour appeler Paul. Pendant quelques secondes, il y a eu un silence entre nous. Comme entre deux amis qui ont traversé les pires épreuves et qui savent que les mots sont superflus pour dire tout ce que l'on a sur le cœur. Et puis soudain, j'ai entendu Rosalie qui s'exclamait : « C'est David ?! Invite-le à manger ! Je ferai des écrevisses ! », comme si on s'était quittés la veille. Julee et moi avons promis d'aller les voir au début du printemps, et d'amener à Rosalie un énorme pot de crème glacée aux noix de pécan, comme elle me l'avait demandé il y avait bien longtemps. Je n'avais toujours pas bien compris quel avait été son rôle dans tout ça, et quel était exactement son pouvoir. Mais je savais que nous étions reliés. Comme une mère et son enfant. Et que rien, ni la distance ni le temps, ne pourrait jamais défaire ce lien.

Le jour où nous avons quitté Houma, mon père m'a remis un courrier qui m'était adressé. Il avait été envoyé à notre ancienne adresse de Carrefour. Comme il n'y avait plus rien là-bas, un facteur avait fait des recherches pour nous retrouver. Il avait apporté ce courrier à mon père au début de l'hiver. Au dos de l'enveloppe figurait le nom de l'éditeur à qui la Chose avait envoyé le manuscrit. Je n'ai pas hésité longtemps. J'ai déchiré le courrier sans l'ouvrir et je l'ai jeté à la poubelle. Je ne voulais pas savoir ce que l'éditeur avait pensé du manuscrit. Réponse positive ou non, je ne voulais pas que ce livre soit publié. Ce n'était pas mon œuvre. C'était ma vie. Et elle n'appartenait qu'à moi.

Nous sommes en route vers Los Angeles. Un rendez-vous avec une maison de disques qui voudrait produire le premier album de Julee. J'ai mis aujourd'hui un point final à mon roman. Une histoire simple, d'écriture et de liberté. La flamme brûle toujours en nous. Mais aujourd'hui nous savons quoi en faire. C'est elle qui dissipe les ténèbres sur notre chemin.

Ouvrage réalisé par
Cédric Cailhol Infographiste.

Reproduit et achevé d'imprimer
par l'Imprimerie Présence Graphique à Monts
en mai 2014

Dépôt légal : **septembre 2010**
N° d'impression : **051448376**
ISBN : **978-2-8126-0161-3**

Imprimé en France